古典文學研究輯刊

九 編

曾永義 主編

第9冊

晚宋文人的心態轉變
——以劉克莊爲考察中心

陳彥揆 著

國家圖書館出版品預行編目資料

晚宋文人的心態轉變——以劉克莊為考察中心／陳彥揆 著
—初版—新北市：花木蘭文化出版社，2014〔民103〕
目2+182面；19×26公分
(古典文學研究輯刊 九編；第9冊)
ISBN：978-986-322-541-6（精裝）
1.（宋）劉克莊 2. 宋代文學 3. 文學評論
820.8　　103000751

古典文學研究輯刊
九 編 第九冊
ISBN：978-986-322-541-6

晚宋文人的心態轉變
——以劉克莊爲考察中心

作　　者　陳彥揆
主　　編　曾永義
總 編 輯　杜潔祥
副總編輯　楊嘉樂
編　　輯　許郁翎
出　　版　花木蘭文化出版社
社　　長　高小娟
聯絡地址　235 新北市中和區中安街七二號十三樓
　　　　　電話：02-2923-1455／傳眞：02-2923-1452
網　　址　http://www.huamulan.tw 信箱 hml 810518@gmail.com
印　　刷　普羅文化出版廣告事業
初　　版　2014年3月
定　　價　九編27冊（精裝）新台幣48,000元

晚宋文人的心態轉變
——以劉克莊爲考察中心

陳彥揆　著

作者簡介

陳彥揆，一九八四年生，台灣花蓮人。私立中國文化大學中文系畢業，國立東華大學中國語文研究所碩士。

提　要

靖康之亂後，宋室南渡，在金甌殘缺、風雨飄搖的情況下，造成文人慷慨激昂的大時代氛圍，正所謂「國家不幸詩家幸，話到滄桑句便工」，南渡後的文壇，不管在詞或詩的創作上，都達到了另一波高峰，然而在權相獨擅朝政，黨同伐異的文禁、語禁下，造成文人內在的不敢言，文人遂由慷慨激昂轉趨沉默；而「三冗」所形成的財政危機，造成文人外緣的經濟壓力，遂使三位一體的文人型態解構。

開禧北伐失敗後，政治上屈辱條款的簽訂，代表著南宋由中興轉趨衰頹；文學上一連串文星的隕逝，代表著大詩人時代的終結，而劉克莊作為一位長壽詩人，其生涯經歷南宋孝宗、光宗、寧宗、理宗、度宗五朝，並由於其政治地位，同時與上層士人及低階文人皆有來往，且交游遍及整個晚宋的詩壇，本論文透過考察劉克莊的詩詞文為出發點，透過史料及宋人筆記的佐證，藉以掌握整個南宋的政治局勢以及社會風氣，交叉對照之下，關懷文人對於大時代的感受，希望透過劉克莊的眼睛，企圖窺見當時偏安的穩定假象，以及背後末世的感受。

劉克莊自身為多層次處理的對象，其作品的複雜性歷來皆有討論。本文一方面欲以宏觀的角度，討論一個大時代，亦即由北宋轉南宋，再到南宋開啟北伐，爾後由南宋進入晚宋，這幾個時代的大段落。中間涉及到幾個重要的文人：陸游、辛棄疾、葉適，借劉克莊將其同時貫穿起來，討論與其交錯的議論網絡；另一方面藉由劉克莊的詩、詞、文、詩話、選詩，藉由觀察後村的獨特性，可反應出時代的普遍性，並導出時代文人的心態轉變。

目　次

第一章　緒　論

中國歷史有三次大規模的文化中心南移，分別爲永嘉之亂、安史之亂以及靖康之亂；西晉「永嘉之亂」，大量人口「衣冠南渡」，從中原遷往長江中下游，使得經濟中心遷往南方。唐「安史之亂」，是唐帝國由極盛到衰頹的分水嶺，安史之亂促使中國政治重心的轉移，經濟重心南移，北宋「靖康之亂」與前兩次相比，文人南遷的規模則更大，影響深遠。

近人岳南《南渡北歸》敘述了中國抗日戰爭，大批知識分子由中原遷往西南，書名引陳寅恪〈蒙自南湖〉詩：

景物居然似舊京，荷花海子憶昇平。

橋邊鬢影還明滅，樓外歌聲雜醉醒。

南渡自應思往事，北歸端恐待來生。

黃河難塞黃金盡，日暮人間幾萬程。〔註1〕

詩中表現出對抗戰悲觀的結論，歷史上南渡政權誠如東晉、南宋甚至於南明皆不能光復北歸；一九三七年盧溝橋事變後，陳寅恪全家離北平南行，對於史事熟捻如陳寅恪，發出「北歸端恐待來生」，正是北歸無望的感嘆。

南宋，身爲中國歷史上第二次「南渡」的政權，在與金人多次議和的屈辱條款下，終能保持相對穩定。而劉克莊（1187～1269）身爲晚宋最大的文人領袖，以其拳拳報國之心爲世人所知。然而這種「中興」的渴望，在當時已漸漸被「直把杭州做汴州」的偏安形態所淹沒。

〔註1〕陳寅恪：《陳寅恪詩集》，收入於《清華文叢》（北京：清華大學出版社，1993年4月，第一版），頁22。

本文將以劉克莊生命歷程爲時間主軸，王國維云：「政治家之眼，域於一人一事，詩人之眼，則通古今而觀之。」〔註2〕希望透過後村的「詩人之眼」觀之，比對南渡初期的大時代政治環境及文人作品特色，探究晚宋時代風氣與文人心態。

第一節　研究動機

南宋文人守著半壁江山，靖康之難被外族南下牧馬的陰影，以及偏安江左的困頓，再加上種種高壓的政治手段：不容妄議的「國是」，形成絕對的法度、文字獄的興盛再加上激烈的黨爭；〔註3〕宋代朝廷爲了控制文人或者是排除異己，採取兩面手法，一方面實施奉祠的制度，照顧、安頓文人，另一方面，大興文字獄用語言來箝制思想，〔註4〕造成文人心理上莫大的壓力，使其在創作題材、主旨上的格外謹慎，那種直接諷刺朝政的詩作，自然不會出現，另一方面由於宋季文人的政治地位降低，對朝廷的失望，加上詩禍的打壓，使得憂患意識在文人的詩作裡不常出現，朱熹（1130～1200）〔註5〕曾將渡江前後文風做比較，認爲同時的文人，普遍文風已無渡江初期的粗豪：

> 紹興渡江之初，亦自有人才。那時士人所作文字極粗，更無委曲柔弱之態，所以亦養得氣宇。只看如今，稱斤注兩，做兩句破頭，是多少衰氣！〔註6〕

〔註2〕〔清〕王國維撰；黃霖等導讀：《人間詞話》（上海：上海古籍出版社，2004年10月重印），卷下《人間詞話》未刊手稿，頁25。

〔註3〕沈松勤在《南宋文人與黨爭》中，對於南宋主戰主和間的角力以及士大夫利益集團間鬥爭：「從整個兩宋朋黨政治觀之，造成士風敗壞乃至政壇週期性反覆動盪的一個突出病灶，便在於士大夫之間這種尚同伐異之習。」（北京：人民出版社，2005年4月，第一版），頁133。

〔註4〕據錢建狀在《南宋初期的文化重組與文學新變》中所統計，紹興九年至紹興二十五年，由秦檜所主導的文字獄及其類似的語言箝制約有四十七起、禍及六十八人。（廈門大學出版社，2006年10月01日），頁186～190。

〔註5〕案：以下文中所載詩人年代皆參照夏承燾：《唐宋詞人年譜》，收入於《夏承燾集》（杭州：浙江古籍，1998年，初版）、曾棗莊主編，李文澤、吳洪澤副主編：《中國文學家大辭典．宋代卷》（北京：中華書局，2004年9月，第一次印刷）、繆鉞等撰：《宋詩鑑賞辭典》（上海：上海辭書出版社，1987年12月）、夏承燾等撰：《宋詞鑑賞辭典》（上海：上海辭書出版社，2003年8月），書後所附之〈詩人小傳〉、〈詩人年表〉、〈詞人小傳〉、〈詞人年表〉，及各別集著作中所載年代，此後不另作說明。

〔註6〕〔宋〕黎靖德編：《朱子語類》，卷一〇九（北京：中華書局，1986），頁2702。

在朱熹之時已是如此，同時的陸游亦常於詩中，表現對渡江初的懷念，其〈生日子聿作五字詩十首爲壽追懷先親泫然有作〉:「渡江百口今誰在？抱恨終身秖自知。」〈次韻和楊伯子主簿見贈〉:「渡江諸賢骨已朽，老夫亦將正丘首。」〈感懷四首〉，之四：「諸賢渡江初，總角幸有聞。」〈追感往事五首〉，之三：「渡江之初不暇給，諸老文辭今尚傳。六十年間日衰靡，此事安可付之天！」之類〔註 7〕，皆可看出此時的文壇風氣，以及文人對於南渡初激昂悲壯氛圍的懷念。今人王水照、熊海英論宋季之風時亦云：「寧宗、理宗之世，國勢日漸衰弱，文人斂情約性，詩壇上激昂悲壯的聲音漸漸減弱。」〔註 8〕文人漸漸減弱的熱情，與國家局勢一般，積弱不振的國勢，讓文人心態轉換，表現出來便是如朱熹所言委曲柔弱的「衰氣」。

晚宋整體士風是低迷的，主要原因來自於生計困難以及官職難尋。因此文人詩歌主流，逐漸由對政治依附轉型成爲對經濟依附，如江湖派這個以無數小詩人所組成的龐雜群體，大部分皆爲以詩歌爲干謁道具的「職業詩人」，這個特殊群體的出現及其詩歌反應的內容，不僅是一種文學現象，亦是一種文化現象。〔註 9〕由於生活及社會地位的侷限，這些詩人表面上對於南宋的政局已不再關心，轉爲「關注著和自己息息相關的近在咫尺的世情」〔註 10〕，將眼光聚焦在生活瑣事及自身的喜怒哀樂。

而劉克莊雖經歷過江湖詩禍，亦曾多次入朝爲官，但依然創作了大量的詠史詩，及關心民生的現實主義詩作，劉克莊曾自云：「憂時原是詩人職，莫

〔註 7〕上述四首詩，參見〔宋〕陸游撰；錢仲聯校注：《劍南詩稿校注》（上海：上海古籍出版社，2005 年 4 月，第一次印刷），頁 2924、1592、1924、2780。

〔註 8〕王水照，熊海英：《南宋文學史》頁 254。費君清在〈對南宋江湖詩人應當重新評價〉云「前期詩人對政治比較關心，後期詩人則避世之心較重。」《文學評論》，1987 年 6 期，頁 155。劉婷婷在〈宋季士風與文學〉亦云：「（文人們）不再身預君國大事，直接參與國家政策的決定……他們的社會責任感大大減弱，在濟世的理想破滅後轉入了對身邊事物、對生命意義的思考，表現出淡泊的生活態度」。（浙江大學：博士學位論文，2007 年 6 月），頁 46。

〔註 9〕參見王水照、熊海英：《南宋文學史》：「傳統文人對國家、社會、民生抱著強烈的責任感，所謂『位卑未敢忘憂國』，與政權的依附關係比較緊密。而江湖詩人不在其位，不謀其政，對國事的關心跟普通平民一樣。他們不傾向於表現干預時政、社會的重大題材，創作中涉及重大事件時，感慨也沒有那麼深刻，情感力度也不會那麼強烈，他們喜歡有關個人經歷和情感、趣味的『小』詩詞創作」，頁 223。

〔註 10〕參見胡婷婷：《宋季士風與文學》，頁 152。

怪吟中感慨多」，〔註 11〕是劉克莊在這個時代的特別之處；衡諸中國詩歌美刺傳統來說，文人此時應該慷慨激昂的大量書寫愛國之作，但事實上，除了南渡初期的少數詩人之外，〔註 12〕整個南宋文人其實是很沉默的，與其他易代之際比較，宋室南渡後文人詩歌反應文人心境的轉變，從激烈到沉默，在「有所言」與「有所不言」之中，可見文人心態轉變的軌跡。

宋室南渡之初的詩壇，江西詩派的影響已日漸衰弱，然葉茂根深，餘音不絕，嘉定二年（1209），陸游（1125～1210）去世後，中興四大詩人皆已辭世，文壇出現了空白，補上這段空白的正是永嘉四靈：徐照（？～1211）、徐璣（1162～1214）、翁卷（生卒年不詳）、趙師秀（？～1219），四靈是由反江西而起，他們在詩歌創作上苦吟求眞，詩學晚唐姚合（生卒年不詳）、賈島（779～843）；趙師秀選姚、賈詩爲《二妙集》，其所編《眾妙集》，亦被同輩詩人當作寫作範本。爾後江湖派的形成，主要是由於南宋理宗寶慶年間，書商陳起（生卒年不詳）所選刊《江湖集》一出，逐漸形成「江湖派」，江湖派雖然多爲隱士布衣、浪跡江湖者，但其詩作卻有較強的現實性，江湖派詩人之所以遭到史彌遠等人迫害亦緣於此，張宏生曾明確的指出：「南宋中後期出現的江湖詩派，不僅是一種文學現象，而且是一種社會現象與文化現象。」〔註 13〕

劉克莊出生於淳熙十四年（1187），宋金第二次和議過後二十三年，此時北宋已亡了六十年，亦即整個時代已由宋室南渡初期的動盪，漸趨於和緩，從逃難陰影到偏安的相對穩定。而劉克莊過世後十年，整個南宋就滅亡了，其生命歷程，可謂貫穿整個晚宋；劉克莊於淳祐六年（1246），六十歲時，理宗（1205～1264）以其「文名久著，史學尤精」，賜同進士出身，除秘書少監，兼國史院編修、實錄院檢討官、崇政殿說書，作爲一位史臣，對於歷史體會必然是深刻的，劉克莊自承治史目的在於「佐王政賞罰之不及，其有益於世

〔註 11〕〈有感二首〉，收入於〔宋〕劉克莊著，辛更儒箋校：《劉克莊集箋校》（北京：中華書局，2011 年 11 月），卷三十七，頁 2002。

〔註 12〕參見顧友澤〈論宋代南渡士風與詩歌創作〉一文，認爲由於權相專政的影響，造成在朝詩人的創作顧忌多於外任或在野詩人，文中云：「除了呂本中、李綱、陳與義等爲數不多的詩人，傷時憂國的作品數量稍成規模外，大部分詩人與上表中所列詩人的創作差別不大，比如黃彥年，靖康之難發生之時就在京城，但奇怪的是，其詩集中居然找不到一首直接反映當時情狀者。」載於《浙江學刊》（2008 年 5 月），頁 65。

〔註 13〕張宏生：《江湖詩派研究》（北京：中華書局，1995 年 1 月，初版）。

多矣」〔註 14〕，可見是站在一個瞭解時代興替的歷史角度，看著南宋的衰弱、周遭士人的萎靡。

劉克莊生命歷程，以蔭補入仕之後，主要經歷了靖安主簿、眞州錄事參軍和入金陵制帥李玨幕三個階段，活動範圍在豫章、眞州與金陵，特別是在金陵幕中時期，地處南宋與金人戰火前線，此時劉克莊年輕氣盛，懷有遠大抱負，感今弔古、慷慨激昂，如〈北來人〉二首：

試說東都事，添人白髮多。寢園殘石馬，廢殿泣銅駝。

胡運占難久，邊情聽易訛。淒涼舊京女，粧髻尙宣和。

十口同離北，今成獨鴈飛。饑鉏荒寺菜，貧著陷蕃衣。

甲第歌鍾沸，沙場探騎稀。老身閩地死，不見翠鑾歸。〔註 15〕

藉由一位從北方、金人統治下南逃的人，訴說北宋淪亡、山河割裂對人民帶來的「貧著陷蕃衣」的痛苦。「寢園殘石馬，廢殿泣銅駝」石馬與銅駝，乃古代置於宮門外，用以形容國土淪陷後殘破景象。《晉書・索靖傳》云：「靖有先識遠量，知天下將亂，指洛陽宮門銅駝，歎曰：『會見汝在荊棘中耳？』」〔註 16〕蘇軾詩中亦常出現「荊棘銅駝」形象，如〈百步洪〉，二首之一：「豈信荊棘埋銅駝」、〈寄吳德仁兼簡陳季常〉：「銅駝陌上會相見」、〈兩橋詩：西新橋〉：「似開銅駝峰」〔註 17〕，但東坡筆下的銅駝，顯然與後村此時形象不盡相同。

比較起來，陸游詩中的銅駝意象，時代背景較爲相似。檢視放翁詩集，至少出現過十三次，如〈先主廟次唐貞元中張儼詩韻〉三首之三：「棘生銅駝陌」、〈曉歎〉：「至今銅駝沒荊棘」、〈偶得石室酒獨飲醉臥覺而有作〉：「銅駝棘森然」、〈步虛〉，四首之三：「銅駝臥深棘」、〈囚山〉：「棘沒銅駝六十年」、〈縱筆〉，三首之二：「露霑荊棘沒銅駝」、〈秋夜有感〉：「銅駝臥荊棘」、〈閒趣〉：「濯罷銅駝陌上塵」、〈浮世〉：「銅駝臥棘中」、〈歲晚〉：「歲晚暗銅駝」、〈書事〉：「剪空荊棘出銅駝」、〈醉題〉：「荊棘銅駝使我悲」、〈春晴〉，二首之二：「銅駝荊棘尙關情」。〔註 18〕

〔註 14〕《劉克莊集箋校》，〈方汝一班史贊後跋〉，卷一○七，頁 4462。

〔註 15〕《劉克莊集箋校》，卷一，頁 5。

〔註 16〕〔唐〕房玄齡等著：《晉書・索靖傳》（臺北：鼎文書局，1987 年 1 月，五版），卷六十，頁 1648。

〔註 17〕上述三首詩，參見〔宋〕蘇軾撰；〔清〕王文誥、馮應榴輯注：《蘇軾詩集》（臺北市：學海出版社，1979 年 9 月，三版），頁 891、1340、2199。

〔註 18〕上述十二首詩，參見〔宋〕陸游撰；錢仲聯校注：《劍南詩稿校注》，頁 290、397、925、1043、1259、1417、1538、1806、1868、1896、3372、3582、4104。

後村化用荊棘銅駝意象，詩中的「殘」、「泣」顯示了東都景象與居民哀痛，即便如此還是懷抱著復國夢想，認爲「胡運占難久，邊情聽易訛」將不利的軍情當作是以訛傳訛的謠言般。放翁〈得韓無咎書寄使虜時宴東都驛中所作小闋〉詩云：「舞女不記宣和妝」〔註 19〕。然後村此詩卻云：「凄涼舊京女，粧髻尚宣和」舊日京師的宮女，依舊打扮如徽宗宣和年間般，期望有朝一日二帝南歸。

第二首則訴說北來人一家十口南逃，如今卻只剩自己一人，恰如白居易〈縛戎人〉中所述：「自古此冤應未有，漢心漢語吐蕃身」〔註 20〕般身陷蕃衣，然現實情況是「甲第歌鍾沸，沙場探騎稀」，苟且偷安，貪於享樂的政府，根本無心北伐，最終北來人恐怕只能「老身閩地死，不見翠鑾歸」，死於南方且永遠看不見二帝翠鑾歸來的一天。

除此之外還有〈贈防江卒〉六首、〈築城行〉、〈開壕行〉、〈苦寒行〉、〈國殤行〉、〈軍中樂〉、〈運糧行〉、〈寄衣曲〉、〈大梁老人行〉、〈朝陵行〉、〈破陣曲〉……等，許多關注民生的現實主義詩作，張宏生談到劉克莊此時的詩歌特色時說到：「（後村）充分展現出一個在激烈的民族矛盾中非常具有憂患感的詩人形象，這不僅在這時期的江湖詩人罕見，即使放在整個南宋詩壇上，也是十分獨特的。」〔註 21〕

在中興四大詩人相繼逝世後，劉克莊繼四靈後接掌文學大旗，成爲詩壇領袖，葉適（1150～1223）稱：「今四靈喪其三矣，而潛夫思愈新，句愈工，歷涉老練，布置闊遠，建大旗鼓，非子孰當？」〔註 22〕他有意識的書寫愛國詩歌，關心政治民生，對於時局提出批判。然而這位詩壇領袖所寫作的主題，並非當時文人普遍的意識，因此我們產生了以下疑問：

爲何處於一個國家的晚年，內憂外患頻仍，文人的憂患意識在整個詩壇是獨特的例子？

本研究希望透過劉克莊的眼睛，窺見當時偏安的穩定假象，以及背後末世的感受，透過對於南宋政治局勢與社會風氣，檢視文人在中興四大詩人過

〔註 19〕〔宋〕陸游著；錢仲聯校注：《劍南詩稿校注》，頁 371。

〔註 20〕孫通海、王海燕編輯：《全唐詩》（北京：中華書局，1999 年，第一版），卷四二六，頁 4699。

〔註 21〕張宏生：〈論劉克莊詩〉，收入於氏作《江湖詩派研究》（北京：中華書局，1995 年），頁 245。

〔註 22〕〔宋〕葉適：〈題劉潛夫南嶽詩稿〉，收錄於《水心文集》卷二十九。

世後心態的轉變，以劉克莊爲考察中心，導出後村不同於其他文人的氣概、眼光、抱負等內在素質的表現，與時代文人心態的異同。

學界對於南宋的關注，放在南渡初期至朱熹結束，考察對象多以在朝士人爲主，士人有著奉祠制度的照顧，然而南宋時大部分的讀書人，由於冗官所造成升遷不易，過著極不穩定生活，進而走上干謁道路，戴復古（1167～1248？）〈春日〉詩云：「山林與朝市，何處著吾身」〔註 23〕、羅與之（生卒年不詳）〈夢迴〉詩云：「山林與朝市，底處豁愁襟。」〔註 24〕可看出這時期文人的徬徨、無所適從，形成了一種特殊的、不仕不隱的現象。

劉克莊本人不僅曾在朝爲官，更曾身陷詩禍，且爲江湖詩派領袖。本文以劉克莊爲主線展開南宋文人對於北伐與時局心態轉變的考察，相信是有其意義的。

第二節　劉克莊在晚宋詩壇的意義

劉克莊爲南宋後期文壇領袖，詩歌近四千五百首，傳有《後村先生大全集》一百九十三卷，其中詩四十八卷，在南宋僅次於陸游及楊萬里（1127～1206），是晚宋時期最大的詩集。其詩風多變，不拘泥於一家，早期從四靈、江湖入，後期復歸江西，張高評稱其爲「宋調之變奏」〔註 25〕，文不主一家而兼備眾體，詩學理論與風格多變及複雜性。而在詩詞創作上，劉克莊是有意與陸游、楊萬里比肩，後村在〈八十吟十絕〉，十首之八云：「誠翁僅有四千首，惟放翁幾滿萬篇。老子胸中有殘錦，問天乞與放翁年。」〔註 26〕這也造成劉克莊後期詩有貪多、粗糙的現象。

在詩壇地位方面，元人陸文圭（1256？～1340？）認爲劉克莊與陸游、楊萬里并稱「渡江三大家」〔註 27〕，清人葉矯然（1614～1711）亦云：「南宋

〔註 23〕〔宋〕戴復古撰，金芝山校點：《戴復古詩集》（杭州：浙江古籍出版社，1992 年 8 月，第一版），卷二，頁 40。

〔註 24〕《全宋詩》，卷三二九六，頁 39282。

〔註 25〕張高評：〈宋人詩集之刊行與詩分唐宋——兼論印刷傳播對宋詩體派之推助〉，收入於《東華漢學》第七期（花蓮：東華大學，2008 年），頁 101。一文提到劉克莊時云：「江湖詩人戴復古、劉克莊二家，大抵從江西詩法入，而又會通諸家，出其所得者，是謂宋調之變奏。」

〔註 26〕《劉克莊集箋校》，卷二十二，頁 2013。

〔註 27〕〔元〕陸文圭〈苔石翁詩跋〉：「渡江初誠齋、放翁、後村號三大家數。」參見氏作《牆東類稿》，收入於王德毅、潘柏澄主編《元人文集珍本叢刊》（臺北：新文豐出版公司，1985 年，景印本），卷九，頁 574。

詩人放翁、誠齋、後村三家相當。」〔註28〕清人吳之振（1640～1717）〈後村詩抄序〉云：「論者謂江西苦於麗而冗，莆陽得其法而能瘦能淡，能不拘對，又能夠變化而活動，蓋屬會眾作而自爲一宗者也。」〔註29〕清人張謙宜（1646？～1728？）《繩齋詩談》云：「劉後村詩，乃南宋之翹楚，讀之忘倦。」〔註30〕

而在詞作方面，劉克莊與劉過（？～？）、劉辰翁（1232～1297）並稱「三劉」，清人馮煦稱其：「後村詞與放翁稼軒，猶頂三足。其生于南渡，拳拳君國，似放翁。志在有爲，不欲以詞人自域，似稼軒。」〔註31〕陳廷焯（1853～1892）云：「潛夫詞豪宕風流，有獨來獨往之概。豪宕感激，悲壯風流，是潛夫本色，是蘇辛流亞。」〔註32〕李調元（1734～1803）《雨村詞話》：「劉後村克莊有〈滿江紅〉十二首，悲壯激烈，有敲碎唾壺、旁若無人之意，南渡後諸賢皆不及。」〔註33〕許多學者也認爲後村爲辛派詞人中成就最突出的作家。〔註34〕林希逸在其行狀曾云：

> 與凡得銘、得序、得跋、得詩之友，不遠千里而來。力不能來亦以書至，概不知其幾。皆曰：「斯文無所宗主矣，吾儕無所質正矣，後進無所定價矣。」茫茫宇宙，人物何限，其能擅一世盛名，自少至老能使言詩者宗焉，言文者宗焉，言四六者宗焉。雖前乎耆老，後乎秀傑之士，亦莫不退遜而推先，卒至見知於人生者，古今能幾人哉？〔註35〕

所謂「言詩者宗焉，言文者宗焉，言四六者宗焉。」看來並非完全溢美之詞。戴復古〈寄後村劉潛夫〉云：「朝廷不召李功甫，翰苑不著劉潛夫。天下文章無用處，奎星夜夜照江湖。」〔註36〕指出後村的四六在當時亦爲人稱道，〈雜

〔註28〕郭紹虞主編：《清詩話續編》（上海：上海古籍出版社，1983年12月），頁1017。

〔註29〕〔清〕吳之振、呂留良、吳自牧選；〔清〕管庭芬、蔣光煦補：《宋詩抄》（北京：中華書局，1986年），〈後村詩抄序〉，頁2506。

〔註30〕郭紹虞主編：《清詩話續編》（上海：上海古籍出版社，1983年12月），頁863。

〔註31〕〔清〕馮煦：《蒿庵論詞》（北京：人民文學出版社，1984年5月，第三次印刷），頁70。

〔註32〕〔清〕陳廷焯著：《雲韶集》，收入於孫克強主編：《唐宋人詞話》（鄭州市：河南文藝出版社，1999年），頁555。

〔註33〕〔清〕李調元：《雨村詞話》，收入於唐圭章主編：《詞話叢編》（北京市：中華書局，1986年，第一版），卷三，頁1421。

〔註34〕案：如楊海明《唐宋詞史》（天津：天津古籍出版，1998年，初版）。

〔註35〕《劉克莊集箋校》，卷一九四，頁7548。

〔註36〕《戴復古詩集》，卷七，頁220。

記〉自云：「余少未爲人所知，水心葉公稱其詩可建大將旗鼓，西山眞公自爲正錄時稱其文，言譽於諸公」、「主簿它日必以四六名家」、「使爲文字官，必稱職。」〔註37〕

另一方面，同時代的方回（1227～1305）在評價劉克莊的時候說：「後村晚節飽滿四靈，用事冗塞，小巧多，風味少，亦減於四靈也」〔註38〕，趙翼（1727～1814）《陔余叢考》批評劉詩「以本朝事作詩料運用，究欠穩重。」（卷二十四），丁丙《善本書室藏書志》云劉克莊詞：「詞則思矯然自異，力洗鉛華。大抵效辛稼軒而遜其魄力，雖頗縱橫排闔而一泄無餘。」四庫館臣亦評其：「縱橫排宕，亦頗自豪，然於此事究非當家。」〔註39〕這些皆爲對後村的負面評價。

除了上述詩詞文章方面的成就之外，後村〈送許昕〉，曾自云：

> 余少嗜章句，格調卑下，故不能高。既老，遂廢不爲。然江湖社友猶以疇昔虛名推讓，雖屏居田里，載贄而來者，常堆案盈几，不能遍閱。〔註40〕

不但「載贄而來者，常堆案盈几，不能遍閱。」江湖社友推崇的情況，亦使其文壇宗主地位更加穩固，形成「江湖從學者，盡欲倚劉牆」〔註41〕景象，在當時詩壇主流江湖詩派之中，有著領袖般地位。且後村對江湖後進亦提攜有加，與友人的書啓〈答劉少文〉中曾云：「某自少壯好交遊海內英雋，至老不衰。閒居無事時，四方士友委刺者必倒屣下榻，行卷者必還贄和韻，未嘗敢失禮于互鄉童子，人所共知。」〔註42〕且由於其政治地位較高，在干謁之風盛行的南宋，這些靠賣詩維生的江湖詩人，自然而然希望能靠劉克莊的賞識而擠身仕途。如許棐《讀南嶽新稿詩》云：「細把劉郎詩讀後，鶯花雖好不須看。」〔註43〕同爲江湖派傑出詩人的戴復古，也有詩作獻之，〈寄劉潛夫〉云：「八斗文

〔註37〕《劉克莊集箋校》，卷一一二，頁4637。
〔註38〕〔元〕方回：《瀛奎律髓彙評》（上海：上海古籍出版社，2005）頁1501。
〔註39〕〔清〕永瑢等撰：《四庫全書總目提要・後村集》（北京：中華書局，1967年7月，第四次印刷），卷一六三，集部十六，別集類十六，頁1401。
〔註40〕《劉克莊集箋校》，卷九十六，頁4071。
〔註41〕〔宋〕胡仲弓：〈王用和歸從莆水寄呈後村〉，《葦航漫遊稿》，收入於王雲五主編《四庫全書珍本初集集》（臺北市：台灣商務印書館，1970年），卷二。
〔註42〕《劉克莊集箋校》，卷一三二，頁5325。
〔註43〕〔宋〕許棐：《梅屋集》，收入於王雲五主編：《四庫全書珍本十一集》（臺北市：台灣商務印書館，1970年）。

章用有餘，數車聲譽滿江湖。今年好獻《南郊賦》，幕府文書有暇無？」〔註44〕可知對於後村也是極其推崇，這樣一位「數車聲譽滿江湖」，且在南宋詩壇有著領袖地位的人物，以其爲中心點切入，可觀察時代的文人心態。

第三節　文獻檢討

在此分爲兩部份，藉以說明與本論文相關的文獻掌握。第一部份是與南宋文人心態相關的研究資料述評；第二部份是與劉克莊相關的專論研究資料，藉由此部份的呈現，以瞭解目前學術界針對於劉克莊研究的掌握概況。

壹、南宋文人相關研究

劉子健《中國轉向內在：兩宋之際的文化內向》〔註45〕及余英時《朱熹的歷史世界》爲全面的論述；劉子健認爲北宋至南宋文化轉變爲「北宋的特徵是外向的，而南宋卻是本質上趨於內斂」，且政治與學術的發展融合在一起，認爲在兩宋動盪之際，政治凌駕於經濟、文化，專制皇權膨脹爲絕對的獨裁，導致知識分子轉向儒學，形成所謂的新儒家，進而影響中國近千年之久。而余英時此書的副標題爲「宋代士大夫政治文化的研究」，即點明主要關注對象爲士大夫階層，以朱熹（1130～1200）所經歷的時間爲範疇，重構十二世紀最後二三十年的文化史與政治史。道學在南宋的重要性是不可否認的，這兩本著作皆用了很大的篇幅在闡明新舊儒家以及理學的歸屬問題上，對於理解南宋思想的進路上，提供了很大的幫助，余英時以朱熹爲主軸，建構出宋室南渡初期的政治局勢以及理學關係，然對於朱熹逝世之後的文壇，所著墨的部份並不多，而這段空白部份就是本研究所希望能稍稍填補上的。

一、南渡詩人群體

目前學界對於南渡前後的詩人或詞人群體多有專論，較早期如黃文吉《宋南渡詞人》〔註46〕、王兆鵬《宋南渡詞人群體研究》〔註47〕，近期如錢建狀

〔註44〕《戴復古詩集》，卷七，頁224。

〔註45〕〔美〕劉子健著，趙冬梅譯：《中國轉向內在：兩宋之際的文化內向》（南京：江蘇人民出版社，2002年1月，初版）。

〔註46〕黃文吉：《宋南渡詞人》（臺北：學生書局，1985年5月，初版）。

〔註47〕王兆鵬：《宋南渡詞人群體研究》，收入於《大陸地區博士論文叢刊》（臺北市：文津出版社，1992年，初版）。

《南宋初期的文化重整與文學新變》〔註 48〕、白曉萍《宋南渡初期詩人群體研究》〔註 49〕、沈文雪《文化版圖重構與宋金文學生成研究》〔註 50〕、李欣《宋南渡詩壇的格局與變遷》〔註 51〕、王建生《通往中興之路—思想文化視域中的宋南渡詩壇》〔註 52〕，從各個面向來探討南渡之初，這種特殊時代氛圍下的文人活動。早期多半是對於南渡的詞人群體做專論，王兆鵬及黃文吉將整個南渡詞人做了詳盡的分類研究，白曉萍開始出現對於詩人群體的專論，〈宋南渡初期詩人群體研究〉中將南宋初期的衰頹士風理由歸納以下三點：首先富麗奔競，不守士節；其次浮言虛飾，不務實政；最後謀己之私，不恤國事。〔註 53〕以下王建生從思想文化的角度討論，錢建狀、李欣與沈文雪則從南渡後整個南北文化重組的角度來論述。

由上述論著中可以發現，「中興」的想像與追尋，似乎是此時共通的主題，不論是詩人群體或是詞人群體，這些文人在面對外族政權南下所激盪出的愛國情緒，表現在文學上，進而體現出時代的悲歌，但在這些激烈衝突結束後，文人又是如何面對政府的萎靡以及南北的衝突？當所謂的「中興」希望漸漸渺茫，北伐克復神州的口號不再，文人的心態轉變過程又是如何？

二、江湖詩人群體

江湖詩人研究，主要有鄭亞薇《南宋江湖詩派之研究》〔註 54〕、張宏生《江湖詩派研究》〔註 55〕；鄭亞薇在《南宋江湖詩派之研究》一文指出，江湖詩人崛起的主因，在於動盪不安的政治環境、經濟通貨膨脹、皇帝享樂以及權臣誤國。張宏生《江湖詩派研究》，透過作品分析及資料統計，在梁昆《宋詩派別論》中對江湖成員考得 109 人的基礎上，〔註 56〕進一步統計出可列爲

〔註 48〕錢建狀：《南宋初期的文化重整與文學新變》（廈門：廈門大學出版社，2006 年 10 月，第一次印刷）。

〔註 49〕白曉萍：《宋南渡初期詩人群體研究》（浙江大學，博士學位論文。2006 年 2 月）。

〔註 50〕沈文雪：《文化版圖重構與宋金文學生成研究》（北京：光明日報出版社，2009 年 9 月）。

〔註 51〕李欣：《宋南渡詩壇的格局與變遷》（北京：中國社會科學出版社，2011 年 9 月）。

〔註 52〕王建生：《通往中興之路——思想文化視域中的宋南渡詩壇》（上海：上海古籍出版社，2011 年 12 月）。

〔註 53〕白曉萍：〈宋南渡初期詩人群體研究〉（浙江大學博士學位論文，2006 年 2 月）。

〔註 54〕鄭亞薇：《南宋江湖詩派之研究》（政治大學博士學位論文，1981 年）。

〔註 55〕張宏生：《江湖詩派研究》（北京：中華書局，1995 年 1 月，初版）。

〔註 56〕梁昆：《宋詩派別論》，頁 120。

江湖詩派的文人共有 138 位。張宏生對於江湖詩派這些「職業詩人」出現的原因，提出不同的看法，認為詩人「生活在商品經濟空前發達的時代，有著強烈的物質欲望。」〔註 57〕這種物質需求，使得文人對於經濟的依附更大，進而以詩為商品進行干謁、賣文、教書等等。

三、南宋士風的討論

沈松勤《南宋文人與黨爭》〔註 58〕認為南宋黨爭影響了文人的命運以及創作心態的演變與價值限度的取捨，在高壓政治之下，產生了專制文化政策與文字獄，表現在文學上則是諂諛之風與諂詩諛文。南宋宰相之專權，從秦檜到史彌遠再到賈似道，整個南宋幾乎是從一個權相到另一個權相的過程，林天蔚在〈宋代權相形成之分析〉〔註 59〕一文中，指出「南宋宰相六十一人，獨相者二十二人，佔百分之三十六強，又南宋享國一百四十九年，獨相時期達九十三年另二閏月，佔百分之六十三強。」〔註 60〕而權相擅政的後果就是沈松勤所稱得「尚同伐異之習」〔註 61〕，進而士風敗壞乃至政壇週期性反覆動盪。

喻學忠及張金嶺對於晚宋士風發表一系列的論文，喻學忠計有〈晚宋士大夫奔競之風述論——晚宋士風研究之一〉（東南大學學報（哲學社會科學版），2003 年 2 月）、〈晚宋士大夫隱逸之風述論——晚宋士風研究之二〉（重慶師範大學學報（哲學社會科學版），2005 年 2 月）、〈晚宋士大夫貪墨之風述論〉（重慶師范大學學報（哲學社會科學版），2006 年 3 月）、〈晚宋士大夫奢靡之風述論〉（江淮論壇，2006 年 5 月）；張金嶺則著有〈晚宋士大夫無恥與財政危機〉（中華文化論壇）〈晚宋士大夫無恥考論〉，皆對於晚宋「士大夫」士風主流的敗壞多有論述，各擅千秋，然所著墨之處誠如前述，聚焦在「在朝為官」的士人，然這些皆是就其政治上的表現而言，當詩人群體的主流在民間，以士風來一概論之似有不恰當之處。

中國所謂「士人」，係泛指各中下階級的「知識份子」，在唐代為止、甚至於到北宋的詩人，基本上都是「官」或是即將擠身為「官」，〔註 62〕而南宋

〔註 57〕張宏生：《江湖詩派研究》，頁 10。

〔註 58〕沈松勤：《南宋文人與黨爭》（北京：人民出版社，2005 年 4 月，第一版）。

〔註 59〕林天蔚：〈宋代權相形成之分析〉，收入於《宋史研究第八輯》，宋史座談會編（台北：國立編譯館，1976 年）。

〔註 60〕林天蔚：〈宋代權相形成之分析〉，頁 146。

〔註 61〕沈松勤：《南宋文人與黨爭》，頁 133。

〔註 62〕參見〔日〕吉川幸次郎著；李慶，駱玉明等譯：《宋元明詩概說》：「說到從前

後所謂的知識階層大幅下修，大部份文人都處於民間，文士的布衣化造成以詩爲商品的江湖謁客，「士」階層從上向下流動，這種現象造成「官僚、學者、文人」三位一體複合型士人的解構。〔註 63〕

劉婷婷的《宋季士風與文學》〔註 64〕，針對宋季三朝（理宗、度宗、恭宗）以及二王（端宗、衛王）世風以及士風，做了整體性的觀照，研究重心放在江湖詩人群體之上，有助於筆者觀察宋季時的文風情況。如劉婷婷所云：「（江湖文人）不再身預君國大事，直接參與國家政策的決定……他們的社會責任感大大減弱，在濟世的理想破滅後轉入了對身邊事物、對生命意義的思考，表現出淡泊的生活態度。」〔註 65〕文人生活的困苦造成其對於國家大事、社會責任感降低，關心的目標自然也由大至少，所謂「窮則獨善其身，達則兼善天下」。

貳、劉克莊研究

關於劉克莊的研究，兩岸對其詩學理論、版本研究以及年譜的考證方面，有著顯著發展，近年來也有多本關於劉克莊的專書出版〔註 66〕；台灣學者較早開始關注處理劉克莊作品的主題研究，例如張荃〈劉後村滿江紅詞七首箋〉

詩的歷史，到唐代爲止的詩人，甚至是北宋的詩人，原則上都是詩的專家，而同時又是官僚，或是想要擠身官僚之列的人。唐代的韓愈、白居易、還有北宋的歐陽修、王安石、蘇軾，既是各自時代的代表詩人，同時又是內閣的官僚。李白和杜甫，則是想要謀取政府職位的失敗者。」（上海：復旦大學出版社，2012 年 1 月），頁 134。

〔註 63〕參見侯體健：〈國家變局與晚宋文壇新動向〉：「士人階層的分化已經蘊藏了『專業作家』的出現因子。『詩人』這個詞彙，這時開始與『文人』、『士人』、『文臣』等詞彙不相『兼容』，而成爲一個獨立的概念。」收入於《華南師範大學學報》社會科學版（2010 年第一期），頁 74。

〔註 64〕劉婷婷：《宋季士風與文學》（北京：中華書局，2010 年 8 月）。

〔註 65〕劉婷婷：〈宋季士風與文學〉（浙江大學：博士學位論文，2007 年 6 月），頁 46。

〔註 66〕案：如程章燦：《劉克莊年譜》（貴陽：貴州人民出版社，1993 年 2 月，第一版）、王明見：《劉克莊與中國詩學》（成都：巴蜀書社，2004 年 2 月，第一版）、王錫九：《劉克莊詩學研究》（合肥市：黃山書社，2007 年 9 月，第一版）、王宇：《劉克莊與南宋學術》（北京：中華書局，2007 年 10 月，第一版）、景紅錄：《劉克莊詩歌研究》（上海：上海古籍出版社，2007 年 12 月，第一版）、王述堯：《劉克莊與南宋後期文學研究》（上海：東方出版中心，2008 年 2 月，第一版）、侯體健：《劉克莊的文學世界—晚宋文學生態的一種考察》（上海：復旦大學出版社，2013 年 3 月，第一版）。

〔註 67〕、張健〈劉克莊的五絕〉〔註 68〕，於前人對於劉克莊研究，主要集中在其詩論以及詞學成就；值得注意的是六〇年代孫克寬所發表的〈晚宋政爭之劉後村〉〔註 69〕以及〈劉後村的家世與交遊〉〔註 70〕，共四篇論文，是早期對於劉克莊有較詳細介紹的論述。孫克寬以歷史學家的觀點探討晚宋政壇中的鬥爭與劉克莊的關係，有感於「後村以一個文人而興趣迄在政治，詩文中眷眷不忘於是非、和戰」，以及其政治生涯的對應，歸納出劉克莊平生所涉及的晚宋政治有三大事：遷扯入江湖詩案，因與史彌遠為敵，終身論事也齟齬於濟王案的昭雪；與鄭清之的關係，及因鄭清之而擠身於端平朝列，又在淳佑間置身通顯，可是和鄭氏鬧了個不歡而散；最後就是遷入史嵩之的「奪情」案內，和史嵩之也成了不解之仇。

孫克寬的文章指出了劉克莊於政治仕宦生涯的浮沉，以及與宰相權臣之間的矛盾糾葛，對於後人的研究奠定了深厚的基石，但這只是劉克莊的其中一面，考察劉克莊的年譜我們可以發現，劉克莊一生四十年的仕宦生涯，眞正進入朝廷中的時間只有數年，其他時間都是在奉祠中渡過的。

向以鮮的《超越江湖的詩人——後村研究》〔註 71〕，對於劉克莊做了全面的考證，從交遊、生平到詩論、詞論、版本皆有涉及，並提出劉克莊超越江湖派詩人的看法，對於劉克莊的愛國主義以及現實主義詩歌皆有提及，更在 2008 年出版與王蓉貴校點《後村先生大全集》〔註 72〕，此書的出版對於筆者檢索劉克莊的詩歌以及文章方面，提供了很大的幫助；此外向以鮮在《超越江湖的詩人》中，將劉克莊詩歌創作分為前期與後期，以六十歲為界，前期又分為四靈與江湖兩個階段，前期又分為「與四靈相近」和「入手江湖」

〔註 67〕張荃：〈劉後村滿江紅詞七首箋〉，收入於《大陸雜誌》，第 1 卷，8 期，1940 年，頁 12～14。

〔註 68〕張健：〈劉克莊的五絕〉，收入於《明道文藝》，1995 年，頁 34～41。

〔註 69〕孫克寬：〈晚宋政爭之劉後村——上〉，收入於《大陸雜誌》，第 23 卷，7 期，1961 年，頁 4～10；〈晚宋政爭之劉後村——下〉，收入於《大陸雜誌》，第 23 卷，8 期，1961 年，頁 17～22。

〔註 70〕孫克寬：〈劉後村的家世與交遊——上〉，收入於《大陸雜誌》，第 22 卷，11 期，1961 年，頁 1～5；〈劉後村的家世與交遊——下〉，收入於《大陸雜誌》，第 22 卷，12 期，1961 年，頁 17～23。

〔註 71〕向以鮮：《超越江湖的詩人——後村研究》（四川：巴蜀書社，1995 年 11 月，第一版）。

〔註 72〕〔宋〕劉克莊著，王蓉貴、向以鮮校點，刁忠民審訂：《後村先生大全集》，（成都市：四川大學出版社，2008 年）。

兩個階段；景紅錄《劉克莊詩歌研究》〔註 73〕根據向以鮮的說法，並對照李國庭〈劉克莊年譜簡編〉中的仕宦生涯分類，將劉克莊二十四歲入仕到七十八歲致仕的五十四年仕宦生涯，與其創作分爲六個階段〔註 74〕：分別爲詩歌初學期、詩歌漸變期、詩歌繼變期、詩歌自成期、詩歌定型期以及詩歌衰退時期；此外對於劉克莊仕隱交錯生命歷程以及詩歌的變化皆有詳細的交代，並將其詩歌依內容分爲時事、田園雜興、詠史懷古、詠物、紀行遊覽、其他等六大類。

王述堯《劉克莊與南宋後期文學研究》〔註 75〕，則進一步提出劉克莊的政治詩與詠懷詩，探討他的政治敏感性及愛國情懷，對於劉克莊與黨爭關係以及偏安意識反動皆有提及；其中在談論劉克莊的詠詩時提到：「如果把詠懷古蹟、歌詠歷史人物等和歷史相關的內容都包括在內，後村的詠史詩在詩集中共有 320 首左右，佔詩集的 7%左右」〔註 76〕，雖然比例不大，但是三百二十首詩，已經是許多人詩集的總數了，所以筆者認爲，劉克莊在詩中所呈現的憂患意識，是值得深入研究。

王明見《劉克莊與中國詩學》〔註 77〕、王錫九《劉克莊詩學研究》〔註 78〕及王宇《劉克莊與南宋學術》〔註 79〕，則是對於劉克莊詩學理論、詞學理論、文學批評以及與南宋各主要學術交流情況，做了另一方面功夫；王明見對於劉克莊詩歌理論提出了全面看法，針對人品詩品、美學思想、體裁風格、鍛鍊創作、創作師法等方向剖析劉克莊的詩學旨趣，並論述功名與詩歌的相互關係，以及文治與詩歌衰勝的影響；王錫九以研讀《後村詩話》爲基礎，並以《後村先生大全集》中詩歌以及序、跋爲主的文章進行深入考察，總結劉克莊對唐詩的體認，顯現文學批評中不僅有「學」且有「識」的深度；王宇則以劉克莊詩學爲主線，對南宋學術展開歷史的敘述，梳理後村與學術背景以及其他南宋各主要學術派別的關係，並結合理學發展的脈絡探討劉克莊詩學底蘊背後的社會意義。

〔註 73〕景紅錄：《劉克莊詩歌研究》（上海：上海古籍出版社，2007 年 12 月，第一版）。
〔註 74〕景紅錄：《劉克莊詩歌研究》，頁 132。
〔註 75〕王述堯：《劉克莊與南宋後期文學研究》（上海：東方出版中心，2008 年 2 月，第一版）。
〔註 76〕同上註，頁 52，註 1。
〔註 77〕王明見：《劉克莊與中國詩學》（成都：巴蜀書社，2004 年 2 月，第一版）。
〔註 78〕王錫九：《劉克莊詩學研究》（合肥市：黃山書社，2007 年 9 月，第一版）。
〔註 79〕王宇：《劉克莊與南宋學術》（北京：中華書局，2007 年 10 月，第一版）。

侯體健在〈國色老顏不相稱今後村非昔後村——百年來劉克莊研究的得失〉提到:「據筆者統計,近百年來劉克莊研究的 140 餘種海內外各類論著中,關於其詞和詩論者佔據泰半」〔註 80〕,由此可知前人對於劉克莊的研究,主要集中在其詩論以及詞學成就之上,其中對於劉克莊詩歌中憂患意識或是批判形象皆少提及,或是散見於篇章之中,未能有一個整體性的整合論述。爾後侯體健出版《劉克莊的文學世界—晚宋文學生態的一種考察》〔註 81〕,此書乃其博士論文整理後出版,由於其博士論文並未開放,因此筆者到今年此書出版後,才得一窺究竟。書中以後村爲地方精英的角度,詳細考察分析了莆田的文學生態及其家族文學,並對刻書及編集做了詳細的論述及考證,與王宇《劉克莊與南宋學術》是近年來對於劉克莊研究較不同的面相。

劉克莊研究的困難即在於其本身的多層次及複雜性,整部《後村先生大全集》論詩旨趣很難以一論之,可從其與理學、四靈、江湖派、江西派等多項淵源,以及學陸游和楊萬里可以看出他理論架構的博雜,就連其審美觀念也是與時俱變。黃寶華、文師華在《中國詩學史》中提到劉克莊的詩論時如是說:「考察後村的詩論,每見其有前後牴牾之論,似乎莫衷一是,其實是他隨機應變,相反相乘的辯證法體現。」〔註 82〕

也就是因爲前人的研究多半集中在劉克莊自身詩歌理論身上,或是專注於其與理學等學派的交流,並未統整性的將視野放大至整個南宋。且劉克莊不論其人、其時代、其作品,除了詩、選詩、還有文學批評,所以是一個多層次要處理的對象。本文一方面欲以宏觀的角度,討論一個大時代,亦即由北宋轉南宋,再到南宋開啓北伐,爾後由南宋進入晚宋,這幾個時代的大段落。中間涉及到幾個重要的文人:陸游、辛棄疾、葉適,借劉克莊將其同時貫穿起來,討論與其交錯的議論網絡。

即便劉克莊談詠史、北伐作品,僅爲其全貌的一部分,然則單談這部份就已經如此豐富,本議題並不代表全部的劉克莊,而是被忽略的劉克莊。然劉克莊並非此時代的完美樣板,與同時代文人時而會合時而分異,然則依舊

〔註 80〕侯體健:〈國色老顏不相稱今後村非昔後村——百年來劉克莊研究的得失〉,收入於《長江學術》,2008 年 4 月,頁 43～5。

〔註 81〕侯體健:《劉克莊的文學世界——晚宋文學生態的一種考察》(上海:復旦大學出版社,2013 年 3 月,第一版)。

〔註 82〕黃寶華、文師華著:〈宋元金卷〉,收入於陳伯海、蔣哲倫主編:《中國詩學史》,(廈門:鷺江出版社,2002 年),頁 272。

可借其獨特之處，觀察出時代的普遍性，其中複雜的辯証過程，待後文詳述。

於此筆者希冀透過這篇論文，可以填補上學界對於南宋文壇在朱熹之後的轉變。

在研究的前置作業上，本文參閱曾棗莊、吳洪澤《宋代文學編年史》〔註83〕、陳文新《中國文學編年史・宋遼金卷》〔註84〕、曾棗莊《中國文學家大辭典・宋代卷》〔註85〕，及上述後村年譜及史書，將晚宋文人的文學活動繫年，方便本文論述的掌握。

第四節　研究方法

壹、時間範疇／研究對象

本文研究範圍以高宗宋室南渡後，乃至整個南宋結束爲研究時間範疇（1127～1279）共計一百五十二年，雖跨度頗大，但主要探討時間仍以劉克莊生命歷程爲主（1187～1269）；然本文論題雖爲晚宋文人心態轉變，若只孤立、抽離來觀，而不提出宋室南渡之初文風及文人心態對應，便無法彰顯出其時代意義與差異。因此本文在第二章及第三章，藉由劉克莊詩文之中對於前輩詩人的嚮往與追尋，探討南渡之初政治環境以及文學風氣，是如何影響晚宋文人心態。

學界對於「晚宋」分期，以宋寧宗嘉定年間至宋朝滅亡爲止，〔註86〕即宋寧宗嘉定元年（1208）至帝昺祥興二年（1279），凡七十二年。元朝所刊行《宋季三朝政要》四庫館臣認爲「蓋宋之遺老所爲也」，記載了理宗寶慶元年（1225）至帝昺祥興二年（1279），三朝的時事，並於卷後附廣王、益王二王首末。因此又有「宋季」之說。本文時間上以晚宋爲主要探討緯度，以後期作家爲經度，藉以描繪出當時文人心態座標。

於此筆者將南宋分爲三個時期，第一爲南渡初期，即高宗朝時期；其次

〔註83〕曾棗莊、吳洪澤：《宋代文學編年史》（南京：鳳凰出版社，2010年，第一版）。

〔註84〕陳文新：《中國文學編年史》（長沙：湖南出版社，2006年，第一版）。

〔註85〕曾棗莊主編，李文澤、吳洪澤副主編：《中國文學家大辭典・宋代卷》（北京：中華書局，2004年9月，第一次印刷）。

〔註86〕關於晚宋的時間斷限，參見張其凡：〈試論宋代政治史分期〉，收入於《宋史研究論集》（河南大學出版社，1993年），以及胡昭曦：〈略論晚宋史的分期〉，收入於《四川大學學報》，1995年第一期，頁103～108。

爲南宋中期，即孝宗、光宗二朝，中興四大詩人在世時期；再次爲晚宋時期，即寧宗至南宋顛覆。

人物則以劉克莊爲中心，旁及江湖詩派諸人，並以劉克莊的詩文上推南渡大家數、中興四大詩人，不只侷限於在朝爲官士人，還包括了南宋後期大量布衣文人。最後提出南宋滅亡之際，遺民對於宋季的檢討。

貳、研究方法

韋勒克（Rene Wellek）與華倫（Austin Warren）《文學論》云：「文學本身便是社會的一份子，也具有一種特定的社會地位，那就是說他接受某種程度的社會默許和報酬。文學的興起經常是和特定的社會行爲有密切的關係。」〔註87〕南宋後期文壇，由大量中下階層士大夫以及布衣所組成，江湖詩派興起，必然是由於社會大環境因素所造成，而文士心中最深刻的矛盾，係來自於朋黨之爭與奸佞專權所造成的兩極化表現：冷漠處世或是高聲疾呼。〔註88〕

顏崑陽先生曾提出「完境文學史」的構想，討論到文學家皆有著三重性的存在，亦即「地域民族」、「社會階層」、「文學社群」三者限定下的存在情境，而這三者又受限於時間性的「文化傳統」〔註89〕，此理論相似於西方的新歷史主義（New Historicism），此係20世紀70年代末80年代初在歐美所興起的文藝理論及批評方法，爾後在中國發酵形成所謂中國式的新歷史主義。〔註90〕《當代西方文藝理論》一書談論新歷史主義時云：「歷史是一個延伸的文本，文本是一段壓縮的歷史。歷史和文本構成生活世界的一個隱喻。文本是歷史的文本，也是歷時與共時統一的文本。」〔註91〕亦即所有的文本皆是歷史性，所有的歷史皆是文學性。基於新史觀，將歷史的緯度重新運用到文學研究中

〔註87〕參見韋勒克（Rene Wellek）、華倫（Austin Warren）合著，王夢鷗、許國橫譯：《文學論》（臺北：志文出版社，2000年），頁149。

〔註88〕參見季明華：《南宋詠史詩研究》，第三章〈南宋詠史詩的發展背景〉，頁69。

〔註89〕參見顏崑陽先生：〈混融、交涉、衍變到別用、分流、佈體—「抒情文學史」的反思與「完境文學史」的構想〉，收入於《清華中文學報》（1999年12月，第三期），頁113～154。

〔註90〕參見張進：〈新歷史主藝文義思潮的悖論性處境〉云：「中國式的新歷史主義從語境到創作實踐和理論批評都呈現出自己的特點：它既是外生繼起，又是內生原發的；既有歐美相關批評理論誘發的外在因素，又有國內理論批評與創作實踐相互激盪的內在動力」，頁71。

〔註91〕參見宋立元主編：《當代西方文藝理論》（上海：華東師範大學），頁396。

去，將文本放回文化歷史語境中進行考察。爾後新歷史主義者發展出了一種「文化詩學」觀，並延伸出「新歷史詩學」。〔註 92〕

陳寅恪在清人錢謙益「以詩證史」的基礎上，又發展出「以史證詩」的詮釋方法，而錢鍾書在《談藝錄》亦云：「詩具史筆」以及「史蘊詩心」〔註 93〕，在《管錐編》亦表彰過劉知幾「視史如詩，求詩于史」〔註 94〕表示將文學放置歷史語境中重新檢視，「當代」詩人所面對的時代巨變，轉化爲文字所刻劃下來的詩歌，史學與文學的整合，一方是客觀的理性敘述，一方則是感性主觀的表達，傅錫壬則認爲文學作品可以視之爲「當代」的「輿論媒體」，反映了當代文人的看法與感受。〔註 95〕

王文進先生曾於〈南朝與南宋邊塞詩中的漢代圖騰〉一文，認爲南宋文人在寫作上是源於南朝所給予的時空思維所影響，〔註 96〕進一步考察可以發現，這些意象的呈現多集中在南渡之初以及宋末，南渡初年尤其強烈，詩人處在劇烈時代變動之下，所產生的「時空錯置」及「情境連類」，〔註 97〕泰半詩人皆爲劉克莊以前的文人；中國知識份子在易代鼎革之際，往往會激起強烈的愛國意識，並表現在詩文當中，南渡初文人亦是如此，然則隨著偏安局勢穩定，加上政治層面打壓，及社會經濟因素，劉克莊後的文人，便少有這類型作品了，一直要到了南宋滅亡之際，文人才重新將自身置於時代洪流之中，環顧歷史來詮釋所處的情境。

本研究的進行，預計由以下方法展開：

〔註 92〕同前註，頁 396。

〔註 93〕參見錢鍾書：《談藝錄》（臺北市：書林出版社，1999 年 2 月，二刷），頁 363。

〔註 94〕參見錢鍾書：《管錐編》（北京：中華書局，1986 年，第二版），164 頁。

〔註 95〕參見傅錫壬：〈以詩證史以史詮詩——以宋代靖康之禍爲例〉，收入於《淡江人文社會學刊》，創刊號，1998 年 5 月，頁 35。

〔註 96〕參見王文進先生：〈南朝與南宋邊塞詩中的漢代圖騰〉，原發表於 2001 年 3 月成功大學所舉辦「第四屆魏晉南北朝文學與思想學術會議」，收入於氏作《南朝山水與長城想像》（臺北市：里仁書局，2008 年 6 月，初版），頁 270。

〔註 97〕參見王文進先生〈南朝與南宋邊塞詩的漢代圖騰〉，云：「南宋時期偏安江南的局面與南朝時期如出一轍，其詩人處境更等同於南朝士人，因此直接繼承南朝邊塞詩的架構，寄託置身於分裂現實的焦慮與困居退守江左的抑鬱心情。」收入於氏著，《南朝山水與長城想像》，頁 257～276。林郁迢：〈辛稼軒與謝太傅〉，收入於《東華人文學報》第十五期（花蓮：東華大學人文社會科學學院出版，2009 年 10 月）。林郁迢：《南宋士人思維中的南朝影像》（花蓮：東華大學中國語文學系，碩士學位論文。2003 年，6 月）。

本文的研究方法第一部份，擬精讀並分析劉克莊的作品，以其仕宦生涯、交遊狀況爲基礎，分析作品中或隱或顯的心態轉變，最後以劉克莊爲主線，放大檢視於整個南宋文壇，建構出心境嬗變的過程。後村作爲一個長壽詩人，其人生經歷南宋孝宗、光宗、寧宗、理宗、度宗五朝，且由於其政治地位，同時與上層士人及低階文人皆有交友，並在南宋士人型態解構的情形下，尚且身兼「官僚、學者、文人」三位一體複合型士人。〔註 98〕且交遊遍及整個晚宋的詩壇。而所謂的心態，係指對事物發展的反應和理解表現出不同的思想狀態和觀點，所以藉由劉克莊來勾勒出晚宋時文人的心態及詩風，導出四靈、江湖時期的時代氛圍。

第二部份，擬透過史料及宋人筆記的佐證，藉以掌握整個南宋的政治局勢以及社會風氣，交叉對照之下，關懷文人對於時代的感受，經由前賢歸納與整理的線索，分析南宋初期、中期、晚期士人心態的轉變；雖然本論文主題是晚宋文人，然做爲一個對比，勢必得提出南渡初期的文人心態做爲對照。而所謂的時代風氣，亦是十分抽象的名詞，若抽離環境因素及政治背景，便很難看出時代特色的前因後果。晚宋與日俱增的財政危機與日趨敗壞的士風，是對南渡初期政治生態的繼承，進而導致晚宋文人心態的轉變。同樣強敵環伺的局勢，卻造成全然不同的文人心態。

本文擬透過詮釋的角度，來瞭解宋室南渡後的社會活動，並非以單純的計量研究來進行，而是在於觀察劉克莊的過程之中，賦予筆者的主觀意義的詮釋。

第三部份，透過史傳及文學繫年，可觀察詩人面對時代巨變的反應，以端平元年（1234）宋蒙聯合滅金來說：

紹定六年（1233）九月，蒙古軍進圍蔡州，十月，史嵩之命江陵府副都督統制孟珙、襄陽守將江海，率師二萬，攜糧三十萬石，與蒙古軍聯合進圍蔡州城。端平元年金哀宗自殺，金亡，立國凡一百二十年。〔註 99〕

劉克莊看著金朝滅亡，以爲國仇已報，從此天下太平，在端平二年寫了〈端嘉雜詩〉二十首：

〔註 98〕關於士人型態解構的議題，在本章第三節有詳細論述，主要係參考侯體健：〈國家變局與晚宋文壇新動向〉，收入於《華南師範大學學報》社會科學版（2010 年第一期）、〔日〕吉川幸次郎著；李慶，駱玉明等譯：《宋元明詩概說》（上海：復旦大學出版社，2012 年 1 月），頁 134。

〔註 99〕參見何忠禮：《南宋政治史》（北京：人民大出版社，2008 年），頁 234。

聞說關河唾掌收，擬爲跛子看花遊。

可憐逸少與公輩，說著中原得許愁。（其二）

不及生前見虜亡，放翁易簣憤堂堂。

遙知小陸羞時薦，定告王師入洛陽。（其四）

傒僝將軍約早回，楚材相國更頻催。

江東將相眞如虎，去報胡雛莫過來。（其九）

詩裡提到陸游死時看不到王師北伐的情景，如今端平入洛，小陸在家祭必定不會忘了告訴放翁。與後村曾「擁絮庵中共說詩」〔註 100〕的戴復古，兩人這種「憂國傷時」的特色影響及扭轉了整個宋季詩壇。〔註 101〕戴復古其詩云：

〈所聞〉

金虜既亡後，中間消息稀。山河誰是主？豪傑故乘機。

喜報三京復，旋聞二趙歸。此行關大義，天意忍相違。〔註 102〕

〈聞時事〉

昨報西師奏凱還，近聞北顧一時寬。

淮西勳業歸裴度，江右聲名屬謝安。

夜雨忽晴看月好，春風漸老惜花殘。

事關氣數君知否？麥到秋時天又寒。〔註 103〕

皆對宋蒙聯合滅金一事而發，然文人表現出的喜悅沒多久，馬上就發現另一個更強大的敵人出現了，宋理宗聯蒙滅金，致使蒙軍大舉南下，造成滿目瘡痍的悲涼景象。而毛珝（生卒年不詳）亦有〈甲午江行〉云：「百川無敵大江流，不與人間說舊仇。殘壘自緣他國廢，諸公空負百年憂。邊寒戰馬全裝鐵，波瀾征船半起樓。一舉盡收關洛舊，不知消得幾分愁？」〔註 104〕亦是由此而發。

晚宋羅公升（生卒年不詳）〈蔡州二首〉云：「中國衣冠禮樂先，國亡那得更求全？淒涼青蓋端誠殿，何似幽蘭一炬煙。」、「臣子應思累世仇，況憑朽壤捍狂流。今人不恨南兵弱，卻恨南兵入蔡州。」〔註 105〕詩下字注：「友人

〔註 100〕〔宋〕戴復古撰，金芝山點校：〈寄後村劉潛夫〉，《戴復古詩集》，頁 220。

〔註 101〕詳參慈波：〈戴復古與季宋詩風〉，載於《廊坊師範學院學報》第 22 卷第 2 期（2006 年 6 月），頁 9～12。

〔註 102〕《戴復古詩集》，卷五，頁 147。

〔註 103〕《戴復古詩集》，卷六，頁 185。

〔註 104〕《全宋詩》，卷三一三五，頁 37481。

〔註 105〕《全宋詩》，卷三六九四，頁 44350。

羅壽可嘗賦詩云：『追思往事眞堪恨，誤卻南兵是蔡州。』一時傳誦。予更補其意云。」

嚴羽〈有感〉其一云：「誤喜殘胡滅，那知患更長！黃雲新戰路，白骨舊沙場。巴蜀連年哭，江淮幾郡瘡？襄陽根本地，回首一悲傷。」〔註 106〕晚宋文人雖然心態已不若南渡初期的慷慨激昂，但是少數文人心中還是對於國事有一定的感慨，當然這些感慨「不是因爲北宋的淪亡，而是出自對於南宋危亡的憂慮。」〔註 107〕透過特定重大事件，在可繫年作品之中，觀察文人心境是如何面對的。

〔註 106〕《全宋詩》，卷三一一五，頁 37193。

〔註 107〕葉嘉瑩：《南宋名家詞選講》（北京：北京大學出版社，2007 年，2 月，第一版），第三章〈南宋後期〉，頁 160。

第二章　南渡初期政治環境與文人心態

南渡初期詩人多懷故國之思，以力圖光復神州為基調，卻由於朝廷曖昧態度使其無所適從、惶惑焦慮。從建炎元年至紹興十二年這段期間，建立了爾後貫穿南宋百五十餘年間國家營運大綱，以及其基本架構，南北均衡共存的狀態亦於此時確立。〔註1〕而晚宋與日俱增的財政危機與日趨敗壞的士風，是對南渡初期政治生態的延續，進而導致晚宋文人身份與心態的轉變，若抽離環境因素及政治背景，便很難看出時代特色的前因後果。

藉由文人對於「北伐」、「中興」、「金陵」等意象〔註2〕的使用，觀察南宋文人對於大環境的感受以及如何表現在創作上。

第一節　南宋的「北伐」、「中興」意象

南渡初期，文人經歷戰亂變遷，理應大量創作愛國詩歌，北伐克復神州的心願，具體表現在南宋文人詩詞中又是如何？南宋文人心中對於收復北方

〔註1〕參見〔日〕寺地遵著，劉靜貞、李今芸譯：《南宋初期政治史研究》，第九章〈南宋政權的基本性格〉（臺北：稻禾出版社，1995年7月），頁276。

〔註2〕案：意象是文學創作的元素，葉朗曾引薩特（Jean Paul Sartre）所言：「意象在變成一種有意的結構時，它便從意識的靜止不動的內容狀態過渡到與一種超驗對象相關系的唯一的綜合的意識型態」來說明意象的形成。談到中國古典美學意象的產生時認為：「『意象』是『情』、『景』的統一，不是『情』、『景』的相加。」參見氏作《現代美學體系》（北京：北京大學出版社，1996年，第二版），頁109。袁行霈也對於意象有以下的界定：「融入了主觀情意的客觀物象，或是借助客觀物象表現出來的主觀情意。」參見氏作《中國詩歌藝術研究》（臺北市：五南出版社，1989年，初版），頁53。

故土，有幾種程度不同的想像，例如「北伐」、「北征」，就具有積極的反攻意象；而「中興」，是相對消極的恢復、光復概念。文人心中對於大時局的瞭解，加上朝廷曖昧不明的態度，使其心中有著程度上的取捨，黃寬重曾指出：「南宋在江南重建政權以後，既迫於強敵的欺凌，又囿於偏安的國策，幾次和議的發動，宋人都居於從屬的地位，而三次合約中除了割地、納幣之外，還向金人稱臣或稱侄。」〔註3〕當時的文人雖對二帝被虜以及向金人稱臣、稱侄感到奇恥大辱，然則權力中心卻利用黨爭等手段來壓抑反對的聲浪，「北伐」這敏感字眼，文人在使用之時，或許便格外小心謹慎。今整理南宋詩詞中有「北伐」字句者如下表。（表1）

表1：南宋詩詞中含有「北伐」者

姓名／詩文集	生卒年	卷次	題　目	內　容
李綱《梁谿集》	1083～1140	20	〈讀諸葛武侯傳〉	南征五月深渡瀘，上疏北伐尊遺謨。
		32	〈再賀趙正之都運觀水戰三首〉	北伐正須猷克壯，中興方與物無春。
仲并《浮山集》	約宋高宗紹興中前後在世（1147）	1	〈錢檢法及代期以詩告別因次其韻〉	西畧收咸京，北伐空鮮卑。
馮時行《縉云文集》	1100～1163	1	〈題楊毅肅十馬圖〉	平生仰聞毅肅公，南征北伐開駿功。
		3	〈和蔡伯世韻二首〉	還收北伐六奇計，歸做東遊五勝詩。
史浩《鄮峰眞隱漫錄》	1106～1194	48	〈惜黃花〉	便好揚舲北伐，舉頭即見長安。
		80	〈輿馬八篇〉	北伐日行三十里，何曾異域市名駒。

〔註3〕參見黃寬重：《晚宋朝臣對國是的爭議——理宗時代的和戰、邊防與流民》（臺北：國立台灣大學文學院），頁70。

姓名 / 詩文集	生卒年	卷次	題　目	內　容
周必大《文忠集》	1126～1204	5	〈邦衡生日用舊歲韻〉	翊戴南陽第一春，馳驅北伐太原津。
王十朋《梅溪集》	1112～1171	10	〈宣王〉	北伐南征萬國臣，中興周室賴閒人。
王炎《雙溪類稿》	1137～1218	6	〈用元韻答徐幼友〉	有懷擬作西征賦，無策堪陳北伐圖。
陸游《劍南詩稿》	1125～1210	11	〈大將出師歌〉	將軍北伐辭前殿，恩詔催排苑中宴。
		14	〈夜觀秦蜀地圖〉	何當勒銘紀北伐，更擬草奏祈東封。
		16	〈感憤〉	今皇神武是周宣，誰賦南征北伐篇？
		18	〈燕堂獨坐意象殊憒憒起登子城作此詩〉	羽林百萬士，何日聞北伐？
		37	〈題郭太尉金州第中至喜堂〉	公心雖爾天未可，終倚北伐銘燕然。
		43	〈觀運糧圖〉	王師北伐如宣王，風馳電擊復土疆。
		63	〈秋夜思南鄭軍中〉	盛事何由觀北伐，後人誰可繼西平？
		65	〈望永思陵〉	早幸執殳觀北伐，晚叨秉筆記東巡。
		68	〈老馬行〉	中原蝗旱胡運衰，王師北伐方傳詔。

姓名 詩文集	生卒年	卷次	題　目	內　容
		71	〈聞蜀盜已平獻馘廟社喜而有述〉	北伐西征盡聖謨，天聲萬里慰來蘇。
章甫 《自鳴集》	約宋孝宗淳熙中前後在世（1182）	4	〈即事〉	周王方北伐，蠢動敢南侵。
戴復古 《石屏詩集》	1167～1248	3	〈六月三日聞王鑑除殿前都虞侯孟樞除夔路策應大使時制司籍定漁船守江甚急〉	吾皇子神武，北伐美周宣。
		5	〈慈雲避暑〉	六月美宣歌北伐，五絃思舜奏南薰。
度正 《性善堂稿》	生卒年不詳	3	〈奉承制機〉	紅蓮喜泛西來日，篷矢欣逢北伐天。
嚴羽 《滄浪集》	生卒年不詳	2	〈有感六首〉	王師曾北伐，牧馬尙南侵。
		3	〈北伐行〉	王師北伐何倉促，六郡丁男亳州骨。
韓淲 《澗泉集》	1159～1224	3	〈送子壽入吳改秩〉	遂令北伐篇，小大皆滅口。
		15	〈王景畧對桓溫捫虱而談當世之務〉	本謂溫猶好，而能北伐功。
吳龍翰 《古梅遺稿》	1229～？	4	〈飲馬長城窟〉	漢兵北伐時，飲馬長城窟。
郝經 《陵川集》	1223～1275	10	〈巴陵女子赴江詩〉	帝曰卿北伐，山戎今有警。
張養浩 《歸田類稿》	1269～1329	23	〈武帝〉	內興土木外禽荒，北伐東征事擾攘。
方回 《桐江續集》	1227～1305	28	〈詩思十首〉	北伐中原捷，南歸大物更。

姓名 詩文集	生卒年	卷次	題　目	內　容
王惲《秋澗集》	1227～1304	12	〈夷齊墓〉	遠避東鄰塵，還遮北伐頻。
唐元《筠軒集》	1269～？	4	〈聞角歌〉	南征北伐昇平了，刁斗聲沈太白曉。

由上表可知，「北伐」這個詞彙，在南宋文人詩詞創作中，並非廣泛創作的題材，常借「周宣王」、「漢武帝」、「諸葛亮」、「桓溫」這些歷史上具有北伐意象的人物書寫，其中周宣王又具有周室中興之意。

李綱、仲并、馮時行爲南渡初文人；三人皆有件秦檜意而被貶的經歷，李綱及馮時行乃主戰派人士，皆言和議不可信。史浩、周必大、王十朋、王炎、陸游、章甫爲南宋中期孝宗、光宗朝文人；史浩爲史彌遠之父，雖不主戰，但持朝廷當量力而爲，不可輕舉北伐之論，王十朋曾上疏論宰相史浩十罪，章甫與陸游則有唱和。戴復古、度正、韓淲爲晚宋文人；度正爲國子監臣時曾上疏力言李全必反，戴復古及韓淲則有交游，皆有愛國之心。嚴羽、吳龍翰、郝經爲宋季文人；張養浩、方回、王惲、唐元爲宋遺民；這些文人之中，表現有明確北伐企圖的，當屬陸游。

放翁共有十首詩，有明確使用「北伐」之句，其中有對朝廷不思北伐感到不解與失望，如〈感憤〉:「今皇神武是周宣，誰賦南征北伐篇？」〈燕堂獨坐意象殊憒憒起登子城作此詩〉:「羽林百萬士，何日聞北伐？」〈秋夜思南鄭軍中〉:「盛事何由觀北伐，後人誰可繼西平？」〔註4〕亦有對於王師北伐的成功的想像，如〈大將出師歌〉:「將軍北伐辭前殿，恩詔催排苑中宴。」〈觀運糧圖〉:「王師北伐如宣王，風馳電擊復土疆。」〈老馬行〉:「中原蝗旱胡運衰，王師北伐方傳詔。」〈聞蜀盜已平獻馘廟社喜而有述〉:「北伐西征盡聖謨，天聲萬里慰來蘇。」〔註5〕

而放翁「北征」的詩句則有〈燕堂春夜〉:「草檄北征今二紀，山城仍是老書生。」〈十一月五日夜半偶作〉:「後生誰記當年事，淚濺龍床請北征？」

〔註4〕上述三首詩，參見〔宋〕陸游撰；錢仲聯校注：《劍南詩稿校注》，頁1238、1401、3591。

〔註5〕上述四首詩，參見〔宋〕陸游撰；錢仲聯校注：《劍南詩稿校注》，頁887、2670、3818、3952。

〈書事〉:「北征談笑取關河，盟府何人策戰多？」〈離家示妻子〉:「明日當北征，竟夕起復眠。」〔註6〕

此外范成大、楊萬里、劉克莊詩詞中據未見「北伐」之句，然卻有「北征」之句，如范成大〈乾道癸巳臘後二日桂林大雪尺餘郡人雲前此未省見也郭季勇機宜賦古風爲賀次其韻〉:「憶昔北征秋遇雪，穹廬苦寒不堪說。」〈次韻平江韓子師侍郎見寄〉三首之三:「疇昔北征煩吉夢，南征合有夢歸時。」楊萬里〈至永州城外〉:「戀戀庭闈竟北征，槐花喚我試諸生。」〈送朝士使虜〉:「又見皇舉賦北征，謫仙俊氣似秋鷹。」〈送趙民則少監提舉〉二首之一:「又持一節湖南去，政是三湘鴈北征。」劉克莊〈題繫年錄〉:「區區王謝營南渡，草草江徐議北征。」

范成大詩中的「北征」，是對過往的回憶，楊萬里詩中的「北征」，多爲贈送之作，而劉克莊的「北征」，亦是對於過往史事的描述。

關於「恢復」一詞，南宋文人則較少使用，有如岳飛〈送紫巖張先生北伐〉:「歸來報明主，恢復舊神州。」〈歸赴行在過上竺寺偶題〉:「恢復山河日，捐軀分亦甘。」陸游〈關山月〉:「遺民忍死望恢復，幾處今宵垂淚痕！」。

此外，相較於上述所舉，關於「中興」一詞，南宋文人則是大量的書寫，〔註7〕這或許與南宋是北宋政治延續的概念有關，《宋史・高宗本紀》贊云兩宋乃歲月相續，高宗緬圖于南京是宋之中興。〔註8〕因此也有學界提出中興朝一說。〔註9〕

其中「中興業」及「中興朝」，兩詞是最常用的，此外還有對於「中興頌」、「中興碑」的使用，張師蜀蕙先生在〈誰在地景上寫字——由〈大唐中興頌〉碑探究宋代地誌書寫的銘刻與對話〉一文云:「後人對浯溪中興碑的閱讀，尤其是在時代消索之際，元、顏二人的忠義與唐室平定安史之亂的中興，對於南渡宋人與明亡遺民的意義，不言而喻。」〔註10〕南宋文人對於「中興頌」

〔註6〕上述四首詩，參見〔宋〕陸游撰；錢仲聯校注:《劍南詩稿校注》，頁1432、2101、3372、4571。

〔註7〕案：由於數量龐大，煩參見附錄二。

〔註8〕《宋史・高宗本紀》，卷三十二，本紀第三十二，高宗九，頁611。

〔註9〕吳業國、張其凡:〈南宋中興的歷史分析〉，收入於《浙江學刊》，2010年，第2期，頁74～81。

〔註10〕參見張蜀蕙先生:〈誰在地景上寫字——由〈大唐中興頌〉碑探究宋代地誌書寫的銘刻與對話〉，收入於《師大學報》語言與文學類，2010年9月，第五十五卷，第二期，頁33。

與「中興碑」的想像，並不僅於恢復故土的渴望，抑或是對無法北伐的另一種慰藉。

一個王朝的政權由衰弱到重新興盛，皆謂之中興。宋朝中興，始於北宋徽宗禪位與欽宗繼位，因此有靖康中興的努力，然最後仍以失敗坐收；南宋高宗固然實現了中興，卻是建立在與金人的議和之上，但對於文人而言，南宋的「中興」，使其能與歷史過去的「中興」相連結，帶來希望的願景，因此這個主題便大量出現於文人作品之中。

第二節　南宋定都爭論

陸游、戴復古及嚴羽皆經歷過開禧北伐，詩句中「北伐」皆與其有連結，藉由圖表的顯示，「北伐」似乎不如吾人想像中，是文人的普遍意識，其原因爲何？或許可從南渡初高宗定都的選擇看出連結。

北宋靖康二年（1127），靖康之變，金人南下牧馬，導致汴京失陷，徽、欽二帝北行，北宋滅亡，中國政治力陷入了混亂無重心的眞空狀態，〔註 11〕緊接著宋室渡江，徽宗第九子康王構在應天府（河南商丘，金朝改爲歸德府）即位，是爲宋高宗，改元爲建炎元年（1127），寓以火克金，五德終始之意，以及與北宋開國年號「建隆」並駕齊驅的含意，形成偏安江左的政權。

爾後在金兵的追擊下，高宗一路「巡幸」東南，最後定都杭州，紹興十一年（1141）與金人簽訂「紹興和議」後，南宋朝廷在經過十五年的轉戰後，終可喘息，自此展開與北方金人長達一百多年的對峙局面，然外有女眞覬覦國土，內有盜賊潰軍流散，且國土僅剩北宋時的三分之二；而南渡初期牽動文人最主要的議題，就是定都何處、以及北伐雪恥。相較於晚宋文人的政治地位低落，南渡之初的文士相對享有較高的政治地位以及接觸權力中心的機會，然而卻囿於執政者的曖昧態度以及放任權相，大興文字獄、黨爭來剷除異己，造成在朝詩人的創作顧忌多於外任或在野詩人。〔註 12〕

在經過朝野定都的討論，渴望北伐的聲音、以及現實層面的考量後，都城最後遷至杭州臨安，昔日的六朝古都建康，遂成爲宋金交戰的邊防前線，

〔註 11〕參見《南宋初期政治史研究》，第二章〈與宋政權重建構想有關的政治鬥爭〉，頁 53。

〔註 12〕參見顧友澤：〈論宋代南渡士風與詩歌創作〉，載於《浙江學刊》，2008 年 5 月，頁 65。

爾後在時代的「今衰」之下，更能映托出「昔盛」，在強烈的不穩定因素下，這種末世的感受、大時代的社會經驗，表現在南渡初文人的書寫之中，將自身的遭遇與時代的整體性，由眼前景象回溯歷史而產生亡國之憂、離黍之悲的意象。詩人所賦予的「金陵意象」，除了金陵本地所背載的歷史，更與當時國家的興盛、時局的安定與否，有著密切關係，放諸中國懷古傳統，詩人對於這一個記憶中的地景進行再創造，並賦予它意義的同時，通常已經不是一種純粹的文學活動，而是一種自古流傳下來的「詩言志」傳統，總是希望在感懷的同時，能有所寄託。

南宋的政治局勢，以及東南半壁、殘山半水的局勢，都與這些六朝的江左政權，有著相同的背景，也就是在這種情況之下，南宋文人不管是在詩，或是詞的創作上，「金陵意象」這一個主題，自然成爲一個熱門的創作題材。〔註13〕

據李心傳《四朝聞見錄》〈高宗駐蹕條〉載：

> 高宗六龍未知所駐，嘗幸楚，幸吳，幸越，俱不契聖慮。暨觀錢唐表裡江湖之勝，則歎曰：「吾捨此何適？」時呂公頤浩提師於外，以書御帝曰：「敵人專以聖躬爲言，今駐蹕錢唐，足以避其鋒，伐其謀。」近名公謂士大夫溺於湖山歌舞之娛，皆秦檜之罪。檜之罪在於誅名將，竄善類，從臾貶號，遣逐北人；若奠都之計，蓋決於帝而贊成於頤浩也。或謂徽宗嘗寤錢王而誕高宗，蓋因定都從而附會云。〔註14〕

呂頤浩所提出的「駐蹕錢唐，足以避其鋒，伐其謀」，替高宗找了一個完美的藉口，李心傳在當時就指出秦檜的罪過不過是在於陷害忠良，眞正使南宋偏安江左不思北伐，耽溺於湖山歌舞之中的，還是取決於高宗所作的決定。

而後村在金陵之時，已是嘉定十年（1217），距離宋室南渡，已過了九十年，距離紹興和議，已過了九年，此時宋金重啓戰端，後村進入金陵制帥，多次上書李玨，對時事提出建言，也由於金陵特殊的地理位置，使後村行旅遊覽其中，創作了許多詩歌抒發感受，以下便藉由南宋對於定都何處的討論作一闡發，以及分析後村身處金陵時的時代氛圍與感受。

〔註13〕參見陳彥揆：〈實境與想像——南宋的金陵意象初探〉，收入於《東華中國文學研究》，第十一期，2012年10月，頁81～97。

〔註14〕葉紹翁：《四朝聞見錄》〈高宗駐蹕〉（北京：中華書局，1997年，12月，第二次印刷），乙集，頁45。

【南宋、金、西夏分界圖】〔註 15〕

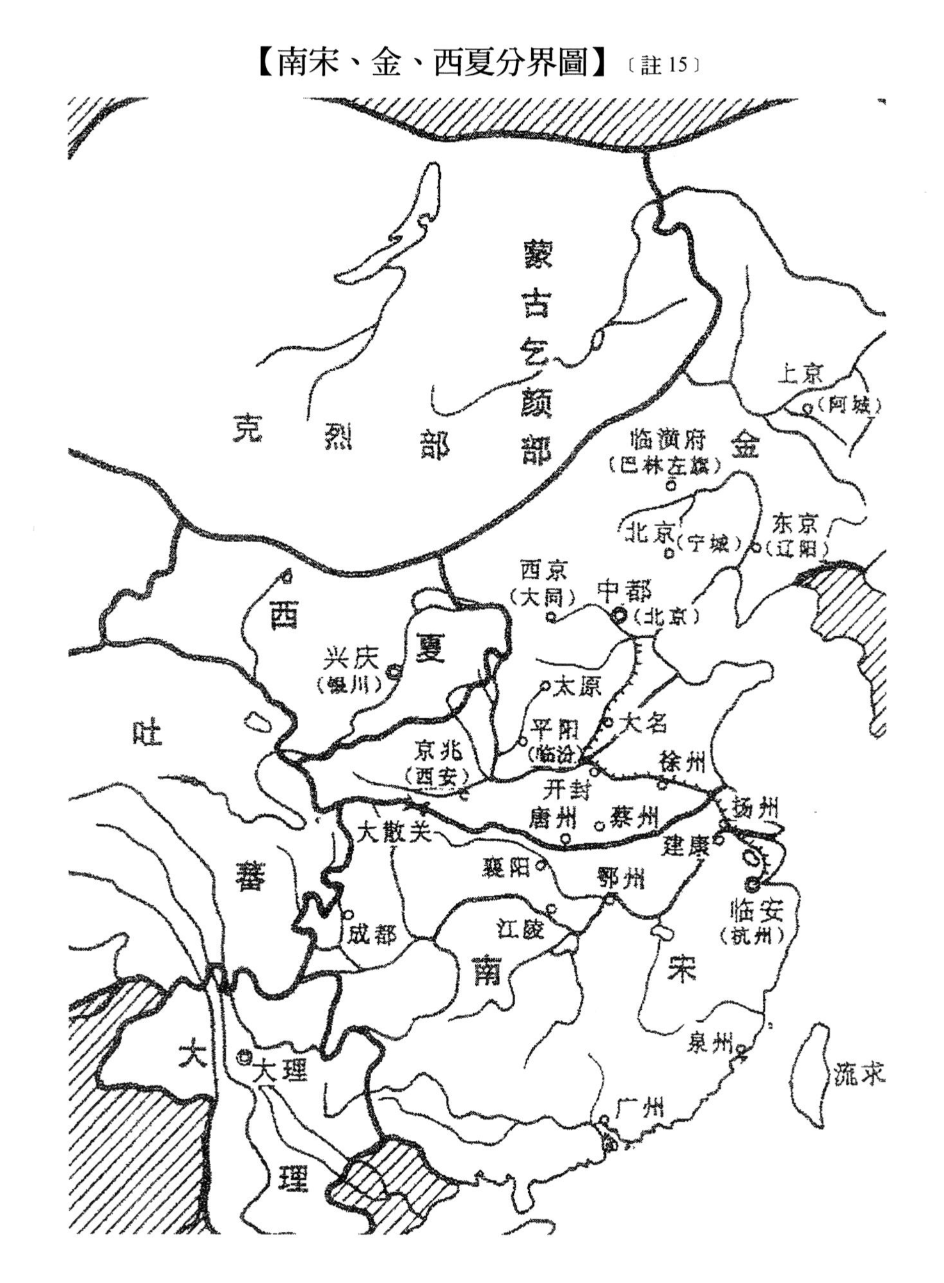

壹、南宋定都金陵爭論

皇帝駐蹕何處，象徵著王朝未來的展望與走向。是戰是守是和的問題，一直是南宋初的政治焦點，金陵在地理及時空背景上的特殊性，即舊時建康城，留給文人的是太多的嚮往與感慰：「六朝的南京，繁華興盛，紙醉金迷；

〔註 15〕參見何忠禮：《南宋政治史》（北京：人民大出版社，2008 年），頁 125。

隋唐的南京，王氣消歇，冷寂蕭條。」〔註 16〕金陵在宋代地理書中屬於江南東路建康府，又稱爲秣陵、建業、建鄴、臺城、東府以及江寗，〔註 17〕金陵之名的由來，最早可「考之前史，楚威王時以其地有王氣埋金以鎭之，故日金陵。又日：地接金壇，其山產金，故名。於是因山立號，置金陵邑。」〔註 18〕爾後東吳、東晉、宋、齊、梁、陳六朝皆建都於此，因此有六朝興廢的意象。對比於南宋，皆爲江左之政權，文人於此地尋幽訪古、詠史抒情，心中有一種歷史重置的社群歷史感。

因此駐蹕問題，成爲高宗朝首要關鍵，許多有志之士，都主張建都南京，甚至有主張建都武昌，當時作爲東京留守的宗澤努力整治城池，力勸高宗回京，卻遭到了拒絕。高宗從建炎元年（1127）即位到紹興八年（1138），十餘年間一直輾轉在東南沿海各地，躲避金人。

檢視高宗這段「巡幸」的過程：建炎元年七月，高宗詔曰：「奉元祐太后如東南，六宮及衛士家屬從行，朕當獨留中原，與金人決戰。」爾後高宗爲避金兵，手詔：「京師未可往，當巡幸東南。」之後便詔定議巡幸南陽。開始南逃，十月，到了揚州。建炎三年二月，到了鎭江。但因此處「不如錢塘有重江之險」清人顧祖禹《讀史方輿紀要》云：「建炎三年，高宗至鎭江，召從臣問去留。呂頤潔乞駐蹕京口，爲江北聲援。王淵獨言：『鎭江止可捍一面。不如錢塘，有重江之險淵蓋慮金人自通州渡江據姑蘇，則京口內外俱亟也。』於是遂如杭州，即州治爲行宮。王阮言：『臨安蟠幽宅阻，面湖背海，膏腴沃野，足以休養生聚，其地利於休息。』」〔註 19〕，遂再到杭州，以州治爲行宮。四月，離開杭州，接著經過常州、鎭江、建康。同年閏八月，高宗曾召群臣商討駐蹕之地，無果，但高宗仍有意建都於臨安。遂否定「權都建康，漸圖恢復」之議，之後又輾轉杭州、平江府、臨安、越州。此時，金人攻陷吉州。在最危及之際，由寧波逃往海上，在寧州與溫州之間的海面，躲藏了四十餘天。

〔註 16〕參見胡阿祥：《魏晉本土文學地理研究》（南京：南京大學出版社，2001 年 6 月），頁 176。

〔註 17〕〔宋〕王象之撰：《輿地紀勝》（北京：中華書局，1992 年），卷十七，頁 721。

〔註 18〕〔宋〕周應合撰；王曉波校點：《景定健康志》，（成都：四川大學出版社，2007 年 6 月），〈辨金陵〉，頁 110。

〔註 19〕〔清〕顧祖禹撰：《讀史方輿紀要》，〈浙江二〉，收入於《中國古代地理總志叢刊》（北京：中華書局，2005 年，第一版），卷九十。

爾後高宗遂駐蹕杭州，不但是背海建都，實在是背海立國。〔註 20〕南宋政權最後就在「直把杭州作汴州」的溫柔鄉中結束了。

關於文人對定都議題的各大見解，可從建炎元年（1127）五月趙構在南京即位始。同年九月金兵再犯，高宗接受李綱的建議設江寧府爲東都，下令修繕城池與宮殿，建炎三年（1129）改江寧府爲建康府，對於南遷定都何處，朝野爭論，時爲衢州司刑曹事的張邵（1089～1149），曾云：

> 有中原之形勢，有東南之形勢。今縱未能遽爭中原，宜進都金陵，因江、淮、蜀、漢、閩、廣之資，以圖恢復不報。〔註 21〕

表達即便未能一舉北伐奪回故土，也應定都於金陵「以圖恢復不報」。

建炎三年，高宗幸金陵，金人南侵，詔議移蹕之所，胡安國的姪子起居郎胡寅亦上疏云：

> 昨陛下以親王、介弟出師河北，二聖既遷，則當糾合義師，北向迎請。而遽膺翊戴，亟居尊位，斬戮直臣，以杜言路。南巡淮海，偷安歲月，敵入關陝，漫不捍御。盜賊橫潰，莫敢誰何，元元無辜，百萬塗地。方且製造文物，講行郊報，自謂中興。金人乘虛直搗行在，匹馬南渡，淮甸流血。迨及返正寶位，移蹕建康，不爲久圖，一向畏縮遠避。此皆失人心之大者也。〔註 22〕

文中直指高宗的不是，對內「斬戮直臣」，對外面對敵軍，卻「南巡淮海，偷安歲月」，且「敵入關陝，漫不捍御」，這些作爲還敢「自謂中興」，而定都建康既可視爲北伐的決心，亦可安定天下民心，又云：

> 自古中興之主所以能克復舊物者，莫不本於憤恥恨怒，不能報怨，終不苟已。未有乘衰微闕絕之後，固陋以爲榮，苟且以爲安，而能久長無禍者也。黃潛善與汪伯彥方以乳嫗護赤子之術待陛下，曰：「上皇之子三十人，今所存惟聖體，不可不自重愛。」曾不思宗廟則草莽湮之，陵闕則畚鍤驚之，堂堂中華戎馬生之，潛善、伯彥所以誤陛下、陷陵廟、蹙土宇、喪生靈者，可勝罪乎！本初嗣服，既不爲迎二聖之策，因循遠狩，又不爲守中國之謀。以致於今德義不孚，

〔註 20〕參見劉子健：《兩宋史研究彙編》（臺北市：聯經出版社，1987 年，11 月），〈背海立國與半壁山河的長期穩定〉，頁 24。

〔註 21〕〔明〕馮琦編：〔明〕陳邦瞻纂集：《宋史紀事本末》（臺北：台灣商務印書館，民國 57 年），卷六十三，〈南遷定都〉，頁 502。

〔註 22〕《宋史・儒林傳・胡寅傳》，卷四三五，列傳第一九四，儒林五，頁 12917。

號令不行，刑罰不威，爵賞不勸。若不更轍以救垂亡，則陛下永負孝悌之愆，常有父兄之責。人心一去，天命難恃，雖欲羈棲山海，恐非爲自全之計。〔註23〕

指出黃潛善與汪伯彥兩人以「乳嫗護赤子之術」來對待高宗，認爲高宗爲趙宋命脈所繫，因而使其「固陋以爲榮，苟且以爲安」，耽誤中興大計，而一向畏縮遠避，若人心一去，天命難恃，又云：

自古中國強盛如漢武帝、唐太宗，其得志四夷，必併吞掃滅，極其兵力而後已。中國禮義所自出也，恃強凌弱且如此。今乃以仁慈之道、君子長者之事，望於凶頑之粘罕，豈有是理哉！今日圖復中興之策，莫大於罷絕和議，以使命之幣，爲養兵之資。不然，則僻處東南，萬事不競。納賂則孰富於京室？納質則孰重於二聖？反復計之，所謂乞和，決無可成之理。〔註24〕

認爲堂堂天朝神州，豈可乞和，應該要拒絕和議，以歲幣爲軍費，如此中興之日才有希望。時人稱曰：「國家之根本在東南，東南之根本在建康。雄山爲城，長江爲池，舟車漕運，數路輻湊，正今日之關中、河內也。」〔註25〕紹興元年，胡安國時任中書舍人兼侍講，以《時政論》二十一篇獻之云：

論《定計》略曰：「陛下履極六年，以建都，則未有必守不移之居；以討賊，則未有必操不變之術；以立政，則未有必行不反之令；以任官，則未有必信不疑之臣。捨今不圖，後悔何及！」論《建都》謂：「宜定都建康以比關中、河內，爲興復之基。」〔註26〕

認爲建都沒有必守不移的道理，而定都建康則是復興的基礎。紹興六年（1136），力主抗金的張浚（1097～1164）上奏云：

在京城中，親見二帝北行，皇族系虜，生民塗炭，誓不與敵俱存，故終身不主和議。每論定都大計，以爲東南形勢，莫如建康，人主居之，可以北望中原，常懷憤惕。至如錢塘，僻在一隅，易於安肆，不足以號召北方。〔註27〕

〔註23〕同前註。

〔註24〕同前註。

〔註25〕〔宋〕李心傳：《建炎以來系年要錄》，卷二十四，〈建炎三年・六月條〉，頁501。

〔註26〕《宋史・儒林傳・胡安國傳》，卷四三伍，列傳第一九四，儒林五，頁12912。

〔註27〕《宋史・張浚傳》，列傳第一二〇，頁11311。

指出定都建康才能常懷憤惕，若定都杭州，則會耽溺於安逸，以後人的角度來回頭觀照結果，張浚所擔心的，皆成爲事實。

爾後高宗雖同意在建康建行營，但卻遲遲不肯行動，直至這年九月，劉豫入寇，高宗才離開臨安到平江。在輿論的壓力下，高宗紹興七年（1137）下詔移蹕建康府。但紹興八年又議還杭州。被李綱勸諫後暫留。但僅過了十天，高宗便又議還臨安，並於此年返回臨安，且正式定都於此。

與宗澤、李綱鼎足，同爲中興名臣趙鼎（1085～1147），在其〈鷓鴣天・建康上元作〉：

> 客路那知歲序移。忽驚春到小桃枝。天涯海角悲涼地，記得當年全盛時。花弄影，月流輝。水精宮殿五雲飛。分明一覺華胥夢，回首東風淚滿衣。〔註28〕

經過金陵時，興起「天涯海角悲涼地，記得當年全盛時」之歎，然而夢境一醒，淚滿衣襟。而康與之（生卒年不詳）也有〈菩薩蠻令・金陵懷古〉云：

> 龍蟠虎踞金陵郡，古來六代豪華盛。縹鳳不來遊，台空江自流。下臨全楚地，包舉中原勢。可惜草連天，晴郊狐兔眠。〔註29〕

說明了此地「古來六代豪華盛」、「下臨全楚地，包舉中原勢」，然則礙於執政者的選擇，如今卻「縹鳳不來遊，台空江自流」、「可惜草連天，晴郊狐兔眠。」都是在此時代背景下而作，名曰懷古實爲傷今，對於皇帝的「巡幸」以及其政治集團的妥協政策感到無奈扼腕。

我們可以知道，高宗內心是反對北伐的，一方面是由於金人的武力強盛，一方面是由於本身帝位的法統問題。趙構是從張邦昌手中接過帝位的，而張邦昌是金人所立的僞楚皇帝，如此一來只有收復失地，迎回二聖才能證明其法統問題，但是迎回徽、欽二聖後，朝野必定分裂，而趙構的帝位也必定受到質疑，且當時以宋朝的實力「和則苟且偷安，戰則毫無勝算」〔註30〕，北伐無異是以卵擊石，此外金陵位於戰爭前線，將首都設於此，在戰略考量上也非上策，精神上的意義遠大於實質上的意義。恰如黃寬重所言：「高宗決定巡幸東南之時，南宋政權就已決定了自己的基本格局，放棄了華北、中原的民族保衛戰，成爲保宗社的江南政權。」〔註31〕

〔註28〕唐圭璋編纂；王仲聞參訂；孔凡禮補輯：《全宋詞》（北京：中華書局，1999年1月，第一版），頁944。

〔註29〕《全宋詞》，頁1305。

〔註30〕黃寬重：《晚宋朝臣對國是的爭議——理宗時代的和戰、邊防與流民》，頁5。

〔註31〕《南宋初期政治史研究》，頁73。

即便如此，依舊不減文人對於金陵的想像，定都金陵是文人一種心靈上的嚮往，彷彿只要皇帝駐蹕於此，藉由此地的王氣，以及自古爲帝王州的圖像，一舉揮軍北伐，平定中原便不再是夢想。

爾後到了孝宗淳熙五年（1178），積極主戰派的陳亮（1143～1194）上書時，亦云：

> 陛下慨然移都建業，百司庶府皆從草創，軍國之儀皆從簡略，又作行宮於武昌，以示不敢寧居之意。常以江、淮之師爲金人侵軼之備，而精擇一人之沈鷙有謀、開豁無他者，委以荊、襄之任，寬其文法，聽其廢置，撫摩振厲於三數年之間，則國家之勢成矣。
>
> 恭惟皇帝陛下厲志復仇，不肯即安於一隅，是有大功於社稷也。然坐錢塘浮侈之隅以圖中原，則非其地；用東南習安之眾以行進取，則非其人。〔註 32〕

認爲以錢塘一隅，不足以爲恢復中原的根據地，還是應該以建康爲根本。直至宋末的王奕，其詞〈賀新郎・金陵懷古〉：

> 決眥斜陽裏。品江山、洛陽第一，金陵第二。休論六朝興廢夢，且說南浮之始。合就此、衣冠故址。底事輕抛形勝地，把笙歌、戀定西湖水。百年内，苟而已。縱然成敗由天理。嘆石城、潮落潮生，朝昏知幾。可笑諸公俱鑄錯，回首金甌瞥徙。漫涴了、紫雲青史。老媚幽花棲斷礎，睇故宫、空掛英雄髀。身世蝶，侯王蟻。」〔註 33〕

王亦在詞前題有小序云：「金陵流峙，依約洛陽，惜中興柄國者撰，皆入牀下，遂使金甌瓶墮，惜哉。」依舊顯露出對於棄都金陵的不滿，統治集團爲了享樂的生活，百年內苟且於富貴溫柔鄉的杭州，對金割地稱臣，如今別說是收復故土了，只是徒留故宮斷礎，青史漫涴罷了。

貳、後村金陵時期感受與創作

後村在金陵前線時，又是什麼樣的情況。嘉定十年（1217），四月，金發兵渡淮，分道南侵宋，六月，宋下詔伐金。自是宋、金連年交兵。〔註 34〕《宋史・本紀・寧宗紀》云：「金人犯光州中渡鎮，執榷場官盛允升殺之，遂分兵

〔註 32〕《宋史・陳亮傳》，列傳第一九五，儒林六，頁 12937。
〔註 33〕《全宋詩》，頁 3297。
〔註 34〕陳文新主編：《中國文學編年史・宋遼金卷》下，頁 288～289。

犯樊城。戊申，鄂州、江陵府副都統王守中引兵拒之，金人遂分兵圍棗陽、光化軍。丙辰，詔江淮制置使李珏、京湖制置使趙方措置調遣，仍聽便宜行事。」後村在經歷了任靖安主簿、眞州錄事參軍之後，據〈墓誌銘〉:「李公夢聞制置江淮，辟書先上，遂爲昇閫所得」〔註 35〕，後村有感於「今日重戍在邊，兵力疲於暴露，民力病於轉餉，國立窘於調度，此中外痛心疾首之時也。」〔註 36〕且位於江淮幕府「不可謂之不在其位」〔註 37〕，因此上書制帥，分析局勢，〈丁丑上制帥書〉云：

> 凡之持論者有三：怯者欲和，勇者欲戰，持重者欲守。虜亡無日，吾誰與和？和不足言也。試言戰，可乎？下哀痛之詔以誓眾，移和買之幣以犒師，使名義暴白如此，則可以戰。若陽諱其名，陰喜其實，無大舉之勢，而姑爲小偷之事，則戰未易言也。三制閫脈絡相通，連衡並進，使聲勢環合如此，則可以戰。若兩邊不動，一方用事，如人之身，四體不仁而一臂粗舉，則戰未易言也。孤舍是言守可乎？有張巡、許遠之忠義，使登陴之兵裹創飲血而不怨，如此則可以守。若勞役無度，甘苦不均，士卒凍饑而將帥歌舞娛樂，軍心解體，則守未易言也。有羊祜、杜預之恩信，使並邊之民知安居奠枕之樂如此，則可以守。若杵築未乾，驅之穿濬，穿濬未已，驅之營造，民心胥動，則守未易言也。〔註 38〕

對於戰、和、守直接提出具體的看法及意見，認爲除了和不可爲之外，戰、守都需調度得當，且民心士氣都需要顧及，又云：

> 按行兩淮，以覈軍實；犒三軍，以作士氣。求老成有方略之士，與之共謀議，勿使之懷才抱道而有不吾以之歎。起閑廢有人望之將，與之共功名，勿使袖手旁觀而有不盡用之恨。移江上諸屯之半於江北，以省餽運；收北來附之人於江南，以示恩信。罷兩淮土木之不急者以休民力，旌沿邊吏士之死節者以勸戰功，使風采精明，人心興起，開關可以戰，閉户可以守，雖以之抗新造之胡可也，況於支吾殘虜哉？〔註 39〕

〔註 35〕案：〈墓誌銘〉乃友人洪天錫所撰，《劉克莊集箋校》，頁 7567。

〔註 36〕《劉克莊集箋校》，頁 5197。

〔註 37〕《劉克莊集箋校》，頁 5197。

〔註 38〕《劉克莊集箋校》，頁 5199。

〔註 39〕《劉克莊集箋校》，頁 5199。

言當鼓舞士氣，同仇敵愾，共圖恢復大業，〔註 40〕如此一來，對抗當時仍是「新造之胡」的蒙古也不足畏，更何況是「支吾殘虜」的金兵。

嘉定十一年（1218），後村對於朝廷命李全攻取海州有建言，上書李玨論之，〈戊寅與制帥論海州〉云：

> 某竊見楚州在發攻具，令李全等進攻海州。某愚暗，闊於事情，不敢借古爲喻，姑以燕山之役言之。自石晉失盧龍一路，以藝祖之英武，欲復其地不可得。至宣和興師，燕山再入版圖，可謂不世之雋功矣。方其告捷，天子御正衙稱賀，拜王黼太傅，童貫、蔡攸第賞有差。未兩年，燕山再陷，而亂華之禍作，首謀諸竄，社稷隨之。嗚呼，眞得燕山，眞成不世之雋功，而後禍如此。今海州凋殘，僅存茅葦二三十户，未及燕山萬一。克城之後，海無資楚之糧，楚有餉海之費，憂自此始。〔註 41〕

認爲「不得海城，雖目前無美觀，然他日無後災」，詳細分析利弊得失。

劉克莊在金陵時，距離北宋亡國已經九十年，這時文人的政治地位降低，對朝廷的失望，使得憂患意識在文人的詩作裡不常出現，後村晚年曾經如此回憶在金陵制帥幕中時期的感受，〈滿江紅〉云：

> 金甲調度，記當日轅門初立。磨盾鼻一揮千紙，龍蛇猶濕。鐵馬嘶營壁冷，樓床夜渡風濤急。有誰憐猿臂故將軍，無功級？平戎策，從軍什？零落盡，慵收拾。把茶經香傳，時時溫習。生怕客談榆塞事，且叫兒頌花間集。嘆臣之壯也不如人，今何及？〔註 42〕

回憶當年在江淮時應付邊事之經歷，「嘆臣」二句乃《左傳‧禧公三十年》：「（燭之武）臣之壯也，猶不如人，今老矣，無能爲也已」〔註 43〕，興報國無力之感嘆。〔註 44〕又〈黃慥詩〉云：

> 頃游江淮幕府，年壯氣盛，建業又有六朝陳跡，詩料滿目，而余方爲書儌所困，留一年閱十月，得詩僅有二十餘首。〔註 45〕

文中後村自述在金陵時，由於身在前線，面對金陵的歷史情懷，更曾書寫許

〔註 40〕參見程章燦：《劉克莊年譜》，頁 42。
〔註 41〕《劉克莊集箋校》，卷一二八，頁 5202。
〔註 42〕《劉克莊集箋校》，卷一八九，頁 7263。
〔註 43〕楊伯峻編著：《春秋左傳注》（北京：中華書局，2005 年，修訂版），頁 479。
〔註 44〕參見《後村先生大全集》，卷九十九，〔箋注一〕，頁 2564。
〔註 45〕《劉克莊集箋校》，卷九十九，頁 4180。

多作品，遊覽所及之地，皆賦詩題詠，其詩有〈郭璞墓〉、〈魏太武廟〉、〈吳大帝廟〉、〈鳳凰臺晚眺〉、〈晉元帝廟〉、〈清涼寺〉、〈雨花台〉……等二十餘首，其中有對於南方政權的肯定，如〈吳大帝廟〉云：

露坐空山裡，英靈喚不迴。久無祠祭至，曾作帝王來。

壞壁蟲傷畫，殘爐鼠印灰。今人渾忘卻，江左是誰開。〔註46〕

吳大帝廟「在石頭城。世代相傳，廟基即吳時故宮」〔註47〕，詩中懷念孫權開江左霸業的榮景，亦有對於南國皇帝所建立的基業感到羨慕的心情，〈魏太武廟〉云：

荒涼瓜步市，尚有佛狸祠。俚俗傳來久，行人信復疑。

亂鴉爭祭處，萬馬飲江時。意氣今安在，城笳暮更悲。〔註48〕

透過表面的哀瑟，想像魏太武帝飲馬長江的豪情壯闊，對照目前的情況，更使人感到哀傷；亦有藉由舊時繁榮景象，對照如今殘敗景象，來遙想渡江前景象，〈清涼寺〉云：

塔廟當年甲一方，千層金碧萬緇郎。

開山佛已成胡鬼，住院僧猶說李王。

遺像有塵龕壞壁，斷碑無首立斜陽。

惟應駐馬坡頭月，曾見金輿夜納涼。〔註49〕

〈眞州北山〉云：

憶昔胡兒入控弦，官軍迎戰北山前。

茄簫有主安新葬，蓑笠無人墾廢田。

兵散荒營吹戍笛，僧從敗屋起茶煙。

遙憐鐘阜諸峰好，閑鎖行宮九十年。〔註50〕

後村此詩是寫於嘉定十年（1218），路過眞州焦家山而作〔註51〕，由眼前殘破景象遙想此次戰役失敗，「遙憐鐘阜諸峰好，閑鎖行宮九十年」二句，乃指建康府行宮，高宗自紹興八年還臨安，行宮於此以八十餘年，「金陵虎踞龍盤，

〔註46〕《劉克莊集箋校》，卷一，頁20。

〔註47〕《方輿勝覽》，頁247。

〔註48〕《劉克莊集箋校》，卷一，頁3。

〔註49〕《劉克莊集箋校》，卷一，頁48。

〔註50〕《劉克莊集箋校》，卷一，頁53。

〔註51〕案：此山據辛更儒於〈北山作〉箋校所考爲焦家山，今採此說，《劉克莊集箋校》，卷一，頁53。

形勢險要，又爲抗金前哨，如果寧宗能夠移都金陵，定然會振士氣，壯軍威，以圖恢復」〔註52〕，想當然爾，詩人如是說，必然是寧宗沒有如此做。

此時後村時年三十一歲，距北宋滅亡、宋室渡江已過了九十年，後村是處在什麼心態下，來看待「北伐」呢？首先我們從後村的家庭背景看起：

後村祖父劉夙（1124～1171），字賓之，紹興二十年（1151）進士，官至承議郎、著作佐郎，累贈中奉大夫。夙與朱熹、周必大、呂祖謙等理學大師皆有交往，並與陸游相善，卒後周、呂皆有詩相悼。叔祖父劉朔（1127～1170）字復之，與兄夙齊名，時稱「二劉」，紹興三年（1160）試禮部第一，廷試擢甲科，調溫州司戶參軍。父劉彌正（1157～1213），字退翁，淳熙八年（1181）進士，累官至朝議大夫、吏部侍郎，贈少師。

後村家族原本就是福建人，宋室渡江之時，其祖夙不過才三歲，叔祖朔剛剛出生，而其父彌正出生於紹興二十七年（1157），南宋建國已三十年，待到後村出生，北宋已經滅亡六十年了，所以這個部份，筆者試圖以後村身爲天水一朝知識份子的「身份認同」角度來探討。

南渡之初的文人，大抵上的「身份認同」還是「北宋」人，清人趙翼（1727～1814）嘗云：「宋南渡諸將，立功雖在江南，而其人皆北人也。」〔註53〕所以將南宋視作北宋國祚的延續，而南宋自然是「中興」，而這種分法是沿襲東晉（317～420）、西晉（265～316）的先例，是以一姓王朝做爲一單位。〔註54〕晉室南渡後，在南方建立政權之時，北方正是五胡十六國的混亂場面，就軍事力量上來說，顯然是南宋時北方的金人要略勝一籌，但東晉與南宋的朝廷同樣是積弱不振，對於國內想要北伐之舉，亦同樣是消極的反應，是其「南宋之偏安，猶是北宋之餘力也。」〔註55〕

劉克莊並沒親身經歷過南北宋之交的戰亂時代，他所處的時間點，國家正處於積弱難振、偏安江左的相對平靜時期，所以他的作品不可能像南渡初的詩人一般，寫出大量的反映動亂、恢宏壯闊的作品來，此時的大部分的文人，在「身份認同」上已是「南宋」人，到後村二十一歲（1210）出仕之時，剛經歷

〔註52〕參見張瑞君：〈論劉克莊的詩歌成就〉，載於《河北大學學報》，1990年，第二期，頁16。

〔註53〕〔清〕趙翼撰；曹光甫校點：《二十二史箚記》（上海：上海古籍出版社，2011年12月，第一次印刷），卷二六，〈宋南渡諸將皆北人〉，頁506。

〔註54〕劉子健：《兩宋史研究彙編》，頁22。

〔註55〕《二十二史箚記》，卷二六，〈宋南渡諸將皆北人〉，頁507。

過開禧北伐的慘痛失敗，面對一個比自己強大數倍的敵人，「北伐」只是一個政治口號與手段，「戰爭」是面對金人進攻而不得不採取的防禦手段，現實情況卻是「一勺西湖水，渡江來，百年歌舞，百年酣醉」〔註56〕的苟安心態。

但由於劉克莊的家學背景，使得他從小就懷有經世濟民的夢想，加上父執輩如葉適、眞德秀的耳濡目染；以及涉獵前輩詩人，學習了陸游、辛棄疾、劉過等作品，受到誓言揮軍北伐的慷慨詩風影響。再經由金陵的遊覽行旅，將時空與空間錯置，而引發的詠史懷古之作，若缺乏了「興」的對象，也很難有感而發，於此劉克莊在金陵時期不管是對於國家軍事的策略建議，或是詩作，皆對人生有重大影響。

我們無從瞭解後村的眞實想法，只能從歷史的片段去拼湊，做爲一個文人，在周遭士大夫耽溺於表面的和平之時，縱使心中有著抱負與志向，但是環境已經不復以往了，後村這些愛國書寫，或許亦是一種「不僅收復故土，也是贖回歷史」〔註 57〕的心情。而從上述所舉的詩作中來看，劉克莊透過金陵地的古蹟及歷史媒介，感嘆興亡、抒臆胸懷。

第三節　主戰派與主和派角力：北伐壯志與奉和推行

宋室在南渡後，由於對外的政策關係著國家整體的安危，因此在最高統治階層以及權力中心裡，和、戰的議題一直是爭論的焦點，黃寬重曾指出：「執政的朝臣雖未必有扶危定傾的實政，卻挾和戰爲招權固位的法寶，而操清議的人也以和戰來攻集當權者，和戰二字成了朝臣爭權奪位的工具。」〔註 58〕此議題便逐漸成爲朝臣權力鬥爭工具。

宋高宗趙構最初用主戰的功臣李綱（1083～1140）爲相，但卻重用主和的黃潛善（1078～1130）及汪伯彥（1069～1141）兩人，藉以互相掣肘，《宋史・奸臣傳・汪伯彥傳》云：「方高宗初政，天下望治。伯彥、潛善適年在相位，專權自恣，不能有所經畫。」〔註59〕《宋史・奸臣傳・黃潛善傳》：

〔註56〕文及翁：〈賀新郎〉，《全宋詞》卷四四二。

〔註57〕參見王德威：〈一種逝去的文學？——反共小說新論〉，收入於張寶琴、邵玉銘、亞弦主編：《四十年來中國文學》（臺北：聯合文學，997 年 1 月 1 日）。

〔註58〕參見黃寬重：《晚宋朝臣對國是的爭議——理宗時代的和戰、邊防與流民》，第二章〈晚宋朝臣對和戰的爭議〉，頁 69。

〔註59〕《宋史・奸臣傳・汪伯彥傳》，卷四七三，頁 13746。

> 潛善猥持國柄，嫉害忠良。李綱既逐，張慤、宗澤、許景衡輩相繼貶死，憲諫一言，隨陷其禍，中外爲之切齒。高宗末年有旨，潛善、余深、薛昂皆複官錄後。諫官淩哲言深、昂朋附蔡京，潛善專恣誤國，今盡複三人恩數，恐政刑失平，忠義解體。〔註60〕

由此可知兩位權臣，是如何把持朝政，爾後高宗又借秦檜之手來鏟除主戰派的聲音，在權力的鬥爭之下，和戰的政策也隨著相位的轉移更迭不已。〔註61〕今整理高宗朝宰相與戰和立場年表。〔註62〕（表2）

表2：高宗朝宰相與戰和立場年表

姓　名	拜相年月	西元	拜相任期	戰和態度
李綱	建炎元年五月	1127	75日	主戰
黃潛善	建炎元年七月	1127	1年7月	主和
汪伯彥	建炎二年十二月	1128	2月	主和
呂頤浩（1071～1139）	建炎三年三月	1129	1年10月	主戰
朱勝非（1082～1144）	建炎三年三月	1129	3年1月	主戰
杜充（？～1141）	建炎三年潤八月	1129	6月	主戰
范宗尹（1100～1136）	建炎四年五月	1130	1年2月	主和
秦檜（1090～1155）	紹興元年八月	1131	18年7月	主和
趙鼎（1085～1147）	紹興四年九月	1134	3年4月	主戰
張浚（1097～1164）	紹興五年二月	1135	2年11月	主戰
沈該	紹興二十六年五月	1156	3年1月	主和
万俟卨（1083～1157）	紹興二十六年五月	1156	6月	主和
湯思退（1117～1164）	紹興二十七年六月	1157	4年10月	主和
陳康伯（1097～1165）	紹興二十九年九月	1159	4年6月	主戰
朱倬（1086～1163）	紹興三十一年三月	1161	1年3月	主戰

由上表可知，高宗朝共十五位宰相，其中七位主張議和、八位主張抗金，任期若扣掉秦檜，則平均爲一年九點八個月，爲南宋朝最短，而主和的秦檜

〔註60〕《宋史·奸臣傳·黃潛善傳》，卷四七三，頁13745。

〔註61〕參見黃寬重：《晚宋朝臣對國是的爭議——理宗時代的和戰、邊防與流民》，第二章〈晚宋朝臣對和戰的爭議〉，頁69。

〔註62〕參見王明：《南宋宰相背景研究》，通識研究集刊第十五期（桃園縣：開南管理學院通識教育中心），頁180～181。

當相十八年，據《宋史・奸臣傳・秦檜傳》云：

> 檜兩據相位者，凡十九年，劫制君父，包藏禍心，倡和誤國，忘仇斁倫。一時忠臣良將，誅鋤略盡。其頑鈍無恥者，率爲檜用，爭以誣陷善類爲功。其矯誣也，無罪可狀，不過曰謗訕，曰指斥，曰怨望，曰立黨沽名，甚則曰有無君心。〔註63〕

這裡從《御選唐宋詩醇》這則資料來看，其中談論杜甫與放翁相似之處云：「(放翁）在蜀之日頗多其感激悲憤忠君愛國之誠」〔註 64〕除了闡述杜甫與放翁相似之處之外，亦可見其「愛國」，必須是建立在「忠君」之上，中國向來以忠君孝父來鞏固封建政權，因此「有無君心」亦成爲黨爭誣陷的嚴重罪名之一。

在國勢初定的情況下，高宗爲了維持偏安的局面，確立了以和爲主的內外政策，即「國是」，〔註 65〕而這些反對議和之士，據《要錄》云：「由是中外大權盡歸於檜，非檜親黨及昏庸諛佞者，則不得仕宦，忠正之士，多避山林間。」〔註66〕皆被逐於朝，或罷免、或閑散，而成爲所謂的「山林之士」。《宋史・高宗本紀》史臣贊曰：

> 至於克復舊物，則晉元與宋高宗視四君者有餘責焉。高宗恭儉仁厚，以之繼體守文則有餘，以之撥亂反正則非其才也。況時危勢逼，兵弱財匱，而事之難處又有甚於數君者乎？君子于此，蓋亦有憫高宗之心，而重傷其所遭之不幸也。然當其初立，因四方勤王之師，內相李綱，外任宗澤，天下之事宜無不可爲者。顧乃播遷窮僻，重以苗、劉群盜之亂，權宜立國，確虖艱哉。其始惑于汪、黄，其終制於奸檜，恬墮猥懦，坐失事機。甚而趙鼎、張浚相繼竄斥，岳飛父子竟死于大功垂成之秋。一時有志之士，爲之扼腕切齒。帝方偷安忍恥，匿怨忘親，卒不免于來世之誚，悲夫！〔註67〕

史臣指出當時「時危勢逼」、「兵弱財匱」，而撥亂反正則非高宗之才，並且受

〔註63〕《宋史・奸臣傳・秦檜傳》，卷四七三，頁 13764。

〔註64〕〔清〕乾隆御選：《唐宋詩醇》(北京：中國三峽出版社，1999 年，1 月，第二次印刷)，卷四十二，頁 896。

〔註65〕參見王建生：《通往中興之路——思想文化是域中的宋南渡詩壇》，第二章〈南渡士人的「君子」理想與人格追求〉，頁 78。

〔註66〕《建炎以來繫年要錄》，卷一六九，頁 2771。

〔註67〕《宋史・高宗本紀》，卷三十二，頁 612。

惑於黃潛善與汪伯彥，又受制於秦檜，才會「恬墮猥懦，坐失事機」，甚至連趙鼎、張浚被逐，岳飛被冤殺，都一股腦的推給了秦檜等人，近代已有許多學者提出不同的看法，〔註 68〕直指高宗才是最大的主謀者，歸根究底就如清人王夫之（1619～1692）所言：「高宗之畏女直也，竄身而不恥，屈膝而無慚，直不可謂有生人之氣矣。」〔註 69〕而和戰的問題，在前述定都議題中就已體現，然關於「紹興和議」，近來引起一些學者的討論。〔註 70〕撇開是「屈膝投降」抑或是「與敵人作些妥協」不談，高宗朝與金人議和的原因，除了之前提到的法統問題，另一項就是經濟因素，不管是龐大的軍費支出，或是皇帝貪圖享樂的揮霍奢靡行徑，總之南渡初的朝廷在經濟上壓力是很巨大的，然而和議後巨大的歲幣賠款，更甚於軍費支出，而南宋政權之所以民族整體性淡薄，乃「是則宋之爲宋，一女眞也，女眞之爲女眞，一宋也。」〔註 71〕蓋源於南宋政權的確立，是需要「金之支持、協助，取得金之諒解有關」〔註 72〕，也是由於其畏戰的心裡，戰和的議題逐漸演變成爲操作「意識形態」的政治工具，當然最高統治階層的授意，才是北伐或奉和實施的最高指導原則，其他所謂的「奸臣」，不過是揣測上意的替罪羔羊罷了。

第四節　語言箝制與奉祠優退

劉子健在《兩宋史研究彙編》裡，曾經如此談論南宋君主與士大夫的關係：「南宋經過逃難而勉強守住，當然要士大夫的支持。但實際上，君主並不

〔註 68〕案：關於高宗與秦檜的關係，詳參劉子健：〈秦檜的親友〉、〈岳飛——從史學史和思想史來看〉，兩文皆收入於《兩宋史研究彙編》，頁 142～172、185～207；黃寬重：〈時代與臉譜：漫談歷史人物的評論〉，收入於《宋史叢論》，頁 365～368。

〔註 69〕〔清〕王夫之著；王嘉川譯注：《宋論》，收入於《中華經典史評叢書》（北京：中華書局，2008 年 9 月，第一版），卷十，高宗二，頁 115。

〔註 70〕案：學界關於紹興和議問題的討論，起於王曾瑜：〈紹興和議與士人氣節〉，載於《中國史研究》2001 年，第三期。系針對徐規於何忠禮：《南宋史稿》一書〈序言〉中，所云紹興和議乃「妥協」一事而發，後何忠禮發表〈史學批評要堅持實事求是的原則〉，載於《中國史研究》2001 年，第四期。來反駁；爾後王嘉川發表：〈「紹興和議」問題平議〉，載於《宋史研究論叢》2007 年，第八期，針對兩造說法有詳細論證。

〔註 71〕《宋論》，卷十一，孝宗四，頁 188。

〔註 72〕《南宋初期政治史研究》，第九章〈南宋政權的基本性格〉，頁 282。

歡迎士大夫的言論。在這矛盾下，便產生了敷衍的作風。」〔註 73〕南宋的權相往往透過文禁、語禁的方式來剷除異己，而被禍及的士人，被迫居里奉祠，領朝廷的薪水，過著一種吃不飽卻又餓不死的狀態。後村便曾經歷過「江湖詩禍」，並爲此所累十年，居家奉祠。

南宋朝廷爲了控制文人或者是排除異己，所採取兩面手法，另一方面，就是實施奉祠的制度。文人便被照顧、安頓很好，而採用這種釜底抽薪、調虎離山的敷衍式政策，或稱爲「包容政治」。〔註 74〕以下遂就語言的箝制以及奉祠的優退制度，朝廷的兩面手法來闡述。

壹、語言箝制：文禁、語禁

江湖詩禍發生，並非憑空偶然出現，早在南渡之初的文禁、語禁，就可見徵兆。南宋朝廷在紹興黨禁以及慶元黨禁期間，對於文人的高壓統治，使得「第語言文字稍觸其忌，即橫遭誣害」〔註 75〕進一步考察我們可以發現，宋代朝廷爲了控制文人或者是排除異己，大興文字獄，光是紹興九年至紹興二十五年，由秦檜所主導的文字獄及其類似的語言箝制約有四十七起、禍及六十八人。〔註 76〕當然這只是保守估計，由此可知當時文人在文禁、語禁的壓力之下，戰戰兢兢的畏禍心態，直接影響了當時的文風及士風。而這種週期性反復動盪原因，便在於士大夫之間的「尚同伐異」之習。〔註 77〕

宋朝祖訓有「不殺士大夫」、「不殺上書言事者」〔註 78〕，但建炎元年，太學生陳東率諸生數百人伏宣德門下上書：「李綱奮勇不顧，以身任天下之重，所謂社稷之臣也。李邦彥、白時中、張邦昌、趙野、王孝迪、蔡懋、李

〔註 73〕參見劉子健：《兩宋史研究彙編》，〈引言〉（臺北市：聯經出版社，1987 年 11 月），頁六。

〔註 74〕同上註。

〔註 75〕《二十二史箚記》，卷二十六，〈秦檜文字之禍〉，頁 505。

〔註 76〕參見錢建狀：《南宋初期的文化重組與文學新變》（廈門大學出版社，2006 年 10 月 01 日），頁 186～190。

〔註 77〕參見沈松勤：《南宋文人與黨爭》，人民出版社，2005 年，頁 133。「從整個兩宋朋黨政治觀之，造成士風敗壞乃至政壇週期性反復動盪的一個突出病灶，便在於士大夫之間這種尚同伐異之習。」

〔註 78〕《三朝北盟會編》：「高宗曰：『藝祖有約，藏於太廟：誓不誅大臣，言有違者不祥。相襲未嘗輒易。』」頁 759。《避暑漫抄》云太祖于太廟立有誓碑，其中一條爲「不得殺士大夫及上書言事人」，頁 7～8。

棁之徒，庸繆不才，忌嫉賢能，動爲身謀，不恤國計，所謂社稷之賊也。……乞复用綱而斥邦彥等，且以閫外付种師道。宗社存亡，在此一舉！」〔註 79〕認爲欲復中原以定大計，非李綱不可；爾後黃潛善向高宗進讒言，陳東與歐陽澈最終遂被斬首於街頭，此惡例一開，往後便愈加嚴重，《宋史．儒林傳．胡寅傳》云：

> 陛下即位以來，中正邪佞，更進更退，無堅定不易之誠。然陳東以直諫死於前，馬伸以正論死於後，而未聞誅一奸邪，黜一諛佞，何摧中正之力，而去奸邪之難也？此雖當時輔相之罪，然中正之士乃陛下腹心耳目，奈何以天子之威，握億兆之命，乃不能保全二三腹心耳目之臣以自輔助，而令奸邪得而殺之，於誰責而可乎？臣竊痛心，傷陛下威權之不在己也。〔註 80〕

這些文禁、語禁的誣陷手段，使朝野之間原本慷慨激昂的士氣受到嚴重打擊，漸漸轉變爲消沉悲恨之聲。〔註 81〕此惡例一開，導致了後面主和派之所以能掌控言論權、箝制語言，李光、胡銓、王庭珪、張元幹、黃公度、張行成等人的文禍便是秦檜一手製造的。《要錄》云：

> 自秦檜專國，士大夫之有名望者，悉屏之遠方。凡齷齪委靡不振之徒，一言契合，率由庶僚一二年即登政府，仍止除一廳，謂之伴拜。稍出一語，斥而去之，不異奴隸，皆褫其職名，閣其恩數，猶庶官雲。故万俟卨罷至此十年，參預政事之臣才四人而已。〔註 82〕

可見秦檜排除異己鞏固權力可說是不遺餘力。而自秦檜以降，晚宋的兩位權臣：韓侂冑與史彌遠，亦透過文禁、語禁的方式來鞏固政治地位，以及剷除異己。

一、韓侂冑與慶元黨禁

趙某（生卒年不詳）有〈大小寒〉詩云：「蹇衛沖風怯曉寒，也隨舉子到長安。路人莫作皇親看，姓趙如今不似韓。」〔註 83〕這首題壁詩是譏諷當時韓侂冑、韓仰冑，諷刺趙性宗氏不如韓性外戚享有特權。〔註 84〕

〔註 79〕《續資治通鑑》，卷九十六。

〔註 80〕《宋史．儒林傳．胡寅傳》，卷四三五，列傳第一九四，儒林五，頁 12924。

〔註 81〕參見黃文吉：《宋南渡詞人研究》，第二章〈南渡詞人的時代環境背景〉，頁 23。

〔註 82〕《建炎以來繫年要錄》，卷一六七，頁 2733。

〔註 83〕《全宋詩》，54 冊，頁 33814。

〔註 84〕詳參羅宗濤：〈宋代宗室詩探討〉，載於《東華漢學》第十二期（2010 年 12 月），頁 107。

韓侂胄所主導文禁語禁，皆源於「慶元黨禁」，慶元黨禁（慶元黨爭）是以廢光宗、擁立寧宗的內禪爲導火線的，〔註85〕到了慶元元年（1195），趙汝愚罷相，被貶永州，次年死於赴貶所途中。慶元三年（1197），其直接的誘因是朱熹捲入了趙汝愚與韓侂胄的政治鬥爭中。趙汝愚掌權之後，爲了鞏固自己的權力，所以重用以朱熹爲代表的道學家及其信徒，而韓侂胄要擊敗趙汝愚就必須要去除其黨羽，而道學人士欲攀附趙汝愚這棵大樹而實現其外王的理想，才會捲入這場無論對錯與否的政治鬥爭。〔註86〕韓侂胄將朱熹的道學作爲「僞學逆黨」，詔命中書省如同元佑黨籍一般，設立了僞學逆黨名籍，被入籍者達五十九名。〔註87〕並藉「文字之過」罷免朱熹。關於韓侂胄時期的文禁，《四朝聞見錄》記載了這樣一段資料：

> 慶元初，韓侂胄既逐趙忠定，太學諸生敖陶孫賦詩於三元樓云：「左手旋乾右轉坤，如何群小恣流言。狼胡無地居姬旦，魚腹終天吊屈原。一死固知公所欠，孤忠賴有史常存。九原若遇韓忠獻，休說渠家末代孫。」陶孫方書于樓之木壁，酒一再行，壁已不復存。陶孫知爲韓所廉，則捕者必至，急更行酒者衣，持暖酒具下樓，捕者與交臂，問以敖上舍在否，敖對以：「若問太學秀才耶？飲方酣。」陶孫即亡命歸閩，捕者入閩，逮之入都。以書祈哀于韓，謂詩非己作。韓笑而命有司複其貫，旋登乙丑第。〔註88〕

韓忠獻即爲北宋名臣韓琦，韓侂胄爲其曾孫，敖陶孫詩裡，等於指名道姓的痛罵了韓侂胄，雖然在當時逃過一劫，並未受到責罰，待到史彌遠時，卻仍遭到了「梅花詩案」的影響，此處下文詳述。

二、史彌遠與江湖詩禍

史彌遠的端平更化，也是換了個名字的朋黨政治，「今日有更化之名，無

〔註85〕《南宋文人與黨爭》，頁113。

〔註86〕參見石明慶：《理學文化與南宋詩學》（北京：中國社會科學出版社，2006），頁19；何忠禮：《南宋政治史》，頁275。

〔註87〕本文論及語禁因果的部份，係參考楊乾坤：《中國古代文字獄》（西安：陝西人民出版社，1999年4月，第一次印刷），頁134～135。胡奇光：《中國文禍史》（上海：上海人民出版社，2006年10月，第一次印刷），頁83～84。李鍾琴：《中國文字獄的眞相》（臺北市：國家出版社，2011年1月，初版），頁226～323。

〔註88〕《四朝聞見錄》，〈悼趙忠定詩〉，頁96～97。

更化之實」〔註 89〕，之後更組成了一個龐大的相黨集團，指使「三凶」、「四木」〔註 90〕排斥眞秀德、魏了翁、袁燮、洪平齋……等等，持「公議」的主戰守派分子。〔註 91〕《鶴林玉露》記載了「梁成大」被太學生們厭惡，遂稱爲「梁成犬」：「余謂犬之狺狺，不過吠非其主耳，是有功於主也。今夫不肖之台諫，受權貴之指呼，納豪富之賄賂，內則翦天子之羽翼，外則奪百姓之父母，是有害於主也，吾意犬亦羞與爲伍矣。」〔註 92〕而《船窗夜話》記載了史彌遠所主使的另一樁文字獄：

> 洪平齋新第後，上史衛王書，自宰相至州縣無不捃摭其短，大概云昔之宰相，端委廟堂，進退百官。今之宰相，招權納賄，倚勢作威而已。凡及一職，必如上式。末俱用「而已」二字。時相怒，十年不調。洪有桃符云：「未得之乎一字力，只因而已十年閑。」〔註 93〕

洪舜俞爲嘉定進士，後村稱其「平生諫疏最攖鱗」〔註 94〕，進士及第時上書給史彌遠，云：「昔之宰相，端委廟堂，進退百官；今之宰相，招權納賄，倚勢作威而已。」之後便只因「而已」二字而十年不調。

然而除了以上的文禁語禁之外，影響晚宋文人最直接的，就是寶慶三年（1227）的落梅詩案（江湖詩案）了。「這場由廢立皇位而引發的爭議所導致的朋黨傾壓帶給底層文士的『深重』影響。另一方面，南宋政局的腐敗，『尙同伐異』之風盛行，也是助長奔競之風盛行的一個主要原因，這在南宋後期文學發展的生態中都可以顯示出來。」〔註 95〕史彌遠因爲後村之父彌正，曾是韓侂胄親信，本來就不喜後村〔註 96〕，又因其〈落梅〉詩云：

〔註 89〕〔宋〕眞德秀：〈趙華文墓誌銘〉，《西山先生眞文忠公文集》，卷 44。

〔註 90〕案：三凶分別爲：梁成大、李知孝、莫澤；四木分別爲薛極、胡榘、聶子述、趙如述。

〔註 91〕詳參沈松勤：《南宋文人與黨爭》，第四章〈從開禧北伐到端平更化〉，頁 139～140。

〔註 92〕〔宋〕羅大經撰；王瑞來點校：《鶴林玉露》（北京：中華書局，2005 年，重印），〈大字成犬〉，丙編，卷二，頁 274。

〔註 93〕〔宋〕顧文薦撰：《船窗夜話》，收入於〔元〕陶宗儀輯：《說郛》（臺北市：新興書局，1963 年，初版），卷二十一。

〔註 94〕《劉克莊集箋校》，〈內翰洪公舜俞哀詩二首〉，卷十三，頁 795。

〔註 95〕沈文雪：《文化版圖重構與宋金文學生成研究》（北京：光明日報出版社，2009 年 9 月），頁 138。

〔註 96〕參見李鐘琴：《中國文字獄的眞相》，第二章〈排斥異己的藉口〉，頁 235。

一片能教一斷腸，可堪平砌更堆牆。

飄如遷客來過嶺，墜似騷人去赴湘。

亂點莓苔多莫數，偶黏衣袖久猶香。

東風謬掌花權柄，卻忌孤高不主張。〔註97〕

詩中有「東風謬掌花權柄，卻忌孤高不主張」之句，監察御史李知孝、梁成大誣其謗訕時政。幸得鄭清之極力辯護而得釋。

詩中「飄如遷客來過嶺，墜似騷人去赴湘」將飄落的梅花比喻爲騷人遷客，也間接的帶出末句「東風謬掌花權柄，卻忌孤高不主張」的寓意，既然梅花是騷人遷客，那麼那些掌握梅花生殺大權的東風，自然就是隱喻嫉妒賢能、打壓士人的當權者了，後來是因爲鄭清之極力解救，才能倖免，〈祭鄭丞相文〉:「曩遭詩禍，幾置台獄。公在瑣闥，力解當軸。」〔註98〕但是也因爲這首詩，劉克莊被迫居於故里奉祠，羅大經（1196～1242）《鶴林玉露》〈詩禍〉條云：

渡江以來，詩禍殆絕，惟寶、紹間《中興江湖集》出，劉潛夫詩云：「不是朱三能跋扈，只緣鄭五欠經綸。」又云:「東風繆掌花權柄，卻忌孤高不主張。」敖器之詩云:「梧桐秋雨何王府？楊柳春風彼相橋。」曾景建詩云:「九十日春景少，一千年事亂時多。」當國者見而惡之，並行貶斥。景建布衣也，臨川人，竟謫舂陵死焉。其往舂陵也，作詩曰:「杖策行行訪楚囚，也勝流落嶕南州。鬢絲半是吳蠶吐，襟血全因楚鳥流。徑窄不妨隨繭架，路長那更聽鉤輈？家山千里雲千疊，十口生離兩地愁。」〔註99〕

而周密（1232～1298）在《齊東野語》，於整個事發經過有詳細描述，認爲整起詩禍是因李知孝與曾極的私人恩怨而起，〈詩道否泰〉條云：

寶慶間，李知孝爲言官，與曾極景建有隙，每欲尋釁以報之。適極有春詩云:「九十日春景少，一千年事亂時多。」刊之《江湖集》中；因復改劉子翬《汴京記事》一聯爲極詩云:「秋雨梧桐皇子宅，春風楊柳相公橋。」初，劉詩云:「夜月池臺王傅宅，春風楊柳太師橋。」今所改句，以爲指巴陵及史丞相。……同時被累者如敖陶孫、周文僕、趙

〔註97〕《劉克莊集箋校》，卷三，頁162。

〔註98〕《劉克莊集箋校》，卷一三八，頁5544。

〔註99〕《鶴林玉露》，卷四，頁188。

師秀及刊詩陳起，皆不得免焉。於是江湖以詩爲誨者兩年。」〔註 100〕

方回在劉克莊〈落梅〉詩下注亦云：「而宗之坐流配，於是禁士大夫作詩，如孫花翁惟信、季蕃之徒，一寓在所，改業爲長短句。」〔註 101〕一直到史彌遠之子史宅之（1205～1249）、女婿趙汝楳，二人喜歡談論詩歌，進而引致黃簡、黃中、吳仲孚等人，而後趙崇龢進明禮堂成詩二十韻，詩道才轉復昌盛。〔註 102〕

劉克莊晚年多次回憶這次詩禍，在〈病後訪梅九絕〉云：其一「夢得因桃數左遷，長源爲柳忤當權。幸然不識桃與柳，卻被梅花誤十年」、其三「犬彘不吞舒亶睡，豈堪與世作詩籤？」、其四「而今始會天公意，不惜功名只惜詩。」、其七「自是君詩無警策，梅花窮殺幾人來？」、其八「從前弄月朝風罪，即日金雞以赦除。」、其九「從來誰判梅公案？斷自孤山迄後村」〔註 103〕、「老子平生無他過，爲梅花受取風流罪」〔註 104〕、「不是先生喑啞了，怕殺烏臺詩案」〔註 105〕，後村在《詩話》亦云：

> 遠相當國久，從官多由徑而得。端平初，鶴山召對云：「侍從之臣有獻納而無論思。」亦雅謔也。〔註 106〕

又曾引《韓詩外傳》云：「君子避三端，避文士之筆端，勇士之鋒端，辯士之舌端。」〔註 107〕可見他的不滿，但也印證了東風確實是謬掌花權柄。

趙翼於《二十二史札記》如此評價：

> 然檜十八、九年，威福由己，名入奸臣傳，至今唾罵未已；彌遠相寧宗十七年，相理宗又九年，其握權既久於檜，檜僅殺岳飛，竄趙鼎等；彌遠則擅廢寧宗所建皇子，而別立嗣君，其無君之罪，更甚於檜。乃及身既少詬詈，死後又不列奸邪，則以檜讎視正人，翦除異己，爲眾怨所叢；而彌遠則肆毒於善類者較輕，遂無訾之者。然則彌遠之黠，豈不更勝於檜哉！〔註 108〕

〔註 100〕〔宋〕周密撰；張茂鵬點校：《齊東野語》（北京：中華書局，1997 年 12 月，第二次印刷），卷十六，頁 293。

〔註 101〕《瀛奎律髓》，卷二十，〈梅花類〉，劉克莊〈梅花〉詩後批語，頁 843～844。

〔註 102〕《齊東野語》，卷十六，頁 293。

〔註 103〕〈病後訪梅九絕〉，《劉克莊集箋校》，頁 578～580。

〔註 104〕〈賀新郎・宋庵訪梅〉，《劉克莊集箋校》，卷 190，頁 7370。

〔註 105〕〈賀新郎・再和前韻〉，《劉克莊集箋校》，卷 190，頁 7378。

〔註 106〕《劉克莊集箋校》，卷一七八，頁 6889。

〔註 107〕《劉克莊集箋校》，卷一七七，頁 6837。

〔註 108〕《二十二史札記》，卷二十六，〈秦檜史彌遠之攬權〉，頁 506。

相較於秦檜擅權，史彌遠過之而無不及，且擅廢太子，其無君之罪更甚於秦檜，趙翼並於此段文字前，曾表示：「統觀古今來權臣當國，未有如二人之専者。」

貳、奉祠優退制度

祠祿制度的產生，是由宋代集權政治與官式宗教所共同組成，藉以籠絡士大夫，使之於厚祿重賞之下，存知恩報主之念，便於集權中央。《宋史・職官志》云：「宋制，設祠祿之官，佚老優賢。」〔註 109〕宋代的祠祿制度，一方面用以照顧士人：佚老優賢、或因戰功、事功給予恩澤；一方面用以排除異己：政見分歧以及黜降。〔註 110〕

奉祠制度帶給南宋的經濟壓力是很驚人的，南渡初達到冗濫階段，高宗憫寒士之流離，破格差宮觀嶽廟，於是奉祠員數激增。〔註 111〕據考察南宋初年，就可統計出的高達一千四百餘名祠祿官，〔註 112〕原本北宋奉祠人年需六十以上，視其資定爲兩任或三任，南渡後又有按齡添認法，於是士大夫規避重難以就安逸，有年歷未及而輒陳乞者，有任數以滿而乞再任者。〔註 113〕南宋的士人，大多都身兼祠祿，前文所論及的葉適、眞德秀、陸游、楊萬里、辛棄疾以及劉克莊，都有「自乞奉祠」或「落職奉祠」閒適在家領俸祿的過程。

以劉克莊爲例，後村生涯泰半都是居家領奉祠：嘉定十二年（1219）到寶慶元年（1225），在金陵時，因持論與主謀不合，遂歸監南岳祠；紹定元年（1228）至紹定五年，因「江湖詩案」落職而奉仙都官祠；端平三年（1236）被吳昌裔彈劾罷官，主管玉局觀祠；次年知袁州又被疏罷，歸主雲台觀；淳祐元年（1241）至淳祐四年（1244）被誣以「清望自重」歸主管崇禧觀；淳祐七年（1247）至淳祐十一年（1251）除直龍圖閣，主明道宮；淳祐十二年

〔註 109〕《宋史・職官志》，卷一一七〇。

〔註 110〕參見馮千山：〈宋代祠祿與宮觀・上〉，《中國史研究》，1988 年，第 2 期，頁 22～23。

〔註 111〕參見梁天錫：〈宋代之祠祿制度〉，收入於《大陸雜誌》第 29 卷，第 2 期，頁 48～59。

〔註 112〕參見侯體健：〈祠祿官制與南宋士人〉，認爲如果考慮到南宋版圖縮小、官闕減少的因素，這個數字是很驚人的。

〔註 113〕參見梁天錫：〈宋代之祠祿制度〉，收入於《大陸雜誌》第 29 卷，第 2 期，頁 48～59。

（1252）至景定元年（1260）年初，提舉明道宮。對於多次起廢，閒置的經歷，後村感到無奈，〈雜記〉云：

余爲廣漕被召，爲金淵所論予祠。明年以尚右郎觀召，爲濮斗南所論，皆言其披襟南官。余每與游丞相及安晚諸公書言：「某中年婚嫁迫人，但得一粗官苟俸祿以送老足矣。雖凋郡邊城或總餉，亦願爲，乃無故加以此名，幸無它過，今年之斥此罪也，明年之斥又此罪也，初負此謗未五十，今六十矣。惡名著身，如染癩沐漆。」〔註 114〕

淳祐三年（1243）後村除侍右郎官，被濮斗南疏罷，「因此次起廢，蓋以鄭清之、陸似等人在朝薦引，濮斗南以其起廢太驟，復以謗訕朝政之歸罪名劾之。」〔註 115〕

由於祿官並不一定要住在宮觀所在州郡，所以後村泰半居鄉歸里，在居奉詞時，常有看破名利，不如歸去之歎：「老子頗更事，打透名利關」〔註 116〕、「朝來印綬解去，今夕枕初安」〔註 117〕、「肯學癡人，據鞍求用，染髭藏老」〔註 118〕〈田舍〉：「稚子呼牛女拾薪，萊妻自膾小溪鱗。安知曝背庭中老，不是淵明輩行人？」〔註 119〕描繪出田家悠閒地畫面，妻小各自樂於農家生活，後村亦自比爲陶淵明一般，〈閑居即事〉：「性偶安林藪，元非慕獨清。米從仁祖乞，粟是伯夷耕。廢井通鄰汲，深牆隔市聲。卻因虛澹極，亦自覺身輕。」〔註 120〕因爲「深牆隔市聲」反而「自覺身輕」，正是農村特有的景象。〈田舍二首〉之一亦云：

雨逗餘寒曉露濃，絮衣著破索重縫。

清狂昔作戴花監，衰病今爲賣菜傭。

負耒耦耕沮桀溺，操盂三祝棄句龍。

暮年飽識西疇事，學稼應來問老農。〔註 121〕

後村嘗爲秘書監，因此自稱爲「戴花監」，當初清狂的在朝中，如今已是「賣

〔註 114〕《劉克莊集箋校》，卷一一二，頁 4678。

〔註 115〕《劉克莊年譜》，頁 192。

〔註 116〕〈水調歌頭·解印有期戲作〉，《劉克莊集箋校》，卷一一二，頁 4678。

〔註 117〕〈水調歌頭·八月上浣解印別同官席上作〉，《劉克莊集箋校》，卷一一二，頁 4678。

〔註 118〕〈水龍吟·癸丑生日時再得明道祠〉，《劉克莊集箋校》，卷一一二，頁 4678。

〔註 119〕《劉克莊集箋校》，卷一，頁 75。

〔註 120〕《劉克莊集箋校》，卷四，頁 258。

〔註 121〕《劉克莊集箋校》，卷三十，頁 1607。

菜傭」，學習如何種田。後村一面閒適於田園之樂一面又有感於農民的辛苦，有一系列關於旱災的描述〔註 122〕，如〈春旱〉四首之四：「清明未雨下秧難，小麥低低似剪殘。窮巷蕭然惟飲水，家童忽報井源乾。」〈夏旱〉：「米貴糧囷盡，泉乾汲路遙。未遑憂世事，災已到顏瓢。」〈夏旱〉四首之一：「溝堪揭厲難車水，雨怕譏征不入城。沃野燥剛妨種藝，老農歌哭不成聲。」都描繪出對於農民的關懷。早期後村注重功名仕途，因此表現在歸隱詩中的是憤恨不平的無奈，晚年屢遭挫折後，後村「逐漸認識和體驗到田園生活的安穩平靜和舒適自在的快樂，而這在仕途生活中根本無法感受到。」〔註 123〕又如咸淳四年（1268），後村八十二歲，雙眼全盲致仕家居時，所作的〈憶惜〉，詩云：「人生惟有村田樂，未覺封侯勝種瓜。」〔註 124〕當然此時的後村身體狀況已經十分不好，隔年便與世長辭了。

劉子健談論宋代包容政治時道：「南宋對於多數罷官或自動致仕的總好像戀戀不捨，給他們管寺觀的空銜和祠祿的收入。真有點像家長對於不良或不愛的子弟，多少還有點照顧。天恩浩蕩，並非空話，正是籠絡的妙用，維繫著官僚們死心塌地的忠君。」〔註 125〕祠祿制度基本上就是給文人一個沒有「反」的理由，這些回鄉的士人，領著朝廷的俸祿，或從事教學、或從事創作，讓文人對於朝廷的不滿得到抒發的管道。

〔註 122〕案：有〈春旱四首〉、〈春旱忽雨五絕五首〉、〈夏旱〉、〈夏旱五首〉、〈夏旱四首〉、〈秋旱繼以大風即事十首〉……等。

〔註 123〕參見景紅錄：《劉克莊詩歌研究》，第二章〈劉克莊詩歌思想內容論評〉，頁 171。

〔註 124〕《劉克莊集箋校》，卷四十二，頁 2197。

〔註 125〕參見劉子健：〈包容政治的特點〉，收入於《兩宋史研究彙編》，頁 48。

第三章　劉克莊眼中的南宋前期文人

後村曾云：「自古放臣多感慨，吾評〈哀郢〉勝〈悲秋〉」〔註1〕屈原〈哀郢〉是疏失國之痛，宋玉〈悲秋〉是發一己之悲，劉克莊對〈哀郢〉的推崇，正是表示他把這類題材看作是有價值的。

衡諸中國詩歌美刺傳統，文人普遍有「詩言志」的概念，本章節欲借由劉克莊的文字，來討論他是如何看待南渡初期的文人與忠臣，且身爲一個有抱負的愛國文人，後村又是如何看待所謂南渡「大家數」？而後村藉由對南渡詩人檢討，對於其心態繼承又有何關聯？具體表現在文風上又是如何？

以下便以劉克莊眼中的南渡詩人展開，回頭看劉克莊是如何檢視南渡初文壇，並分析歸納時代氛圍，藉此看出劉克莊的獨特性。

第一節　劉克莊《選本》及《詩話》中的前輩詩人

從後村的詩文中，來瞭解後村是如何看待南渡初及中興朝的前輩詩人，其〈前輩〉詩，云：

> 前輩日以遠，斯文吁可悲。古人皆尚友，近世例無師。
>
> 晚節初寮集，中年務觀詩。雖云南渡體，俗子未容窺。〔註2〕

提出王安中的《初寮集》以及陸游的詩作，「雖云南渡體，俗子未容窺」並表示南渡體一般人是很難模仿的。以後村《選本》及《詩話中》，對於所謂的「前輩」描寫，來觀察後村對於南渡初文壇風氣的描述。

〔註 1〕《劉克莊集箋校》，〈再和林肅翁有所思韻〉，卷二十三。

〔註 2〕《劉克莊集箋校》，卷三，頁 204。

壹、南渡後文人詩歌創作風氣述略

靖康之難北宋政權被顛覆後，國破家亡之慟與山河改色之悲，使得文人的創作，與時代脈搏緊緊連繫，「凡寫詞時反應直接感受、偏重感情的作者，在遭遇改變後，一定會直接反應在詩詞上」〔註3〕，正所謂「國家不幸詩家幸，話到滄桑句便工。」處於金甌殘缺、風雨飄搖的時代，南渡後文壇，不管在詞或詩的創作上，都達到了另一波高峰，在「二聖北狩之痛，蓋國家之大恥，而天下之公憤也」〔註4〕，這種江山易主的民族情緒渲染下，詞壇上不僅有渡江三家：陳與義（1090～1138）、朱敦儒（1081～1159）、李清照（1084～1155）等三位特出詞人〔註5〕，還有李綱（1083～1140）、趙鼎（1085～147）、岳飛（1103～1142）、張元幹（1091～1170）、胡銓、向子煙（1085～1152）、葉夢得（1077～1148）、呂本中（1084～1145）、胡世將（1085～1142）、蘇癢（1065～1147）等，掃蕩了北宋末年花間頹靡之音，繼承蘇軾（1037～1101）豪放詞風，並建立了愛國豪放詞的傳統。〔註6〕清人王昶（1724～1806）云：「南宋詞多離黍、麥秀之悲。」〔註7〕目前學界對於南渡前後的詩人、詞人群體亦多有專論。〔註8〕

南渡後詩壇可分爲三大詩人群體，分別爲「江西詩人群體」、「閩中詩人群體」以及「江浙詩人群體」。江西詩人群體包涵了呂本中、韓駒（1080～1135）、洪炎（1067～1133）、曾幾（1085～1166）等人，在面對民族矛盾激烈衝突的時代巨變中，詩歌內容皆有了改變；但最明顯、大幅度改變的當屬陳與義，

〔註3〕參見葉嘉瑩：《南宋名家詞選講》，頁10。

〔註4〕《宋史・陳亮傳》列傳第一百九十五儒林六。

〔註5〕案：此說參見黃文吉：《宋南渡詞人》，將南渡詞人分爲特出詞人——渡江三家：朱敦儒、李清照、陳與義；次要詞人：葉夢得、張元幹、向子煙；一般詞人：葛勝仲、周紫芝、李綱、趙鼎、蔡伸、李彌遜、呂渭老、王之道、楊无咎、曹勛。

〔註6〕參見陶爾夫、劉敬圻著：《南宋詞史》（哈爾濱：黑龍江人民出版社，1994年9月，第二次印刷），頁6。

〔註7〕〔清〕謝章鋌撰：《賭棋山莊全集・詞話十二卷》，收入於《近代中國史料叢刊》（永和市：學海出版社，1974年），卷一引。

〔註8〕案：較早期如黃文吉的《宋南渡詞人》、王兆鵬《宋南渡詞人群體研究》，近期的如錢建狀《南宋初期的文化重整與文學新變》、沈文雪《文化版圖重構與宋金文學生成研究》、李欣《宋南渡詩壇的格局與變遷》、王建生《通往中興之路—思想文化視域中的宋南渡詩壇》，從各個面相來探討南渡之初，這種特殊時代氛圍下的文人活動。

四庫館臣評其：「湖南流落之餘，汴京動盪以後，感時撫事，慷慨激越」〔註9〕、「其憂國憂民之意，又與少陵無間，自坡、谷以降，誰能企之？」〔註10〕而以李綱、張元幹、李彌孫等人爲主的閩中詩人群體，亦大多是主戰的愛國之士。

文人在親身經歷生離死別、國破家亡之後，許多人的詩歌風格都有了轉變；李煜（937～978）在亡國前、亡國後的詞，就是兩種截然不同的風格，從「晚妝初了明肌雪，春殿嬪娥魚貫列」到「四十年來家國，三千里地山河」〔註11〕，這種心境的變化是很大的；又如朱敦儒南渡前是「輕紅遍寫鴛鴦帶，濃碧爭斟翡翠卮」渡江後是「中原亂，簪纓散，幾時收」〔註12〕；李清照南渡前「繡面芙蓉一笑開，斜飛寶鴨襯香腮」南渡後卻「尋尋覓覓，冷冷清清，淒淒慘慘戚戚。」〔註13〕文天祥的詩歌亦以宋亡爲分界，前期大多應酬之作，或是「吟詠閑愁、表達隱逸志趣」〔註14〕的作品，後期「大多是直書胸臆，不講究修辭，然而有極沈痛的好作品。」〔註15〕文學作品是作者生命的呈現，畢竟「哀怨起於騷人」，在最動盪的時代，往往出現最優秀的作品。

時代稍晚的朱熹曾將渡江前後文風做一比較，認爲與其同時的文人，普遍文風已無渡江初期粗豪：

> 紹興渡江之初，亦自有人才。那時士人所作文字極粗，更無委曲柔弱之態，所以亦養得氣宇。只看如今，稱斤注兩，做兩句破頭，是多少衰氣！〔註16〕

言下之意，當今文人所作文字都有「委曲柔弱之態」，而所謂的「衰氣」更是江湖詩派的特色。爾後到了清朝陳廷焯（1853～1892）在論南渡後詞時曾云：

> 二帝蒙塵，偷安南渡，苟有人心者，未有不拔劍斫地也。南渡後詞，

〔註9〕《四庫全書總目提要・簡齋集》，卷一五六，集部九，別集類九，1349頁。

〔註10〕胡穉：《簡齋詩箋序》，見《陳與義集》卷首，中華書局，1979年。

〔註11〕上述〈玉樓春〉、〈破陣子〉二詞參見〔南唐〕李璟、李煜著；唐圭璋編著：《南唐二主詞彙箋》（臺北市：正中書局，1948年5月，初版），頁19、21。

〔註12〕上述〈鷓鴣天〉、〈相見歡〉二詞參見〔宋〕朱敦儒著；鄧子勉校注：《樵歌校注》（上海：上海古籍出版社，1998年7月，一版），頁140、375。

〔註13〕上述〈捥溪沙〉、〈聲聲慢〉參見〔宋〕李清照著；王仲聞校注：《李清照集校注》（北京：人民文學出版社，2000年1月，重印），頁91、64。

〔註14〕王水照、熊海英：《南宋文學史》，第四章〈王朝終局與文學餘響〉，頁323。

〔註15〕錢鍾書：《宋詩選注》，文天祥小傳，頁456。

〔註16〕〔宋〕黎靖德編：《朱子語類》（北京：中華書局，1986），卷一〇九，頁2702。

> 如趙忠簡〈滿江紅〉云：「欲待忘憂除是酒，奈酒行有盡愁無極。便挽將、江水入尊罍，澆胸臆。」張仲宗〈賀新郎〉云：「夢繞神州路。悵秋風、連營畫角，故宮離黍。底事崑崙傾砥柱。九地黃流亂注。聚萬落千村狐兔。天意從來高難問，況人情、易老悲難訴。更南浦，送君去。」又〈石州慢〉結句云：「萬里想龍沙，泣孤臣吳越。」朱敦儒〈相見歡〉云：「中原亂，簪纓散，幾時收。試倩悲風，吹淚過揚州。」張安國〈浣溪沙〉云：「萬里中原烽火北，一尊濁酒戍樓東。酒闌揮淚向悲風。」劉潛夫〈玉樓春〉云：「男兒西北有神州，莫滴水西橋畔淚。」……此類皆慷慨激烈，發欲上指。詞境雖不高，然足以使懦夫有立志。〔註 17〕

文中所舉趙鼎、張仲宗（1091～1161）、朱敦儒、張孝祥（1132～1169）、劉儗（生卒年不詳）、張渠（生卒年不詳）、劉過（1154～1206），大抵是後村的前輩詩人；而黃機（生卒年不詳）、王埜（生卒年不詳）、曹豳（1170～1249）、陳人傑（1218～1243）、李演（生卒年不詳）、方嶽（1199～1262）則爲後村同輩或稍晚，可知當時整個社會風氣與文壇都是慷慨激昂極欲克復神州的，儘管創作意境不高，但皆「壯語足以立懦」。

由上述論著中可以發現，「中興」的想像與追尋，似乎是此時共通的主題，不論是詩人群體或是詞人群體，這些文人在面對外族政權南下所激盪出的愛國情緒，表現在文學上進而體現出時代悲歌，但在這些激烈衝突結束後，文人又是如何面對政府委靡，以及南北衝突？當所謂「中興」希望漸漸渺茫，北伐克復神州的口號不再，「寧宗、理宗之世，國勢日漸衰弱，文人斂情約性，詩壇上激昂悲壯的聲音漸漸減弱。」〔註 18〕處在這個當下的劉克莊，便藉由他的文字來遙想南渡之初的「大家數」。

貳、劉克莊眼中的南渡後詩人

劉克莊曾編輯了數種選本包括《唐絕句詩選》、《本朝五七言絕句》、《本朝絕句續選》、《中興五七言絕句》、《中興絕句續選》〔註 19〕，前三本選集根

〔註 17〕〔清〕陳廷焯：《白雨齋詞話》（臺北市：廣文書局，民國 60 年），〔南渡後詞〕，頁 191。

〔註 18〕參見王水照、熊海英：《南宋文學史》，頁 254。

〔註 19〕案：《分門纂類唐宋時賢千家詩選》舊題爲後村先生編輯，故又有《後村千家詩》的別稱，然此多有疑慮，大抵是後人所托名而成，詳細可參見程章燦：〈所

據序言可能是爲了訓初學所編，雖然這五本選集並沒有流傳下來，但我們從其中序言，還是可以看出後村選詩想法，在其〈中興絕句續選序〉云：

南渡詩尤盛東都。炎、紹初則王履道、陳去非、汪彥章、呂居仁、韓子蒼、徐師川、曾吉甫、劉彥沖、希眞，乾、淳間則范至能、陸放翁、楊廷秀、蕭東夫、張安國，一二十公皆大家數，内放翁自有萬詩。稍後如項平父、李秀章諸賢，以至江西一派、永嘉四靈。佔畢於燈窗，鳴號於江湖，約而在下，以詩名世者不可殫紀。〔註20〕

此序寫於寶佑四年（1256），從這裡可以看出後村眼中，所謂的南渡大家數分別爲：王安中（1076～1134）、陳與義、汪藻（1079～1154）、呂本中、韓駒、徐俯（1075～1141）、曾幾、劉子翬（1101～1147）、朱敦儒（1081～1159），乾、淳間則爲范成大、陸游、楊萬里、蕭德藻（生卒年不詳）以及張孝祥（1132～1130）。

一般學界對於《後村詩話》討論，大抵關注在其「唐律論」及「本色論」，〔註 21〕然仔細檢視《後村詩話》後發現，當中有不少關於南宋文人條目，皆反應出了時代風氣，以及後村對當代詩料的討論，而後村詩話中評論兩宋詩人部份，泰半集中在詩話前集，係作於淳祐六年（1246），後村六十歲，歸寓莆田之後；雖說南渡後情感方面「感於詩不若感於詞」〔註 22〕，但且看後村是如何藉由詩作來描述南渡之初的情況的：

江端友，字子我，鄰幾之孫，靖康間以布衣召用。同時詩人感慨北狩南渡之作多矣，子我云：「楚欲圖周鼎，湯猶繫夏台。」又云：「比年熒惑犯南斗，何日燕人祭北門？」事的切而語回互。〔註23〕

江端友（？～1130），集子已亡佚，錢鍾書《宋詩選注》有選其一首〈牛酥行〉，詩云：

有客有客官長安，牛酥百斤親自煎。

倍道奔馳少師府，望塵且欲迎歸軒。

謂《後村千家詩選》考〉，收入於《中國詩學》第 4 輯，南京大學出版社，1995 年）以及李更、陳新：《分門纂類唐宋時賢千家詩選校證》〈點校說明〉（人民文學出版社，2002 年），本文採此說，故《分門纂類唐宋時賢千家詩選》不列入。

〔註20〕《劉克莊集箋校》，卷九十七，頁 4086。

〔註21〕案：如王明見：《劉克莊與中國詩學》、景紅錄：《劉克莊詩歌研究》、王述堯：《劉克莊與南宋後期文學研究》、王錫九：《劉克莊詩學研究》等。

〔註22〕《白雨齋詞話》，〈自敘〉。

〔註23〕《劉克莊集箋校》，卷一七四，頁 6732。

守閽呼語不必出，已有人居第一先；
其多乃複倍於此，台顏顧視初怡然。
昨朝所獻雖第二，桶以純漆麗且堅。
今君來遲數又少，青紙題封難勝前。
持歸空慚遼東豕，努力明年趁頭市。〔註24〕

這首詩中藉由送牛酥賄賂的情形，諷刺地揭露北宋徽宗朝的官場醜態，而江端友在南渡過後，寓居桐廬，詩集亡佚，後村《詩話》中便保留下了僅存的幾句詩，詩中以楚莊王意欲移鼎於楚，取周王朝天下而代之之喻，來描述當時的金人逐鹿中原的場面；又以桀將湯囚於夏臺之事，來形容二帝被擄；以燕人祭北門來形容朝廷畏見侵伐，祭之以求福。〔註25〕後村所謂「同時詩人感慨北狩南渡之作多矣」，又如：

劉屏山〈題李忠愍集〉云：「二帝蒙塵方幸朔，六臣奉璽更朝梁。」敘當時事，忠憤悲壯。尹少稷〈僞齊入寇〉云：「酬功不惜賞千布，送死惟堪縛一驢。」足與前句相上下。〔註26〕

所舉劉子翬與尹穡（生卒年不詳）的詩作，皆是忠憤悲壯、反應時事之作，描述靖康之變與劉豫入寇之事；而於尹穡詩話又云：

尹少稷詩若淡泊而有義味，其〈庸醫行〉云：「南街醫工門如市，爭傳和扁生後世。膏肓可爲死可起，瓦屑蓬根盡珍劑。歲月轉久術轉疏，十醫九死一活無。北市醫工色潛動，大字書牌要驚眾。偏收棄藥與遺方，羽客神丹亦無用。實者爲虛熱爲寒，幾因顛倒能全安。君不見形神枵然臥一室，醫方爭工藥無必。左手檢方右顧金，兩手雖殊皆劍戟。」似諷當時主和戰者。〈聞逆亮入寇〉律詩云：「本來饑飽非同鼎，安得沉浮自一舟。」又云：「異日是非憂史謬，終身寒餓羨錢愚。」詞不迫切而意獨至矣。少稷及接呂居仁、曾吉甫議論，在山中讀書二十年，名論極重。晚爲大坡，因符離之敗，攻張魏公父子以附和議，遂爲公議所貶，甚可惜也。頃故人陶木仁父宰上饒，余托仁父傳其集四冊，詩居其一。〔註27〕

〔註24〕錢鍾書：《宋詩選注》，頁179。
〔註25〕《史記・田敬仲完世家》第十六〈集解〉引賈逵曰：「齊之北門西門也。言燕趙之人畏見侵伐，故祭以求福。」卷四十六。
〔註26〕《劉克莊集箋校》，卷一百七十四，頁6734。
〔註27〕《劉克莊集箋校》，卷一百七十九，頁6903。

詩話中指出尹穡〈庸醫行〉一詩，乃諷刺當時主戰及主和派皆沒有健全的計畫，實爲「庸醫」，洽與後村一貫理念相符，主張除了議和不可之外，北伐需要有計劃、準備周全才可行，文後又可惜尹穡晚年歸附於和議派人士，這裡也可以清楚反應後村的政治立場。

而關於韓駒的條目：

> 宣靖之禍，自滅遼取燕始，韓子蒼〈挽中山韓帥〉云：「金絜盟尤在，灰釘事已新。」語妙而意婉，上句指韓，下句指童、蔡，作詩法當如此。〔註28〕

聯金滅遼之舉，使金人看出當時北宋戰鬥力虛弱，韓駒此詩，描寫靖康之難宋金海上之盟尤在，然童貫、蔡京已進棺材。

在談到曾幾時云：

> 紹興初，敵歸我河南，識者知和約之不堅久。錢氏之後，自中原遷奉三世喪柩窆於越上，諸公皆爲哀挽。茶山獨云：「撲金千騎去，埋玉幾人歸。」可謂妙於用事。余爲袁守，項容孫被召過袁，言自其先世墳域在沙市者皆已遷葬公安，國愈蹙矣，士大夫得無感慨乎！〔註29〕

後村守袁州乃嘉熙元年（1237），以曾幾詩句爲引子，帶出項容孫遷祖墳之事，以反應當時士大夫心境，沙市與公安，皆在荊湖北路，沙市在江陵東，而公安則在長江以南，兩地間隔了一條長江天險，「國愈蹙矣」時局越加窘迫，士大夫難道沒有所感嘆嗎？整本詩話檢視下來，可以發現後村所選南渡詩人的詩作，有許多都是反應時事的作品，可以看出後村選詩的判斷標準與喜好。

第二節　劉克莊對於前輩詩人的學習與認同

除了南渡初期的詩人之外，被方回稱爲「四鉅公」〔註30〕的陸游、楊萬里、范成大以及尤袤（1127～1202），四位中興大詩人之中，《詩話》裡談論最多的，就是放翁與誠齋了，後村在〈刻楮集序〉中，曾自稱其詩學歷程：

> 余初由放翁入，後喜誠齋，又兼取東都、南渡、江西諸老，上及於

〔註28〕《劉克莊集箋校》，卷一百七十四，頁6731。

〔註29〕《劉克莊集箋校》，卷一七四，頁6737。

〔註30〕〔元〕方回：《桐江集》（臺北：台灣商務印書館，1988年2月，初版），〈跋遂初尤先生尚書詩〉，卷三，頁235。

唐人，大小家數，手抄口誦。季嗜好與余同。小窗殘燭，講之二十餘年。〔註31〕

上序乃後村於寶佑二年（1254），爲仲弟克永所作之序，時年後村六十八歲，提舉明道宮閑居在家，這段時間也是《詩話》前、後集四卷，整理完稿的時候。即爲後村對於其詩學理論做進一步審視之後所說的話。文中云「小窗殘燭，講之二十餘年」，故此由寶佑二年上推二十年，即爲端平元年（1234），後村四十八歲之際，時眞德秀帥閩，後村以將作簿應辟兼閔幕帥司參議官，對照〈瓜圃集序〉所述對四靈的檢討時期，時間大致吻合。〔註32〕

其實後村與陸游淵源甚早，後村有〈跋放翁與曹元伯帖〉，云：「放翁與曹元伯帖云：『主司劉某，天下偉人也，故足以得之。』」〔註33〕，從中可知陸游對其祖劉夙的推崇；對於後村以陸游做爲楷模對象，張宏生說道：「在那樣一個特定的年時代，選擇陸游這位偉大的愛國主義詩人做爲最早的師法對象，顯然不僅僅是出於對其詩藝的推崇。」〔註34〕在四靈與江湖詩風流行的當下，由於詩人普遍的偏安意識，詠史或是描寫時事這種題材已經被大多數的詩人所拋棄，所以劉克莊能夠不隨波逐流，寫出一定數量的這類詩作，在這個時代，是有其特殊意義的。

且在《詩話》中，談論最多的中興詩人，爲陸游及楊萬里。〔註35〕又四庫館臣在《四庫全書總目提要・劍南詩稿》云：「游詩清新刻露，而出以圓潤。實能自辟一宗，不悉黃陳之舊格。劉克莊號爲工詩，而後村詩話載陸游，僅齋其對偶之工，已爲皮相。」〔註36〕《後村詩話》云：「古人好對偶，被放翁用盡：『箝紙尾』，『摸床棱』；『烈士壯心』，『狂奴故態』；……《劍南稿》八十五卷，八千五百首，別集七卷，不預焉，似此者不可殫舉，姑記一、二於此。」〔註37〕後村在《詩話》中一口氣舉了放翁對偶句五十例，並稱這只是陸遊詩集裡「一二」而已，說明對陸游的關注；又云：「其激昂感慨者，稼軒不能過；飄逸高妙者，與陳簡齋、朱希眞相頡頏；流麗綿密者，欲出晏叔原、

〔註31〕《劉克莊集箋校》，卷九十六，頁4063。

〔註32〕案：從〈瓜圃集序〉中，推論後村對於四靈的反動大抵是在嘉定十六年（1223）至紹定元年（1228），落梅詩案發生後。

〔註33〕《後村先生大全集》一百二十三卷。

〔註34〕參見張宏生：〈論劉克莊詩〉，《江湖詩派研究》，頁241。

〔註35〕參見〔附錄三〕。

〔註36〕《四庫全書總目提要》，卷一六〇，集部十三，別集類十三，頁1380～1381。

〔註37〕《劉克莊集箋校》，卷一七四，頁6741～6742。

賀方回之上。」〔註38〕在〈題放翁像〉亦可看出其評價：「三百篇寂寂久，九千首句句新。辟宗門中初祖，自過江後一人。」〔註39〕〈李賈縣尉詩卷〉亦云：「謂詩至唐猶存則可，詩至唐而止則不可。李杜，唐之集大成者也；梅陸，本朝之集大成者也。」〔註40〕由此可知劉克莊對中興四大詩人的陸游楊萬里評價是很高的，亦有意識的學習其創作精神，且對於兩位前輩詩人的愛國主義也多有繼承，放翁的愛國精神歷來爲人所知，其實誠齋也有強烈的愛國思想，亦曾警告統治階層「勿以海道爲無虞，勿以大江爲可恃。」〔註41〕

後村學習放翁與誠齋之時，正是本身對於四靈、江湖體的檢討之際，並且重新融合江西詩派的詩學理念，在〈題誠齋像〉就云：「海外咸推獨步，江西橫出一枝。」〔註42〕又〈湖南江西道中〉，十首之九：「派裡人人有集開，競師山谷友誠齋。只饒白下騎驢叟，不敢勾牽入社來。」〔註43〕〈送大淵宰安溪七言〉，三首之一：「莫道勝流俱不屑，艾軒做了到誠齋。」〔註44〕

後村不僅詩學放翁，亦常以放翁、誠齋自擬，如〈挽史館資政木石公〉，三首之一：「我去如廷秀，君來似放翁。」〔註45〕〈采荔二絕〉，二首之一：「晚與放翁爭曠達，荔枝顛向海棠顛。」〔註46〕晚年更是試圖超越放翁的「萬首詩」，如〈贈謝子杰校勘六言〉，三首之三：「功名隨露電過，文字與星斗垂。吾評潞公五福，何如放翁萬詩。」〔註47〕不斷以放翁萬首詩爲目標，到了八十歲後依舊沒能超越，遂有〈八十吟十絕〉，十首之八：「誠翁僅有四千首，惟放翁幾滿萬篇。老子胸中有殘錦，問天乞與放翁年。」〔註48〕乞求老天能讓其多活些時日，能夠創作更多詩歌。

另一方面，在〈和張簿尉韻〉云：「務觀可堪供史草，補之不會作宮梅。」〔註49〕宋遺民林景熙在〈王修竹詩集序〉云：「前輩評宋渡南後詩，以陸務觀

〔註38〕《劉克莊集箋校》，卷一七四，頁6742。
〔註39〕《劉克莊集箋校》，卷三十六，頁1924。
〔註40〕《劉克莊集箋校》，卷九十九，頁4175。
〔註41〕《宋史・楊萬里傳》，卷四三三。
〔註42〕《劉克莊集箋校》，卷三十六，頁1925。
〔註43〕《劉克莊集箋校》，卷六，頁384。
〔註44〕《劉克莊集箋校》，卷四十五，頁2341。
〔註45〕《劉克莊集箋校》，卷三十一，頁1688。
〔註46〕《劉克莊集箋校》，卷三十二，頁1717。
〔註47〕《劉克莊集箋校》，卷四十，頁2140。
〔註48〕《劉克莊集箋校》，卷三十八，頁2012。
〔註49〕《劉克莊集箋校》，卷十三，頁774。

擬杜，意在寤寐不忘中原，與拜鵑心事實同。」因此藉由對放翁的學習，後村對於杜甫「詩史」領悟也到了更高的層次。〔註50〕

《詩話》中對於杜甫的著墨原本就甚多，甚至有一卷是「專爲杜陵補遺」〔註51〕，對於「詩史」之推崇，詩話云：

> 〈新安吏〉、〈潼關吏〉、〈石壕吏〉、〈新婚別〉、〈垂老別〉、〈無家別〉諸篇，其述男女怨曠、室家離別、父子夫婦不相保之意，與〈東山〉、〈采薇〉、〈出車〉、〈杕杜〉數詩，相爲表裏。……肅代之後，非復貞觀、開元之唐矣。新、舊《唐史》不載者，略見杜詩。〔註52〕

文中肯定杜甫憂國憂民的精神與其詩史的地位，杜甫在經歷安史之亂後，大量創作反應社會各階層的作品，因此在品評其他詩人時，亦常常以「似杜詩」來讚美，例如在評價李白詩時云：

> 〈東武吟〉云：「白日在天高，回光燭微躬。清切紫霄迥，優遊丹禁通。君王賜顏色，聲價淩煙虹。一朝去金馬，飄落成飛蓬。」〈贈宋陟〉云：「早懷經濟策，特受龍顏顧。白玉棲青蠅，君臣忽行路。」二詩與杜公「集賢學士如堵牆，觀我落筆中書堂。往來文采動人主，此日饑寒趨路傍」之作，悲壯略同。〔註53〕

對於〈東武吟〉、〈贈宋陟〉這類的創作，評價很高，又如點評〈聞捷〉、〈感事〉二詩時：

> 徐師川〈聞捷〉云：「時時傳破虜，日日問修門。」又云：「諸公宜努力，荊棘已千村。」陳簡齋〈感事〉云：「風斷黃龍府，雲移白鷺洲。菊花紛四野，作意爲誰秋。」頗逼老杜。〔註54〕

詩話中將徐俯與陳與義的「詩史」作品並列，認爲頗逼老杜，而對於陳與義，後村在〈詩話〉中時常以其與杜甫比擬，又云：

> 元祐後，詩人迭起，不出蘇、黃二體。及簡齋，始以老杜爲師。〈墨梅〉之類，尚是少作。建炎以後，避地湖嶠，行路萬里，詩益奇壯。〈元日〉云：「後飲屠蘇驚已老，長乘舴艋竟安歸。」〈除夕〉云：「多

〔註50〕參見孔妮妮：《南宋的學術發展與詩歌流變》，復旦大學博士學位論文，2004年4月1日，頁86。

〔註51〕《劉克莊集箋校》，卷一百八十二，頁6987。

〔註52〕《劉克莊集箋校》，卷一百八十一，頁6968。

〔註53〕《劉克莊集箋校》，卷一七七，頁6839。

〔註54〕《劉克莊集箋校》，卷一七四，頁6730。

> 事鬢毛隨節換，盡情燈火向人明。」〈記宣靖事〉云：「東南鬼火成何事，終待胡鋒作爭臣。」〈岳陽樓〉云：「登臨吳蜀橫分地，徙倚湖山欲暮時。」又云：「乾坤萬事集雙鬢，臣子一謫今五年。」〈聞德音〉云：「自古安危關政事，隨時憂喜到漁樵。」五言云：「泊舟華容縣，湖水終夜明。淒然不能寐，左右菰蒲聲。窮途事多違，勝處心亦驚。三更螢火鬧，萬里天河橫。腐儒憂平世，況復值甲兵。終然無寸策，白髮滿頭生。」造次不忘憂愛，以簡潔掃繁縟，以雄渾代尖巧。第其品格，故當在諸家之上。〔註55〕

說明自陳與義開始，始跳脫蘇、黃二體，由於大時代的經歷與杜甫相似，陳與義「行萬里路，詩益奇壯」、「造次不忘優愛」，明人胡應麟（1551～1602）《詩藪》亦云：「宋之學杜者，無出二陳。師道得杜骨，與義得杜肉。」〔註56〕這些都可以看出後村對於所謂的「詩史」的肯定。

學界一般對於後村學習陸游是肯定的，然亦有學者提出後村晚期風格，是明學陸放翁，實則暗效稼軒體，認爲後村亦將稼軒所推崇的「尖新崛奇」作爲詩歌的極致境界。〔註57〕稼軒〈夜遊宮・苦俗客〉中有「有個尖新底」〔註58〕之句，〈和人韻〉中有「過眼風光自崛奇」〔註59〕之句，而後村〈答惠州曾使君韻〉二首之二有「不曉尖新與崛奇」〔註60〕、〈老歎〉有「不妨句子尚尖新」〔註61〕；而後村對稼軒的推崇在其〈辛稼軒集序〉〔註62〕中可以看出，文云：

> 辛公文墨議論尤英偉磊落。乾道紹熙奏篇及所進〈美芹十論〉，上虞雍公〈九議〉筆勢浩蕩，智略輻湊，有權書衡論之風。其策完顏氏之禍，論請絕歲幣，皆驗數十年之後。

〔註55〕《劉克莊集箋校》，卷一七四，頁6729～6730。

〔註56〕〔明〕胡應麟：《詩藪》（上海：上海古籍出版社，1958年10月，第一版），外篇卷五，頁214。

〔註57〕參見辛更儒〈略論劉克莊的歷史地位及其文學成就〉云：「淳祐六年以後，劉克莊的詩風轉變得另一個重要標誌，卻是研究者們未曾指出的。即他的詩雖明白宣示『由放翁入，後喜誠齋，又兼取東都、南渡江西諸老』，實則他的詩是經過了向南宋前期大詞人也同時是開創了自己風格的詩人辛棄疾的學習，才始形成後期的風格的。」收入於氏作《劉克莊集箋校》，頁22。

〔註58〕〈夜游宮・苦俗客〉，《稼軒詞編年箋注》，頁476。

〔註59〕《全宋詩》，卷二五八一，頁30010。

〔註60〕《劉克莊集箋校》，卷八，頁476。

〔註61〕《劉克莊集箋校》，卷三十，頁235。

〔註62〕《劉克莊集箋校》，卷九十八，頁4112。

指出稼軒的見識超群及文章磊落，〈美芹十論〉與〈九議〉中所論及之事，在數十年之後皆得到驗證，又云：

> 符離之役，舉一世以咎任事將相，公獨謂張公雖未捷，亦非大敗，不宜罪去。又欲使李顯忠將精銳三萬出山東，使王任，開趙，賈瑞輩領西北忠義爲前鋒。其論與尹少稷，王瞻叔諸人絕異。嗚呼，以孝皇之神武，及公盛壯之時，行其說而盡其才，縱未封狼居胥，豈遂置中原於度外哉。機會一差，至於開禧，則向之文武名臣欲盡，而公亦老矣。餘讀其書而深悲焉。

感嘆稼軒生不逢時，孝宗之時，稼軒正年輕力壯，可時勢並不容許北伐，到了開禧之時，金人衰疲，然而南宋本身的將帥亦已凋零，稼軒亦身處晚年，文末云：

> 世之知公者，誦其詩詞，而以前輩謂有井水處皆倡柳詞，餘謂耆卿直留連光景歌詠太平爾；公所作大聲鞺鞳，小聲鏗鍧，橫絕六合，掃空萬古，自有蒼生以來所無。其穠纖綿密者亦不在小晏秦郎之下。余幼皆成誦。

對於稼軒的作品推崇至極，不僅「大聲鞺鞳，小聲鏗鍧」更是「橫絕六合，掃空萬古，自有蒼生以來所無」，不但豪放詞寫得好，就連婉約詞風，也不在晏幾道、秦觀之下。

除了對於稼軒詞作的讚賞，對於其詩亦有推崇，《詩話》云：「然此篇悲壯雄邁，惜爲長短句所掩。上饒所刊辛集有詞無詩，惜無好事者搜訪補足之」、「皆佳句，惜爲詞所掩。」後村爲晚宋辛派詞人成就最大者之一，然其詩對稼軒風格亦有繼承，誠如林希逸在〈後村居士集序〉所云：「詩雖會眾作，而自爲一宗」〔註 63〕後村對於晚宋文壇的貢獻或不在創新，但云集大成亦不爲過。

南宋偏安苟且的政局，對於心懷大志的辛棄疾來說無疑是個最壞的舞台，前述的政治鬥爭以及懦弱委靡的士風造就了辛棄疾一生的的悲劇。〔註 64〕而這種心懷「恢復大志」卻與周遭士風、政風不合的情況，與劉克莊有巧妙的重疊，這部份會在下章節詳細論述，此處遂不多加著墨。

〔註 63〕《劉克莊集箋校》，附錄三，頁 7839。

〔註 64〕參見鞏本棟：〈辛棄疾南歸後心態平議〉，收入於《宋代文學研究叢刊》第四期（1998 年 12 月），頁 408。

第三節　劉克莊眼中的南渡後忠臣、良將

後村詩文中，可以看出其對於本朝歷史的觀點，並多次對於南渡初的忠臣良將多加讚揚，在〈宗忠簡遺事序〉中，對抗金名將宗澤（1060～1128）的言行有非常生動的描述：

> 公因人心奮激，克期北上，二十四疏請上回鑾以繫眾心，臣當躬冒矢石爲諸將先。優詔嘉嘆，而有陰沮之者。公憂郁，瘍生于背，諸將問疾，公曰：「吾固無恙。若等能滅仇虜，吾死無恨！」眾皆泣。屬纊猶呼「過河」者三。忠臣義士聞而痛之。〔註65〕

宗澤在高宗朝時，任東京留守兼知開封府，重用岳飛北伐，多次請高宗遷回開封「二十四疏請上回鑾以繫眾心」未果，最後因不能擊退金兵，大呼三聲「過河」！後氣憤憂鬱而死。後村在〈賀新郎・送陳眞州子華〉，亦以宗澤爲例，詩云：

> 北望神州路，試平章、這場公事，怎生分付。記得太行山百萬，曾入宗爺駕馭。今把作、握蛇騎虎。君去京東豪傑喜，想投戈、下拜眞吾父。談笑裡，定齊魯。兩淮蕭瑟惟狐兔。問當年、祖生去後，有人來否。多少新亭揮淚客，誰夢中原塊土。算事業、須由人做。應笑書生心膽怯，向車中、閉置如新婦。空目送，塞鴻去。〔註66〕

理宗寶慶三年（1227），四月，陳子華以倉部員外郎知眞州，劉克莊以詞相送。詞中希望陳子華能效法宗澤聯絡北方義軍，下片則指斥苟安怯懦，通篇議論國事，批判時政，可以看出劉克莊渴望恢復中原的豪情壯志，其他用宗澤爲詩料的還有〈挽柳齋陳公〉四首之一云：「虜猶聞范老，盜亦說宗爺。」〈挽王居之寺丞〉二首之二云：「九泉見忠簡，應問老門生。」〈端嘉雜詩〉二十首之五云：「便脫深衣籠窄袖，去參留守看東京。」

在寫到南宋初期的抗金名將魏勝（1120～1164）時，更高度讚揚了他的民族氣節，〈魏勝廟〉云：

> 天與精忠不與時，堂堂心在路人悲。
> 龍顏帝子方推轂，猿臂將軍忽死綏。
> 灑泣我來瞻畫像，斷頭公恥立降旗。
> 海州故老凋零盡，重見王師定幾時。〔註67〕

〔註65〕《劉克莊集箋校》，卷九十八，頁4128。
〔註66〕《劉克莊集箋校》，卷一九○，頁7345。
〔註67〕《劉克莊集箋校》，卷一，頁24。

紹興三十一年（1161）金完顏亮舉國南攻，當時魏勝是山陽（江蘇淮安）的弓箭手，招集三百義軍北渡淮河，收復了江蘇、海州等州縣。〔註 68〕後村文中緬懷魏勝的氣節，無奈卻被小人所害戰死沙場，海州忠義軍的那些士兵都早已垂垂老矣，要到何時才能見到北伐的王師再起？緬懷魏勝的氣節，無奈卻被小人所害戰死沙場，而這裡指的「小人」，是指魏勝一度被賈和仲誣陷，平反後改任楚州。如今海州忠義軍的那些士兵都早已垂垂老矣，要到何時才能見到北伐的王師再起？

答案當然是否定的，南宋後期像魏勝這樣的豪傑早已不復在，多的是不戰而棄城逃跑的將領；讓人想起李清照有〈烏江〉詩云：「生當作人傑，死亦爲鬼雄。至今思項羽，不肯過江東。」〈打馬賦〉云：「老矣誰能志千里，但願相將渡淮水。」〔註 69〕皆是同樣的感嘆。後村〈送眞舍人帥江西〉八首之七，云：「自憐謝病離軍去，始聽王師下海州。」〔註 70〕詩中亦以海州忠義軍例，勉勵眞德秀。

孝宗隆興元年（1163），張浚所主持的北伐抗戰開始，金國大將徒單克寧入侵，魏勝最後力戰而死。當時的局勢對於南宋並非十分有利，朝野輿論有許多反對出兵的聲音，但是張浚執意北伐，盲目抗戰的結果就是造成隆興和議的簽訂，今人楊德泉指出：「張浚托名恢復，大言誤國，三戰三敗，流毒蒼生，他如汪黃、排李綱、諸曲端、引秦檜、害岳飛等，在南宋初年製造一次又一次的歷史冤獄，釀成一次又一次的軍事潰敗」〔註 71〕。後村在〈題繫年錄〉中，則更詳細的交待這段史事：

> 炎紹諸賢慮未精，今追遺恨尚難平。
> 區區王謝營南渡，草草江徐議北征。
> 往日中丞甘結好，暮年都督始知兵。
> 可憐白髮宗留守，力請鑾輿幸舊京。〔註 72〕

此詩乃後村題李心傳《建炎以來繫年要錄》，詩中言南渡初期大臣思慮未精，並以宋文帝劉義隆（407～453）時徐湛之（410～453）、江湛（408～453）三

〔註 68〕參見《南宋軍事史》，第三章〈宋與金的戰爭〉，頁 179～183。
〔註 69〕上述詩賦參見〔宋〕李清照著；王仲聞校注：《李清照集校注》，頁 127、151。
〔註 70〕《劉克莊集箋校》，卷二〇，頁 91。
〔註 71〕楊德泉：〈張浚事跡述評〉，收入於《宋史研究論文集》（河南人民出版社，1984 年），頁 584～585。
〔註 72〕《劉克莊集箋校》，卷四，頁 235。

次「元嘉北伐」，皆以失敗做收爲例，稼軒詞「元嘉草草，封狼居胥，贏得倉皇北顧」亦源於此；而中丞謂秦檜，都督謂張浚，此處似諷「隆興北伐」的倉促出兵所導致的失敗。詩末再度舉宗澤留守東京，力請高宗還於舊都之事。

雖然上詩似有諷刺隆興北伐之意，但是後村對於張浚本人似乎沒那麼反感，在詩集中多次提到張浚，如〈鳳凰臺晚眺〉云：「小儒記得隆興事，閒對山僧說魏公。」〔註73〕〈端嘉雜詩〉二十首之十九云：「鴆杯定不疑羊傳，匕首何曾害魏公。」〔註74〕

在〈鄭寧示邊報走筆戲贈〉中云：

曾客驃姚與伏波，慣騎生馬擁琱戈。

金臺有命終須築，鐵硯無功亦且磨。

見說帛書來汝洛，又傳氈帳迫淮河。

只今西北多機會，吾子南歸意若何。〔註75〕

「慣騎生馬擁琱戈」乃指張浚爲相時所提拔的將領韓士忠（1089～1151），據《宋史‧韓士忠傳》載：「早年鷙勇絕人，能騎生馬駒。」〔註76〕此詩乃見邊報後而作，敘述端平元年宋師三京之役的無功而返。

第四節　劉克莊對於前輩詩人的繼承：「詩史」與「詠史」

詩史跟詠史具有本質上的區別，一方是紀錄當代歷史，一方是以詩追述詠嘆前代歷史，〔註77〕後村由於時代因素的侷限，所創造「可堪供史草」的詩作並不多，但是卻表現在大量的詠史作品上，周密《齊東野語‧詩用史論》云：

近世劉潛夫詩云：「身屬嫖姚性命輕，君看一蟻尚貪生。無因喚取談兵者，來此橋邊聽哭聲。」而東坡〈諫用兵之疏〉云：「且夫戰勝之後，陛下可得而知者，凱旋捷奏，拜表稱賀，赫然耳目之觀矣。至

〔註73〕《劉克莊集箋校》，卷一，頁46。

〔註74〕《劉克莊集箋校》，卷十一，頁679。

〔註75〕《劉克莊集箋校》，卷十，頁572。

〔註76〕《宋史‧韓士忠傳》，卷三六四。

〔註77〕詳參龔鵬程：〈史詩與詩史〉，收入於《中外文學》，十二卷二期；李明華：《南宋詠史詩研究》（臺北市：文津出版社，1997年，初版）。

於遠方之民，肝腦塗于白刃，筋骨絕於饋餉，流離破產，鬻賣男女，薰眼折臂，自經之狀，陛下必不得而見也。慈父孝子，孤臣寡婦之哭聲，陛下必不得而聞也。」其意亦出此。〔註78〕

文中所引爲後村〈贈防江卒六首〉其四，認爲在詩中所反應的現實，與東坡所上之疏相同，前述曾云，後村能不隨波逐流，在這個詠史或是描寫時事這種題材已經被大多數的詩人所拋棄的時代，所以寫出一定數量的這類詩作，是有其特殊意義的。是其，藉由對前輩詩人的學習與仿效，繼承其「詠史」、「詩史」精神，但礙於時代侷限，亦沒有身處戰亂經歷，因此寫不出像杜甫經歷安史之亂後所寫的「三吏」、「三別」；或是像陳與義在經歷靖康之難後所寫出的感時傷事作品；以及到宋亡後，汪元量所寫出一系列的「詩史」作品。

這些都是文人在經歷國破家亡、顛沛流離之後，才寫出如此沉鬱悲壯、雄闊慷慨的現實主義詩作；因此筆者認爲，後村便藉由詠史及用本朝事作詩料，來表現其精神。今人季明華在《南宋詠史詩研究》一書中，曾大略統計了南宋文人的詠史詩作品，今爲方便閱讀，整理後列表如下。〔註79〕（見表3）

表3：南宋詩人詠史詩數量統計

作者	數量	作者	數量	作者	數量	作者	數量	作者	數量
劉一止	1	王洋	3	喻良能	3	劉克莊	200	胡仲弓	3
李光	1	陳與義	1	李石	42	戴復古	1	釋道璨	2
汪藻	1	蘇籀	2	王十朋	117	王邁	1	吳錫疇	2
孫覿	3	曹勛	7	周紫芝	3	徐照	2	許棐	1
李綱	15	劉子翬	8	陸游	60	劉黻	3	趙汝鐩	2
李清照	3	李處泉	1	范成大	25	曾極	100	于石	6
呂本中	15	林亦之	1	楊萬里	15	文天祥	6	汪元量	8
劉才邵	1	周文璞	6	姜夔	1	謝翶	15	眞桂芳	1

從上表中可以看出，後村的詠史詩數量在南宋來說是獨占鰲頭的，今人王述堯在談論劉克莊的詠史詩時提到：「如果把詠懷古蹟、歌詠歷史人物等和歷史相關的內容都包括在內，後村的詠史詩在詩集中共有 320 首左右，佔詩

〔註78〕〔宋〕周密：《齊東野語》，〈詩用史論〉，卷一，頁8。
〔註79〕參見季明華：《南宋詠史詩研究》，頁4～9。

集的 7%左右」〔註 80〕，這個比例乍看雖然不大，但是 320 首詩，已經是許多人詩集的詩歌總數了，所以筆者認爲，劉克莊在詩中所呈現的憂患意識，是值得深入研究的。

而除了詠詩之外，亦可發現從後村愛用本朝事作詩料，清人趙翼《陔余叢考》嘗云：「劉後村詩多用本朝事，而尤專以此見長者，莫如劉後村。」〔註 81〕文中所舉詩例，或有字句闕漏、詩名誤植等問題，爲方便閱讀，按照卷次整理校定成下列圖表。（見表 4）

表 4：後村詩用本朝事詩作

詩　題	詩　句	卷次	頁數
別敖器之	當日烏台要堪詩。	1	32
先儒	康節易傳於隱者，濂溪學得自高僧。	2	117
眞母吳氏挽詞二首	立志如歐母，生兒似富公。	3	180
感昔	旁無公議扶种李，中有流言沮范韓。	3	181
	生前上亦知強至，死後人方誄尹洙。	3	182
書感	欲招程子看通典，兼起歐公講繫辭。	4	232
贈陳起	煉句豈非林處士，鬻書莫是穆參軍。	7	415
即事四首	野人只說羹芹美，相國安知食筍甘。	7	450
送葉尚書奉祠二首	事光白傅求閑後，銜似溫公約史年。	8	480
	公閑去伴种司諫，我懶思尋靖長官。	8	480
挽王華甫提刑二首	潁濱碑玉局，曲阜狀南豐。	9	533
獲硯	未愛潘郎呼作友，便教米老拜爲兄。	9	551
蔡偉叔講通書	舉揚霽月光風易，箋注先天太極難。	9	552
寒食清明二首	頗思攜鶴訪孤山	9	555
村墅	堯夫生死太平時	9	557
答梁文杓	柳永詞堪腔裏唱，劉義詩自膽中來。	9	558
答李泉州元善	平生陳無己，白首欠吟債。	10	594
	未嘗見馬呂，況肯見章蔡？	10	594

〔註 80〕王述堯：《劉克莊與南宋後期文學研究》，（上海：東方出版中心，2008 年 2 月）頁 52，註 1。

〔註 81〕〔清〕趙翼著；欒保群、呂宗力點校：《陔余叢考》（石家莊：河北人民出版社，2003 年 12 月，重印），卷二十四，頁 471～473。

詩　題	詩　句	卷次	頁數
送趙信州	虹貫元章載畫舟。	10	595
挽連夫人	瀧阡新刻豐碑妙	10	602
次韻實之二首	蚤亦曾譏秦氏者，晚爲與議濮園人。	11	647
再和二首	向來曾上慶曆頌，老去甘爲元祐人。	11	648
六和二首	艱虞夷甫方謀窟，老懶堯夫少出窩。	11	659
自和二首	侍讀自無遷府分，中丞還有僦船時。	11	667
	鐘阜解仇無宿憾，荊江感事有新吟。	11	667
燈夕呈劉帥二首	清于坡老游杭市，儉似乖崖在劍川。	12	733
挽崔丞相三首	軍皆歌范老，民各像乖崖。	12	739
題永嘉黃仲炎文卷二首	賈董奇材無地立，歐蘇精鑑與人同。	13	771
	安知李膺麾門外，不覺劉幾入彀中。	13	771
和張簿尉韻	務觀可堪供史草，補之不會作宮梅。	13	774
用王去非侍郎韻二首送林元質提幹秩滿造朝，併呈侍郎	素無沂國三場志，曾有西山一瓣香。	13	775
題陳霆詩卷	後有荊公選百家	13	791
哭孫季蕃	相君未識陳三面，兒女多知柳七名。	13	792
懷曾景建	碎版一如坡貶日，蓋棺不見檜薨年。	13	794
甲辰書事二首	往昔曼卿曾奪敕，後來同甫竟成名。	16	894
六和二首	范老登科猶別姓，余公應舉亦更名。	16	903
送實之倅廬陵二首	似聞黃閣登迂叟，且向青原訪醉翁。	16	909
	黃本何堪處秦觀？白麻近已拜申公。	16	909
挽湯仲能二首	梅老徒書局，徂徠不諫官。	16	913
	零落歐門士，消磨濮議人。	16	914
題宋謙父四時佳致樓	愛蓮亦既見君子，看竹不須通主人。	16	924
題宋謙父詩卷	蘇氏舊稱小坡賦，秦家晚重少章詩。	16	925
挽李秀巖二首	山房惜未從公擇，書局聞曾擬道原。	16	928
石塘感舊十首	夜來一段佳風月，不見堯夫只見窩。	16	949
季父習靜哀詩四首	涪翁舊傳七分止，邵子先天一畫無	16	954

上表可看出後村愛用本朝史事來作詩料的例子，且多爲北宋的典故，亦或是後村對於詩史的另一種轉換，此外亦由於後村本身治史的關係，在淳祐

六年（1246），劉克莊六十歲，理宗以其「文名久著，史學尤精」，賜同進士出身，除秘書少監，兼國史院編修、實錄院檢討官、崇政殿說書。自云其治史的目的於「佐王政賞罰之不及，其有益於世多矣」〔註 82〕，表現在詩作中的，還有其讀史的作品，暫且不論其他讀前朝史書的作品，關於「當代史」的作品，就爲數不少了，例如其〈讀崇寧後長編〉，二首之二云：

陳跡分明斷簡中，纔看卷首可占終。
兵來尚恐妨恭謝，事去徒知悔夾攻。
丞相自言芝產第，太師頻奏鶴翔空。
如何直到宣和季，始憶元城與了翁。〔註 83〕

明人李濂（1488～1566）嘗云後村此詩乃言：「徽、欽之失，非止奢侈淫佚之極，亦由罷黜賢臣，任用閹官，崇尚祥瑞，賞賚無功，以致禍變也。」〔註 84〕明人李燾《續資治通鑑長編》中徽、欽二朝已缺，後村〈讀崇寧後長編〉乃當時《長編》尚存部份的讀後感，詩中元城謂劉安世（1048～1125）論事剛直，人稱殿上虎，而了翁謂陳瓘（1057～1124）亦以直諫聞名，皆爲徽、欽時期被罷黜的賢臣，詩中感嘆到了北宋末，才想起直言賢臣的好。

除此之外，尚有〈讀本朝事有感十首〉：

若納希文受責均，前賢初豈有冤親。
暮生潁上還惆悵，引起無窮射羿人。
力薦資深入柏臺，獨延吉甫客翹材。
如何歲晚鍾山寺，只見黃州副使來
晚遭呂范攻尤峻，死鬭荊舒恨未銷。
舉世共非前濮議，無人細考後尊堯。
非獨蘇仙念老窮，古靈亦復薦孤忠。
白頭不得諸公力，惟有西塘八十翁。
師道在三烏可畔，友倫居五豈容虧。
恰方譽瓘俄傾瓘，亦有尊頤不抹頤。

〔註 82〕《劉克莊集箋校》，〈方汝一班史贊後跋〉，卷一〇七，頁 4462。
〔註 83〕《劉克莊集箋校》，卷四，頁 230。
〔註 84〕〔明〕李濂：《汴京遺蹟志》，收入於《中國古代都城資料選刊》（北京：中華書局，1999 年，第一版），卷十二。

京擕劊子丹誰頸，怒發私書族幾家。
天下那貴黃背子，人間豈有白桃花。

未諫瑤華世未知，故人已訝道鄉遲。
退之著論差傷早，不待陽城伏閤時。

垂簾復辟身俱穩，送呂迎章話又新。
瞞得庭中相泣者，難瞞屏後竊聽人。

翻來覆去幾枰棋，靖國崇寧各一時。
前日雕籠栖宿者，等閒飛過蔡家池。

愈作唐經還蓄縮，邕知漢事謾嘍囉。
假令實錄成書了，其奈雍丘問目何。〔註 85〕

詩中多述北宋黨爭之事，其一「若納希文受責均」乃云范仲淹因抨擊呂夷簡，夷簡稱其薦引朋黨，因而被貶，歐陽修移書高若納，云范仲淹無罪被逐，高若納身爲諫官，竟無諫言，無恥之尤。結果歐陽修被貶爲夷陵令；其二云王安石，其三云陳瓘，其四云鄭俠，其五云邢恕「斬誼萬段不救」之事，其七云鄒浩諫立賢妃劉氏爲后一事，其八云韓琦欲曹太后罷垂簾一事，後村又有〈春夜溫故六言二十首〉〔註 86〕亦用相同的史料，如其三云：「鼎鑊烹東都黨，烟瘴磨元祐人。」其五云：「黼賀剋復受賞，瓘憂分裂有萌。」其八云：「斬頤從教萬段，賣頌不直分文。」其十五云：「一部日錄付婿，三經新義傳兒。」此外亦可觀其〈跋山谷書範滂傳〉，開頭即云：「黨禍東都最慘，唐次之，本朝又次之。」文後云：

> 季世風俗不然，隨好惡而改化，視勝負爲向背，首畔大防者有之，反噬安石者有之，范忠宣諸子多賢尚，勸乃翁求出籍而斬頤萬段恕亦不救者皆是也。此風既成，竊意未必樂與范、尹、歐、余同貶，況甘與君廚俊及同死乎，豫章公遠竄不悔，囚宜州譙樓上猶書此傳，無愧於孟博矣。忠定子吏部孫尚書當慶元初闔門避謗，絕口不自明，尤賢于忠宣之家矣。彼雍容立朝，進無刀鋸之禍，退無瘴之憂，而不能自強於善者，覽卷亦有愧公。〔註 87〕

〔註 85〕《劉克莊集箋校》，卷十八，頁 1037～1039。
〔註 86〕《劉克莊集箋校》，卷二十五，頁 1372～1376。
〔註 87〕《劉克莊集箋校》，卷一百零一，頁 4253～4254。

其中「反噬安石」、「斬頤萬段恕亦不救」等史料皆見於〈讀本朝事有感十首〉與〈春夜溫故六言二十首〉中，學者稱其爲：「現存宋詩中唯一一組『本朝』《實錄》的『讀後感』」、「一部簡明的北宋《黨爭詩史》。」〔註 88〕後村讀史的深刻由此可知。

上述作品顯示了後村於詩史精神的繼承，此外尚有一系列的樂府詩，亦承白居易新樂府「爲歌生民病」精神而發，紹定元年（1228），後村因〈落梅〉詩案影響仍在，自此至紹定五年，奉仙都官祠。此時後村四十二歲，雖身在故里，仍關心時局，寫了一組樂府，分別爲〈築城行〉、〈開壕行〉、〈國殤行〉、〈軍中樂〉、〈運糧行〉、〈寄衣曲〉、〈大梁老人行〉、〈朝陵行〉、〈破陣曲〉〔註 89〕，藉以揭露南宋軍隊中的黑暗和腐敗。

當中有對現實黑暗的揭發並表達對人民苦難的同情，如〈築城行〉云：

萬夫喧喧不停杵，杵聲丁丁驚后土。
偏村開田起窯竈，望青斫木作樓櫓。
天寒日短工役急，白棒訶責如風雨。
漢家丞相方憂邊，築城功高除美官。
舊時廣野無城處，而今烽火列屯戍。
君不見高城鱗鱗如魚鱗，城中蕭疎空無人。

〈開壕行〉云：

前人築城官已高，後人下車來開壕。
畫圖先至中書省，諸公聚看稱賢勞。
壕深數丈周十里，役兵太半化爲鬼。
傳聞又起旁縣夫，鑿教四面皆成水。
何時此地不爲邊，使我地脈重相連。

在〈築城行〉以及〈開壕行〉中，描寫下役夫的苦難與將軍們的驕奢貪淫，築城本是爲了保護人民，卻演變爲擾民、害民，而築城的結果卻是官僚爲了「除美官」，揭露官僚政治的腐敗，最後萬夫停杵的使「高城鱗鱗如魚鱗」，但卻「城中蕭疎空無人」，因爲築城人民都過份勞動而死亡了，恰如放翁〈古築城曲〉四首，其一所云：「築城聲酸嘶，漢月傍城低。白骨若不掩，高與長

〔註 88〕參見曾祥波：〈《讀本朝史有感十首》考釋〉，載於《古籍整理研究學刊》（長春市：東北師範大學古籍整理研究所，2013 年 1 月，第一期），頁 30。

〔註 89〕《劉克莊集箋校》，卷八，頁 499～452。

城齊。」後村此詩所表達之意與放翁相同，放翁「白骨若不掩，高與長城齊」後村卻以「城中蕭疎空無人」以景喻情不著議論。

而城築好，接下來便是開壕，由於築城的功勞已經都被搶光了，後來的人只能藉由開壕來立功，「畫圖先至中書省，諸公聚看稱賢勞」設計圖在中書省得到諸公的稱讚，卻不知「壕深數丈周十里，役兵太半化爲鬼」，已經爲此開壕死了多少人了，劉克莊借其擅用的對比手法，烘托出當朝的不體恤人民，本應爲了人民而做的事，卻成了升官進爵的工具，恰如放翁〈古築城曲〉四首，其三所云：「百丈築城身，千步掘城壕。咸陽三月火，始悔此徒勞。」

又〈苦寒行〉云：

十月邊頭風色惡，官軍身上衣裘薄。
押衣敕使來不來，夜長甲冷睡難著。
長安城中多熱官，朱門日高未啓關。
重重幃箔施屏山，中酒不知屏外寒。

使人聯想到張耒〈苦寒行〉二首，其一云：「淮南苦寒不可度，積雪連山風倒樹。長淮凍絕魚龍愁，哀鴻傍人飛不去。雪中寒日無暖光，六龍瑟縮不肯驤。老憊孤舟且復止，堅冰三尺厚於牆。」邊防是南宋抵禦金兵的重地，然則這些憂繫國家存亡的士兵，在十月的寒冷天氣中，卻不見「押衣敕使來」，導致「夜長甲冷睡難著」，以邊頭風色惡，官軍衣裘薄的「苦寒」，對比城中多熱官，且朱門日高未啓關的「樂熱」，諷刺之極。

又〈軍中樂〉云：

行營面面設刁斗，帳門深深萬人守。
將軍貴重不據鞍，夜夜發兵防隘口。
自言虜畏不敢犯，射麋捕鹿來行酒。
更闌酒醒山月落，綵縑百段支女樂。
誰知營中血戰人，無錢得合金瘡藥。

反映當時狀況，詩名爲軍中樂，放翁〈弋陽道中遇大雪〉云：「少年頗愛軍中樂，跌宕不耐微官縛」放翁詩中的軍中樂顯然與後村所要表達的不同，軍中眞正享樂的，是躲在戒備森嚴軍營中的將軍，「將軍貴重不據鞍，夜夜發兵防隘口」不但不披甲也不騎馬，每夜就派兵去防守重要的隘口，自以爲金兵不敢來犯，飲酒歌舞做樂，「誰知營中血戰人，無錢得合金瘡藥」卻不知道那些作戰的士兵，連金瘡藥都沒有。劉克莊對將軍的憤恨、對士卒的同情、以及對邊防的擔憂，在這首詩中都表露無遺。也有反映陣亡將士的〈國殤行〉。

官軍半夜血戰來，平明軍中收遺骸。

埋時先剝身上甲，標成叢塚高崔嵬。

姓名虛掛陣亡籍，家寒無俸孤無澤。

烏虖諸將官日穹，豈知萬鬼號陰風。

「姓名虛掛陣亡籍，家寒無俸孤無澤」表達失去親人的家庭悲慘，亦有描述北宋遺民的〈大梁老人行〉云：

大梁宮中設氈屋，大梁少年胡結束。

少年嘻笑老人悲，尚記二帝蒙塵時。

烏虖國君之讎通百世，無人按劍決大議。

何當偏師縛頡利，一驢馱載送都市。

放翁有〈得韓無咎書寄使虜時宴東都驛中所作小闋〉云：「大梁二月杏花開，綿衣公子乘傳來。桐陰滿第歸不得，金轡玲瓏上源驛。上源驛中搥畫鼓，漢使作客胡作主。舞女不記宣和妝，廬兒盡能女眞語。書來寄我宴時詞，歸鬢知添幾縷絲？有志未須深感慨，築城會據拂雲祠。」〈又秋思〉六首之四：「遙想遺民垂泣處，大梁城闕又秋砧。」范成大〈雙廟〉有：「大梁襟帶洪河險，誰遣神州陸地沉？」之句。

宋太祖建隆元年（960），北宋定都於卞梁（今河南開封），史稱東京城，歷經九代帝王百七十年，開封城牆始於戰國時期魏國都城大梁城，宋室渡江後，大梁城遂成爲北方故都，後村此詩沿襲放翁的詩句，藉以描繪大梁城中的遺民處境，詩中「大梁宮中設氈屋，大梁少年胡結束。」恰如放翁詩「舞女不記宣和妝，廬兒盡能女眞語」之句，大梁城已落入胡人手中，北宋遺民的穿著打扮、語言文化都已經歸化胡人，而對於懷抱復國夢想的老人，人們表現卻是「少年嘻笑老人悲，尚記二帝蒙塵時。」藉由老人之悲，強調二帝蒙塵的君父之仇，無奈朝中「無人按劍決大議」，期望有朝一日出師北伐，「一驢馱載送都市」將敵人縛首東市。又其〈運糧行〉云：

極邊官軍守戰場，次邊丁壯俱運糧。

縣符旁午催調發，大車小車聲軋軋。

霜寒晷短路又滑，檐夫肩穿牛蹏脫。

嗚呼漢軍何日屯渭濱，營中子弟皆耕人。

此詩描繪役夫運糧的畫面，使其聯想到放翁〈觀運糧圖〉：

王師北伐如宣王，風馳電擊復土疆。
中軍歌舞入洛陽，前軍已渡河流黃。
馬聲蕭蕭陣堂堂，直跨井陘登太行。
壺漿簞食滿道傍，芻粟豈復煩車箱？
不須絕漠追敗亡，亦勿分兵取河湟；
但令中夏歌時康，千年萬年無餽糧！

放翁詩中的運糧，是千軍萬馬「風馳電擊」的慷慨激昂，運糧的役夫只是壯闊北伐的背景，但後村詩中，所表現的卻是基層艱苦，在「霜寒晷短路又滑」天寒地凍且路況濕滑的情況之下，擔夫挑著重擔，不僅肩膀磨穿，牛車橫木也脫落，寸步難行地趕著牛車運糧。兩首詩同樣是寫運糧，卻是完全不同的角度。

第四章　晚宋時代巨變與文人心態

開禧北伐時，金兵破眞州，斬首二萬餘，後村有詩〈眞州北山〉記載戰爭的慘烈：

憶昔胡兒入控弦，官軍迎戰北山前。

茄簫有主安新葬，蓑笠無人墾廢田。

兵散荒營吹戍笛，僧從敗屋起茶煙。

遙憐鐘阜諸峰好，閑鎖行宮九十年。〔註1〕

後村此詩是寫於嘉定十年（1218），路過眞州而作，由眼前殘破的景象遙想此次戰役的失敗。據《續資治通鑑》載：

己未，金赫舍哩子仁破眞州。時眞州兵數萬保河橋，布薩揆遣子仁往攻之，分軍涉淺，潛出其後。宋軍大驚，不戰而潰，斬首二萬餘級，騎將劉挺、常思敬、蕭從德、莫子容並爲所擒，眞州遂陷。士民奔逃渡江者十餘萬，知鎭江府宇文紹節亟具舟以濟，又廩食之。〔註2〕

當時宋軍不戰而潰，士民奔逃渡江者十餘萬，被金兵斬首者高達二萬餘。

透過史傳及文學繫年，可觀察詩人面對時代巨變的反應。南宋王朝自孝宗隆興二年（1164）與金人議和後，主和派當權，放棄了北伐抗金恢復中原的政策，前沿陣地武備廢弛，偏安的局勢成型。文人一方面受制於朝廷宰相擅權，黨同伐異之下所造成的文禁、語禁；一面又由於仕途出路的受阻，導致經濟來源的不穩定，干謁之風盛行，造成文字主題取向的變化。

〔註1〕《劉克莊集箋校》，卷一，頁53。

〔註2〕《續資治通鑑》，〈寧宗開禧二年〉，卷157，頁4251。

十三世紀初，蒙古崛起，導致了開禧二年（1206），宋朝打破乾道和約，寧宗採納韓侂胄意見，展開開禧北伐；收復北方失地，一直是朝野愛國人士的共識，但是時機成熟與否，看法卻未必相同，韓侂胄所主持的這場北伐，歷來史家認爲是因其有「立蓋世功名以自固」〔註 3〕的私人目的，才會倉促出兵，然最後仍以失敗坐收，亦簽下屈辱條款的「嘉定和議」，而這場促使南宋由中興轉向衰頹分界的重要戰役上，文人是以什麼樣的心情來看待，又是如何表現在詩文當中。

爬梳開禧北伐與嘉定議和中文人心境，並由稼軒、放翁晚年與韓侂胄的關係，討論後村晚年與賈似道的關係。以下便從開禧北伐始末與文人關係作一述略。

第一節　開熙北伐中的文人心志

南宋雖與金先後訂定了紹興、隆興和約，然收復北方故土，仍爲南宋士大夫念茲在茲的夙願。〔註 4〕宋慶元元年（1195），金人不斷出兵進攻蒙古，然蒙古日益強盛，金朝至此兵禍連連。宋嘉泰三年（1203），金國境內乾旱嚴重，又盜賊四起，因恐南宋趁其內亂藉機北伐，遂在沿邊屯兵聚糧，關閉襄陽、榷場，遏止金宋邊貿。而南宋朝廷卻誤以爲金朝準備南侵，遂部署防範措施，爾後發現是金朝內亂，朝臣遂也起了藉此伐金的念頭。

嘉泰三年，朝廷召用六十四歲的稼軒爲浙江東路安撫使，辛棄疾帥浙東時寫下一首膾炙人口的詞，〈漢宮春·會稽秋風亭懷古〉云：

> 亭上秋風，記去年嫋嫋，曾到吾廬。山河舉目雖異，風景非殊。
> 功成者去，覺團扇便與人疏。吹不斷斜陽依舊，茫茫禹跡都無。
> 千古茂陵詞在，甚風流章句，解擬相如。只今木落江冷，眇眇愁餘。
> 故人書報：「莫因循忘卻蓴鱸。」誰念我新涼燈火，一編太史公書。
>
> 〔註 5〕

「山河舉目雖異，風景非殊」是感嘆時代的風雨飄搖與山河殘破的眼前景象，

〔註 3〕《宋史·奸臣傳·韓侂胄傳》，卷四七四，頁 13774。

〔註 4〕參見粟品孝等著：《南宋軍事史》第三章〈南宋與金的戰爭〉（上海：上海古籍出版社，2008 年 11 月，第一版），頁 191。

〔註 5〕〔宋〕辛棄疾撰，鄧廣銘箋注：《稼軒詞編年箋注》（臺北市：華正書局，2007 年，二版），頁 542。

「功成者去，覺團扇便與人疏」是人才被黜的感嘆，寫自己對國事無能為力，只能「新涼燈火，一編太史公書」；而張鎡有和韻詞〈漢宮春・稼軒帥浙東，作秋風亭成，以長短句寄餘，欲和久之。偶霜晴，小樓登眺，因次來韻，代書奉酬〉，云：

> 城畔芙蓉，愛吹晴映水，光照園廬。清霜乍凋岸柳，風景偏殊。
> 登樓念遠，望越山青補林疏。人正在秋風亭上，高情遠解知無。
> 江南久無豪氣，看規恢意概，當代誰如。乾坤盡歸妙用，何處非餘。
> 騎鯨浪海，更那須采菊思鱸。應會得文章事業，從來不在詩書。

稼軒時任浙江東路安撫使，「江南久無豪氣，看規恢意概，當代誰如」一句，當指稼軒到了江南，便有了當代英雄豪傑在此。

嘉泰四年（1204）正月，寧宗召見辛棄疾，《建炎以來朝野雜記》〈丙寅淮漢蜀口用兵事目〉云：「會辛殿撰棄疾除紹興府，過闕入見，言金國必亂必亡，願付之元老大臣，務倉猝可以應變之計。侂胄大喜，時四年正月也。」〔註6〕，稼軒認為金國勢必要亡，但是需要萬全的準備；韓侂胄見稼軒亦主張出兵攻金以恢復中原，大喜，用兵之意益決。有人勸韓侂胄透過收復北方失土以「立蓋世功名以自固」。〔註7〕於是恢復之議興，為此，南宋朝廷隨後為韓世忠在鎮江建廟祭祀，又追封岳飛為鄂王，其後又追奪秦檜的王爵，改謚號忠獻為謬醜，韓侂胄欲風勵諸將，製造攻金氣氛；而韓侂胄為了準備北伐，遂馳慶元黨禁，大舉重用主戰派元老，朝廷亦屢次下詔宰執、諸路帥臣等舉薦可為將校者等等措施。〔註8〕《二十二史箚記》云：「建炎南渡，以兵興，宰執請俸錢、祿米權支三分之一。開禧用兵，朝臣亦請損半支給，皆一時權宜，後仍復舊制。此宋一代制祿之大略也。」〔註9〕可以知道朝廷為了這次北伐，原本已經財政拮据的政府，朝臣甚至請損一半薪水。

同年三月，稼軒改派到鎮江做知府，此地原為歷史上英雄建功立業之地，此時卻成為宋金對壘的第二道防線，〈南鄉子・登京口北固亭有懷〉云：

> 何處望神州，滿眼風光北固樓。千古興亡多少事，悠悠，不盡長江滾滾流。

〔註6〕〔宋〕李心傳撰，徐規點校：〈丙寅淮漢蜀口用兵事目〉，《建炎以來朝野雜記》乙集，卷十八，頁825。

〔註7〕《宋史・奸臣傳・韓侂胄傳》，卷474，頁13774。

〔註8〕參見粟品孝等著：《南宋軍事史》第三章〈南宋與金的戰爭〉，頁192。

〔註9〕《二十二史箚記》，〈宋制祿知厚〉條，卷二十五，頁473。

年少萬兜鍪，坐斷東南戰未休。天下英雄誰敵手？曹劉。生子當如孫仲謀。〔註 10〕

開頭就表明中原已非天朝所擁有，藉由讚頌孫權不畏強敵來反諷苟且偷安的局勢，希冀朝廷能像孫權一般稱雄江東。同年陸游有〈送辛幼安殿撰造朝〉一詩云：

稼軒落筆淩鮑謝，退避聲名稱學稼。
十年高臥不出門，參透南宗牧牛話。
功名固是券內事，且葺園廬了婚嫁。
千篇昌谷詩滿囊，萬卷鄴侯書插架。
忽然起冠東諸侯，黃旗皀纛從天下。
聖朝仄席意未快，尺一東來煩促駕。
大材小用古所歎，管仲蕭何實流亞。
天山掛旆或少須，先挽銀河洗嵩華。
中原麟鳳爭自奮，殘虜犬羊何足咴。
但令小試出緒余，青史英豪可雄跨。
古來立事戒輕發，往往讒夫出乘罅。
深仇積憤在逆胡，不用追思灞亭夜。〔註 11〕

詩中對於稼軒的謀略十分讚賞，對於其主張北伐須「願屬大臣備兵，爲倉卒應變之計」表示認同，陸游亦認爲「古來立事戒輕發」，對於北伐一事，也提出他的擔憂，認爲不應該冒然舉兵，因爲朝中有「讒夫」趁機迫害。〔註 12〕

開禧元年（1205），稼軒再次登上北固亭。面對南宋王朝江河日下、國將不國的情形，辛棄疾痛心疾首、悲憤不已，寫下「氣吞萬里如虎」的名篇，〈永遇樂・京口北固亭懷古〉云：

千古江山，英雄無覓孫仲謀處。舞榭歌台，風流總被，雨打風吹去。斜陽草樹，尋常巷陌，人道寄奴曾住。想當年，金戈鐵馬，氣吞萬里如虎。元嘉草草，封狼居胥，贏得倉皇北顧。四十三年，望中猶記，烽火揚州路。可堪回首，佛狸祠下，一片神鴉社鼓。憑誰問，廉頗老矣，尚能飯否。〔註 13〕

〔註 10〕《稼軒詞編年箋注》，頁 548。
〔註 11〕《劉克莊集箋校》，卷五七，頁 3314。
〔註 12〕參見劉春霞：〈開禧北伐中的陸游及其與韓侂胄之關係論略〉收入《西華師範大學學報》，哲學社會科學版，2011 年，第三期，頁 24。
〔註 13〕《稼軒詞編年箋注》，頁 553。

詞中表述了稼軒抗金救國、恢復中原的壯志雄心，在追慕英雄孫權和劉裕的同時，「元嘉草草，封狼居胥，贏得倉皇北顧」引用了劉義隆元嘉年間被北魏拓跋燾打敗的典故警醒南宋朝庭，也警告當政大臣韓侂冑吸取劉義隆的教訓。「憑誰問，廉頗老矣，尙能飯否」表現出時年六十五歲的稼軒，心中依舊有著強烈的北伐渴望。而姜夔有〈永遇樂・次稼軒北固樓詞韻〉和之：

> 雲鬲迷樓，苔封很石，人向何處？數騎秋煙，一篙寒汐，千古空來去。使君心在，蒼厓綠嶂，苦被北門留住。有尊中酒差可飲，大旗盡繡熊虎。前身諸葛，來遊此地，數語便酬三顧。樓外冥冥，江皋隱隱，認得征西路。中原生聚，神京耆老，南望長淮金鼓。問當時依依種柳，至今在否？

白石此詞雖爲次韻稼軒，但卻是完全不同的寫法，詞中透過讚揚稼軒來寄託自己希冀北伐的熱情，將稼軒比擬爲孔明，認爲南宋要收復中原，非得借重具有非凡膽略及才幹的辛棄疾，詞中對北伐抗金的期許，說明白石的「愛國情懷不僅是終身憂繫於心，而且是逐步發展，越來越強烈。」〔註 14〕

然而朝廷在開禧元年三月（1205），韓侂冑因兩人的戰略方針截然不同（韓主張急攻，辛主張長期準備），遂藉口將辛棄疾降兩官。〔註 15〕六月又將他從國防第二線鎮江改知隆興府。不久又說其「好色貪才，淫行聚斂」〔註 16〕，稼軒只好再度回到鉛山。七月，韓侂冑出任高於丞相的平章軍國事，積極部署攻金。十月，李壁（1157？～1222）使金歸來，力言金朝「赤地千里，斗米萬錢，與達爲仇，且有內變」〔註 17〕，是年冬，金使趙之傑（生卒年不詳，金世宗大定十六年（1176）進士）來賀明年正旦，晉見寧宗時態度倨慢，引起寧宗及朝臣的不滿，「著作郎朱質上書請斬金使，不報。」北伐之事已是山雨欲來。

開禧二年（1206），《宋史紀事本末・北伐更盟》記載：「韓侂冑聞已得泗州及新息、褒信、潁上、虹縣，乃命直學士院李壁草詔，下伐金詔」〔註 18〕

〔註 14〕參見趙曉嵐：《姜夔與南宋文化》（北京：學苑出版社，2001 年 5 月，第一次印刷），第三章〈姜夔的詞〉，頁 194。

〔註 15〕《宋會要・職官》：「開禧元年三月二日，寶謨閣侍制知鎮江府辛棄疾降兩官，以通直郎張瑛不法，棄疾坐繆舉之實也。」

〔註 16〕《宋會要・職官》：「開禧元年七月二日，新知隆興府辛棄疾與宮觀，理作自陳。以臣僚言棄疾好色貪才，淫行聚斂。」，第 103 冊。

〔註 17〕《四朝聞見錄・開禧兵端》，頁 88。

〔註 18〕《宋史紀事本末・北伐更盟》，卷 83。

在北伐開始之前，宋軍接連攻下泗州、新息、褒信、潁上及虹縣，五月，令直學士院李璧草詔，宣佈伐金：

> 天道好還，中國有必伸之理；人心效順，匹夫無不報之仇。蠢爾醜虜，猶托要盟，朘生靈之資，奉溪壑之欲，此非出於得已，彼乃謂之當然。軍入塞而公肆創殘，使來廷而敢爲桀驁，洎行李之繼遷，復嫚詞之見加；含垢納汙，在人情而已極，聲罪致討，屬胡運之將傾。兵出有名，師直爲壯。言乎遠，言乎近，孰無忠義之心，爲人子，爲人臣，當念祖宗之憤！〔註 19〕

而時任兵部侍郎葉適，也有輪對扎子云：「甘弱而幸安者衰，改弱而就強者興」〔註 20〕韓侂冑聞而喜之，欲以其爲直學士院，藉其之手草詔以動中外，然而葉適卻以疾辭職。〔註 21〕葉適其實是相當支持這次北伐的，爾後葉適被韓侂冑任命爲知建康府兼沿江制置使，負責沿江防備及籌備北伐的重任。

在朝廷下詔伐金後，原本以爲偏安江南、無意北伐的政府，終於肯對金人開戰了，於是趙汝鐩（1172～1246）有〈古劍歌〉表達自己的期許，云：

> 洞庭吞天天無風，月印一鏡星涵空。
> 波心千丈光五色，漁人嘖嘖疑垂虹。
> 睨而視之寂不見，舉網下罩追遺蹤。
> 須臾雷轟怒濤吼，鼓蕩六合雺溟蒙。
> 所得非魚亦非龍，炯然三尺貫當中。
> 肉銷骨立精氣融，鏗鍧其聲韜其鋒。
> 越砥稍稍加磨礲，壯士見之肝膽雄。
> 雷煥已死不可起，有誰解識鬥間氣。
> 人疑龍泉或太阿，萬古凡劍空一洗。
> 倚樓西北望邊城，連月亙天烽火明。
> 隱憂枕上思請纓，夜半躍鞘床頭鳴。
> 夢中見告若有神：「吾價豈但直百金，吾勇豈但敵一人。知君素有擊楫中流心，誓當助君報國清胡塵！」〔註 22〕

〔註 19〕〔明〕馮琦：《經濟類編》（臺北市：成文出版社，1968 年，臺一版），〈北伐詔〉，卷五十。

〔註 20〕列傳第一百九十三儒林四。

〔註 21〕《宋史紀事本末・北伐更盟》，卷 83，頁 728。

〔註 22〕〔宋〕趙汝鐩：《野谷詩稿》，卷二。

劉過亦作〈西江月〉，詞云：

堂上謀臣尊俎，邊頭將士干戈。天時地利與人和。燕可伐歟？曰可！

今日樓臺鼎鼐，明年帶礪山河。大家齊唱大風歌。不日四方來賀。

稼軒於嘉泰三年（1203）知紹興府兼浙東安撫使時，招劉過與趙汝鐩兩人同入幕府，或許是由於感染稼軒欲北伐的企圖，趙汝鐩〈古劍歌〉中「借古劍顯露其忠勇報國的決心」〔註23〕表達出「誓當助君報國清胡塵」的豪情壯志；而「其激昂慨慷諸作，乃刻意模擬幼安」〔註24〕的劉過，其〈西江月〉中有感於「金源氏從此衰矣」〔註25〕，南宋此時可謂「天時地利與人和」，理當伐金。在民間一片北伐的聲音當中，放翁亦作詩言志，〈老馬行〉云：

老馬虺隤依晚照，自計豈堪三品料？

玉鞭金絡付夢想，瘦稗枯萁空咀嚼？

中原蝗旱胡運衰，王師北伐方傳詔。

一聞戰鼓意氣生，猶能爲國平燕趙。〔註26〕

此時的陸游已經八十五歲了，依舊表示還要走上戰場！詩中表現出了老當益壯，欲殺敵請纓的壯志。不再是〈聞蜀盜已平獻馘廟社喜而有述〉中云：「老生自憫歸耕久，無地能捐六尺軀！」〔註27〕「北伐」這個名詞對於陸游來講，已不再只是想像中的場景，然而儘管已在詩作中演練、歌頌過無數次的「北伐圖像」〔註28〕，成功終究是沒能到來。

由於韓侂胄出兵伐金，政治上思想上的準備是充分的，但軍事準備卻十分不充足，加上「軍政腐敗、將帥乏人，士卒缺少訓練，戰鬥力甚弱」〔註29〕，多數宋軍一戰即潰，甚至「不克而潰」〔註30〕，《宋史・寧宗本紀》記載了一連串的兵敗情形：

〔註23〕參見羅宗濤：〈宋代宗室詩探討〉收入於《東華漢學》第十二期（花蓮：東華大學出版，2010年12月），頁115～116。

〔註24〕〔清〕況周頤原著，孫克強輯考：《蕙風詞話》（鄭州：中州古籍出版社，2003年11月，第一版），卷二，頁26。

〔註25〕《金史・章宗本紀》，史臣贊語，卷十二，頁286。

〔註26〕《劍南詩稿》，卷六十八，頁3818。

〔註27〕《劍南詩稿》，卷七十一，頁3952。

〔註28〕詳參黃奕珍：〈陸游詩歌「北伐」之「再現」析論〉，載於《第六屆宋代文學國際研討會論文集》（成都：巴蜀書社，2011年3月），410～429。

〔註29〕參見粟品孝等著：《南宋軍事史》第三章〈南宋與金的戰爭〉，頁193。

〔註30〕《宋史・寧宗本紀》：「引兵攻蔡州不克，軍大潰」，卷三十八，頁740。

> 十一月庚辰，命主管殿前司公事郭杲領兵駐眞州以援兩淮。辛巳，金人破棗陽軍。甲申，以丘崈簽書樞密院事，督視江、淮軍馬。金人犯神馬坡，江陵副都統魏友諒突圍趨襄陽。乙酉，趙淳焚樊城。戊子，金人犯廬州，田琳拒退之。癸巳，以金人犯淮告于天地、宗廟、社稷。乙未，避正殿，減膳。以湖廣總領陳謙爲湖北、京西宣撫副使。丙申，金人去廬州。丁酉，金人犯舊岷州，守將王喜遁去。戊戌，金人圍和州，守將周虎拒之。金人破信陽軍。辛丑，金人圍襄陽。壬寅，金人破隨州。癸丑，太皇太后賜錢一百萬緡犒賞軍士。詔諸路招填禁軍以待調遣。甲辰，金人犯眞州。乙巳，金人破西和州。是月，濠州、安豐軍及邊屯皆爲金人所破。
>
> 十二月戊申，金人圍德安府，守將李師尹拒之。庚戌，金人破成州，守臣辛檟之遁去。吳曦焚河池縣，退屯青野原。……癸丑，金人去和州。甲寅，金人攻六合縣，郭倪遣前軍統制郭僎救之，遇於胥浦橋，大敗，倪棄揚州走。丁巳，金人破大散關。戊午，熒惑守太微。癸亥，魏友諒軍潰於花泉，走江陵。丁卯，金人犯七方關，興州中軍正將李好義拒卻之。戊辰，吳曦還興州。金人自淮南退師，留一軍據濠州。〔註31〕

暴露出宋兵的腐敗與準備不足，可以說是節節敗退、不堪一擊。

開熙三年十一月，詔曰：「韓侂胄輕啓兵端，罷平章軍國事」，金人亦有僞詔詆韓侂胄云：「蠢爾殘昏巨迷（此句疑有脫文）。輒鼓兵端，首開邊隙。敗三朝七十年之盟好，驅兩國百萬眾之生靈。彼既逆謀，此宜順動。尚期決戰，同享升平。」〔註32〕金人提出「稱臣、割地、獻首禍之臣，乃可。」〔註33〕以殺侂胄爲談和條件，〔註34〕韓侂胄自然不肯答應「以師出屢敗，悔其前謀，輸家財二十萬以助軍」，於是自出家財二十萬作爲軍費，準備繼續作戰。《四朝聞見

〔註31〕《宋史·寧宗本紀》，卷三十八，頁742～743。

〔註32〕〈遺事〉，《四朝聞見錄》，頁162。

〔註33〕《宋史紀事本末·北伐更盟》：「若能稱臣，即以江淮之間取中爲界，若欲世爲子國，即盡割大江爲界，並斬首謀來獻，添歲幣五萬兩匹，犒師銀一千萬兩，方允議和」，卷八十三，頁729。

〔註34〕《宋史·寧宗本紀》：「嘉定元年春正月戊寅，右諫議大夫葉時等請梟韓侂胄首於兩淮以謝天下，不報。辛巳，下詔求言。壬午，王柟還自河南，持金人牒，求韓侂胄首。丙戌，葉時等復請梟侂胄首於兩淮。戊子，安定郡王伯栩薨。壬辰，以史彌遠知樞密院事，以許奕爲金國通謝使。」

錄》亦載：「開禧兵端既啓，國用浸虧。侂胄上表，自請以家藏先朝賜予金器六千兩上之。寧皇優昭獎諭，乃允其請。天下皆笑韓之欺君。」〔註35〕

爾後主和的史彌遠在與楊皇后密謀下，僞造寧宗密旨，言韓侂胄「罪惡盈貫，合行諸戮」〔註36〕，夥同參知政事李壁，命殿前司長官夏震祕密殺死韓侂胄，並罷免支持北伐的官員，〔註37〕而選邊站的朝士，自然又另尋目標了，《詩話》就記載一條當時的狀況，云：「侂胄既誅，或托巢鳥以譏當時朝士云：『眾鳥不喜亦不悲，又複別尋高樹枝。』」〔註38〕史彌遠隨後主持與金人的談和，並函封其首，派人送往金廷乞和；嘉定元年（1208），戊辰年，宋金和議告成，南宋又再一次簽訂了屈辱的和約。嚴羽（生卒年不詳）對於這次草率的北伐失敗，也提出深刻的批判，〈北伐行〉云：

> 王師北伐何倉卒，六郡丁男亳州骨。
>
> 空見朝陵奉使回，群盜翻來舊京闕。
>
> 襄陽兵馬天下雄，尚書兄弟才傑同。
>
> 偏裨入救嗟已晚，萬國此恨何時終。〔註39〕

對於戰爭帶給人民的痛苦，感到痛心疾首，草率的決定卻由人民來承擔，造成了「六郡丁男亳州骨」的結果。〈有感〉其二云：

> 哀痛天災日，絲綸罪已深。王師曾北伐，胡馬尚南侵。
>
> 謀國知誰計？和親豈聖心？願聞修實德，聽納諫臣箴。〔註40〕

對南宋朝廷的政策表示了懷疑和指責。宋人葉紹翁（生卒年不詳）《四朝聞見錄》，記載了一條資料：

> 韓用事歲久，人不能平，又所引用，率多非類，天下大計，不復白之上。有市井小人以片紙摹印烏賊出沒于潮，一錢一本以售。兒童且誦言云：「滿潮都是賊，滿潮都是賊。」京尹廉而杖之。又有賣漿者，敲其盞以喚人曰：「冷底喫一盞，冷底喫一盞。」冷謂韓，盞謂斬也。亦招杖。〔註41〕

〔註35〕〈侂胄助邊〉，《四朝聞見錄》，頁191。

〔註36〕《宋會要輯稿·職官》七八之六五。

〔註37〕參見粟品孝等著：《南宋軍事史》第三章〈南宋與金的戰爭〉，頁199。

〔註38〕《劉克莊集箋校》，卷一七四，頁6757。

〔註39〕《全宋詩》，卷3116，頁37212。

〔註40〕《全宋詩》，卷3115，頁37193。

〔註41〕〔宋〕葉紹翁：《四朝聞見錄》（北京：中華書局，1997年12月湖北第二次印刷），頁189。

由此可見開禧北伐失敗後，民間對於韓托冑以及統治階層的失望，「滿朝都是賊，韓的吃一斬。」可以說是民間的心聲，《宋史・楊萬里傳》載韓侂冑輕起戰端時，楊萬里留下「吾頭顱如許，報國無路，惟有孤墳」〔註 42〕的絕命書而亡。

然韓侂冑貿然北伐固然有錯，而史彌遠將韓首級送往金人，又是另外一回事，《四朝聞見錄》中記載大臣王介為此提出抗議：「韓侂冑頭不足惜，但國體足惜！」〔註 43〕後村《詩話》云：「丁卯和議，敵索首謀，函首予之。或為樂府云：『寶蓮山下韓家府，主人飛頭去和虜。』高九萬吳山絕句云：『拂曉官來簿錄時，未曾吹徹玉參差。傍人不忍聽鸚鵡，猶向金籠喚太師。』」〔註 44〕記載了時人的創作反應。《鶴林玉露》也為韓侂冑鳴不平：

> 開禧之舉，韓侂冑無謀浪戰，固有罪矣。然乃至函其首以乞和，何也……譬如人家子孫，其祖父為人所殺，其田宅為人所吞，有一狂僕佐之復仇，謀疏計淺，迄不能遂，乃歸罪此僕，送之仇人，使之甘心焉，可乎哉！〔註 45〕

認為韓侂冑即便「無謀浪戰」有罪，然而函送其首藉以求和，卻是無法使人甘心的，且韓侂冑北伐的基本動機是恢復中原故土、一雪亡國之恥，〈諸韓本末〉裡如是說：

> 當時識者，殊不謂然。且當時金虜實以衰落，初非阿骨打、吳乞買之比。丙寅之冬，淮、襄皆受兵，凡城守者，皆不能下。次年，遂不復能出師，其弱可知矣。儻能稍自堅忍，不患不和，且禮秩歲幣，皆可以殺。而當路者畏懦，惟恐稍失其意，乃聽其恐喝，一切從之。且吾自誅權姦耳，而函首以遺之，則是彼（按津逮本作虜）之縣鄙也，何國之為？惜哉！〔註 46〕

可見當時的時局卻有可為，韓侂冑起兵後前線屢遭失敗，又遇到四川吳曦叛變，形成背腹受敵，在朝又被政敵彈劾，在主和的史彌遠主使下，函送其首來結束這場戰爭，然金兵「次年，遂不復能出師，其弱可知矣」朝廷主事者

〔註 42〕《宋史・楊萬里傳》，卷四三三，列傳第一九二，頁 12870。
〔註 43〕《四朝聞見錄》，乙集，〈函韓首〉，頁 75。
〔註 44〕《劉克莊集箋校》，卷一七四，頁 6757。
〔註 45〕《鶴林玉露》，乙編，卷二，〈函首詩〉，頁 147。
〔註 46〕《齊東野語》，〈諸韓本末〉，卷三，頁 50。

的懦弱與無能，喪失了這次難得的好機會，此後恢復之事便又被擱置下來了。〔註47〕

歷史上沒有絕對的忠，亦沒有絕對的奸，韓侂冑北伐無疑是順應局勢，當然相對的，此事也對於其徹底掌握相權有益處，然卻失之內憂外患兩相夾擊，周密《齊東野語》載：「事有一時傳訛，而人竟信之者，閱古之敗，眾惡皆歸焉」〔註48〕，以訛傳訛的結果，開禧北伐的所有責任，便由韓侂冑一人擔下，諷刺的是金人頗佩服韓侂冑的氣節，宋人張端義（1179～？）在《貴耳集》記載：「韓侂冑函首才至虜界，虜之台諫文章言侂冑忠於其國，繆於其身，封爲忠繆侯」〔註49〕，清人顏元（1635～1704）在〈宋史評〉云：「獨韓平原毅然下詔伐金，可謂爲祖宗雪恥於地下者矣。仗義復仇，雖敗猶榮矣！」〔註50〕；然而「一侂冑死，一侂冑生」〔註51〕，取代韓侂冑而登相位的史彌遠更是極盡「喜同惡異」、「黨同伐異」之能事。

第二節　嘉定和議後的文人心境

宋嘉定元年（金泰和八年，1208）三月，宋金達成和議，史稱「嘉定和議」。改金宋叔侄關系爲伯侄關系，《齊東野語》裡記載兩首詩：

> 又詩曰：「自古和戎有大權，未聞函首可安邊。生靈肝腦空塗地，祖父冤讎共戴天。晁錯已誅終叛漢，於期未遣尚存燕。廟堂自謂萬全策，卻恐防胡未必然。」又云：「歲幣頓增三百萬，和戎又送一於期。無人說于王柟道，莫道當年寇准知。」〔註52〕

這兩首詩反映出時人對此事的公論。和議之後，歲幣由每年白銀20萬兩、細絹20萬兩絹，增納爲白銀三十萬兩，細絹三十萬匹，是宋金和議中歲幣最多的一次。此外還有一次性的戰爭賠款 300 萬貫錢，這是以前和議所沒有的。無疑給南宋人民帶來最沉重的經濟負擔。而劉克莊的〈戊辰書事〉，就是在講

〔註47〕參見《南宋文學史》，頁214～215。

〔註48〕《齊東野語》，〈南園香山〉，卷五，頁84。

〔註49〕〔宋〕張端義：《貴耳集》，收入於《百部叢書集成》（板橋市：藝文印書館，1966年）。

〔註50〕〔清〕顏元：《顏元集》（北京：中華書局，1987年，第一版），〈宋史評佚文〉，頁800。

〔註51〕王居安語，《宋史・王居安傳》，卷405，頁12442。

〔註52〕《齊東野語》，〈諸韓本末〉，卷三，頁50。

此次的媾和之事：

詩人安得有青衫，今歲和戎百萬縑。

從此西湖休插柳，剩栽桑樹養吳蠶。〔註 53〕

青衫是文人穿得一種衣服，本來到了春天，文人應該換下棉衣改著青衫，但是如今朝廷跟戎狄議和，每年搜刮民間細絹要繳納給金人，所以這種衣服已經無處可尋了；以後西湖兩旁也不用在栽花插柳了，全力種桑養蠶，這樣百萬絹料有了著落，詩人也可以再度換上青衫。其實當時史彌遠的屈辱求和行爲，引起南宋廣大軍民的強烈不滿，抗金名將、淮東安撫使華再遇在議和的當年，就多次上疏請求歸，以示抗議。〔註 54〕

開禧北伐之時，後村十九歲，父親彌正在臨安當官，後村亦在臨安補國子監生。〔註 55〕然此時所作之詩皆毀於後期焚詩的舉動之中，遂不可考。然前面章節已經敘述過後村在金陵時期上書制帥的情形，在此時其僅存的百首詩歌之中，留下許多嘉定議和前後所作，如〈贈防江卒〉六首，約莫作此時：

陌上行人甲在身，營中少婦淚痕新。

邊城柳色連天碧，何必家山始有春。

壯士如駒出渥洼，死眠牖下等蟲沙。

老儒細爲兒郎說，名將皆因戰起家。

昨者邳徐表奏通，聖朝除吏遍山東。

新來調卒防秋浦，又與山東報不同。

身屬嫖姚性命輕，君看一蟻尚貪生。

無因喚取談兵者，來向橋邊聽哭聲。

戰地春來血尚流，殘烽缺堠滿淮頭。

明時頗牧居深禁，若見關山也自愁。

一炬曹瞞僅脫身，謝郎棋畔走苻秦。

年年拈起防江字，地下諸賢會笑人。〔註 56〕

「名將皆因戰起家」詩中表現了劉克莊雖主張北伐抗戰，但卻反對沒有計畫的冒進，以免生靈塗炭，以第五、六首爲例，第五首詩講春天來了，但是前

〔註 53〕《劉克莊集箋校》，卷一，頁 60。

〔註 54〕參何忠禮：《南宋政治史》（北京：人民大出版社，2008），頁 288。

〔註 55〕參見程章燦：《劉克莊年譜》，頁 16。

〔註 56〕《劉克莊集箋校》，卷四，頁 211。

線的戰爭依然持續，兵卒依然在浴血戰鬥，但是整個淮江沿線「殘烽缺堠」，烽火臺與土堡都以破損不堪。後兩句指出在上位者的苟且偷安，現在並非「明時」，這些大將軍也不是廉頗、李牧這類的名將，他們躲在後防的深宅大院裡，看不到前線「戰地春來血尚流，殘烽缺堠滿淮頭」的情況，最後一句講，若是他們看到了，想必也會憂愁有所警惕吧！

第六首針對當時南宋士大夫之前存在的「吳楚之脆弱，不足以抗衡中原」的謬論，提出反擊，舉出歷史上南方軍隊抗衡北方來犯者的戰例，王師北伐並非只是個夢想：赤壁之戰周瑜、諸葛亮用火攻十萬曹軍，逼得曹操僅以身免；淝水之戰謝安在下棋之間，以八萬兵力打敗了號稱有百萬之師的苻堅，用這兩例來反駁吳楚之士也是可以戰勝北方來敵的，可惜的是南宋並不是沒有周瑜、謝安這類的人才，但是有主戰意識的大臣都被接連打壓；「年年拈起防江字，地下諸賢會笑人」每年朝廷都提到要增強邊防的防禦，是事實上卻是邊防廢弛，周瑜、謝安諸賢地下有知，又怎麼不會嘲笑呢？在韓侂冑失敗的前例之下，這樣的主張在先前〈丁丑上制帥書〉、〈戊寅與制帥論海州〉之中就可看出。

韓淲（1159～1224）〈賀新郎・坐上有舉昔人〈賀新郎〉一詞，極壯，酒半用其韻〉云：

> 萬事佯休去。漫棲遲、靈山起霧，玉溪流渚。擊楫淒涼千古意，悵怏衣冠南渡。淚暗灑、神州沈處。多少胸中經濟略，氣□□、鬱鬱愁金鼓。空自笑，聽雞舞。天關九虎尋無路。歎都把、生民膏血，尚交胡虜。吳蜀江山無自好，形勢何能盡語。但目盡、東南風土。赤壁樓船應似舊，問子瑜、公瑾今安否。割捨了，對君舉。

方回《瀛奎律髓》〈十三日〉詩下評：「此嘉定十四年辛巳正月十三詩也，澗泉年六十三，不仕久矣」〔註 57〕，此詞應作於休官退居上饒之時。韓淲此詞是用張元幹〈賀新郎・寄李伯紀丞相〉，張元幹兩首〈賀新郎〉，先以「倚杖危樓去」、「十年一夢揚州路」來寄懷李綱，再以「夢繞神州路」、「涼生岸柳催殘暑」來送別胡銓，李綱及胡銓皆因反對紹興議和而被罷歸、貶謫，韓淲此詞亦緣嘉定議和而發，「歎都把、生民膏血，尚交胡虜！」揭露朝廷以人民的膏血，來換取苟安，寫盡議和後的屈辱場面。據戴復古〈哭澗泉韓仲止二首〉自注云：「時事驚心，得疾而卒。」〔註 58〕韓淲卒於嘉定十七年八月，四

〔註 57〕方回：《瀛奎律髓》，卷十，〈春日類〉，頁 387。
〔註 58〕《戴復古詩集》，卷四，頁 107。

庫館臣云：「知淲乃遭逢亂世，坎坷退居，賫志以歿之士矣。」〔註 59〕今人陳尚君認爲乃是聽聞史彌遠廢立一事後，旋驚悸而卒。〔註 60〕可知韓淲對於史彌遠有多麼厭惡了！

開禧北伐失敗以及嘉定議和簽訂，對於文人來說，是又一次的國恥大辱，而龐大的賠償金額，更使得宋朝的財政更加捉襟見肘，晚宋的國勢遂日趨衰敗。

第三節　晚宋權臣與文人公案

壹、稼軒、放翁與韓侂冑

符離之戰慘敗後，南宋朝廷主和派當權，苟且江南四十餘年，而辛棄疾與陸游兩人畢生積極主張北伐抗金、追求恢復中原故土，兩人晚年適值韓侂冑興兵北伐，他們終於有希望能在有生之年見到恢復中原的日子，因此對於北伐寄予厚望，〔註 61〕但由於韓侂冑倉促、輕率的用兵，再加上史彌遠的乞和竊權，終於斷送了北伐事業。辛棄疾在和議達成前賫志以歿（1207），臨終前，高呼數聲「殺賊」，陸遊則是在和議之後的次年（1210），帶著「王師北定中原日，家祭毋忘告乃翁」〔註 62〕的遺願辭世。

稼軒當初在擒獲張安國回朝時「狀聲英概，儒士爲之興起，聖天子一見三嘆息」〔註 63〕，爾後劉克莊在〈辛稼軒集序〉嘗言：

> 以孝皇之神武，及公盛壯之時，行其說而盡其才，縱未封狼居胥，豈遂置中原於度外哉。機會一差，至於開禧，則向之文武名臣欲盡，而公亦老矣。餘讀其書而深悲焉。〔註 64〕

〔註 59〕《四庫全書總目提要・澗泉集》，卷一六三，集部十六，別集十六，頁 1401。

〔註 60〕陳尚君：〈姜夔卒年考〉，載於《復旦學報》1983 年第 2 期，頁 106。

〔註 61〕參見劉春霞〈開禧北伐中的陸游及其與韓侂冑之關係論略〉一文云：「『開禧北伐』是在特定的時代背景下，由特殊身份的權臣發起的，一大批文人士子也捲入到這場戰爭中，文人與權臣形成了錯綜複雜的關係，文人對戰爭也表現出複雜的心理狀態。這種心態也影響了文人在『開禧北伐』中的詩歌創作。以陸游爲代表：他一方面讚揚北伐，一方面在詩中表現出深重的隱憂；其詩歌既具有樂觀豪放的特點，亦不乏悲壯蒼涼之感，並具有一定的幻想特色。」收入於《西華師範大學學報》（哲學社會科學版），2011 年，第三期，頁 26。

〔註 62〕《劍南詩稿校注》卷八十五，頁 4542。

〔註 63〕※洪邁〈稼軒記〉。

〔註 64〕《後村大全集》卷九十八，頁 2522～2523。

當初「機會一差」，而此時的稼軒已經六十五歲了，且「文武名臣欲盡」，縱使終身抗金復國，此時也心有餘而力不足了。

歷來有將〈六州歌頭〉〈西江月〉、〈清平樂〉三首詞，視爲辛棄疾歌頌韓侂冑之作，〔註 65〕後證實爲劉過所作，而招後人假託，〔註 66〕在此筆者遂不論。

而陸遊，孝宗朝曾被召見，亦多次上書建策北伐，論移都建康。光宗朝時曾作詩概歎：「公卿有黨排宗澤，帷幄無人用岳飛。遺老不應知此恨，亦逢漢節解沾衣。」〔註 67〕然待到北伐之時，塵封了二十五年之久的抗金理想，終能再度實現，怎能不感到興奮呢。然而此時的放翁卻以高齡八十二歲，縱使「一身報國有萬死，雙鬢向人無再青。」〔註 68〕空有報國的理想，然青春卻已逝去。

在韓侂冑初執政，在山陰家居的陸遊就寄予很大期望：「吾儕雖益老，忠義傳子孫，征遼詔倘下，從我屬櫜鞬朝」〔註 69〕、「三朝巍巍韓侍中，燦然彝鼎書元功，西戎北狄問安否？九州萬里涵春風。子孫繼踵皆將相，我猶及拜兩樞公。」〔註 70〕陸遊在詩中明確希望韓侂冑繼承先祖韓琦之志：北伐中原，恢復中原故土。

而作〈南園記〉、〈閱谷泉記〉且有詩啓爲韓侂冑祝壽，也因此遭受清議，後村詩中即云：「身如倦翼晚知還，且免群兒謗務觀」〔註 71〕蓋當時此論甚盛行。然誠如放翁〈南園記〉中所云：

> 公之爲此名，皆取于忠獻王之詩，則公之志，忠獻王之志也。與忠

〔註 65〕案：如李傳印〈韓侂冑與開禧北伐〉云：「同時，又寫下了〈西江月〉和〈清平樂〉兩首詞歌頌韓侂冑及其籌思的北伐」，載於《安慶師範學院學報》第 19 卷，第四期（2000 年 8 月），頁 56。

〔註 66〕案：鄧廣銘在《稼軒詞編年箋注》云：「以其見於四卷本及元人筆記，姑附於稼軒晚年詞作之後」，頁 566。又〔元〕吳師道（1283～1344）云此詞乃：「借江西劉過、京師人小詞，曰：『此幼安作也。』忠魂得無冤乎。」《吳禮部詩話》，收入於《叢書百部集成》（板橋市：藝文印書館，1966 年）。

〔註 67〕《劍南詩稿校注》，〈夜讀範至能《攬轡錄》，言中原父老見使者多揮涕，感其事作絕句〉，頁 1822。

〔註 68〕《劍南詩稿校注》，〈夜泊水村〉，頁 1136。

〔註 69〕《劍南詩稿校注》，〈村飲示鄰曲〉，頁 2261。

〔註 70〕《劍南詩稿校注》，〈江東韓漕曦道寄楊庭秀所贈詩來求同賦作此寄〉，卷 43，頁 2679。

〔註 71〕《劉克莊集箋校》，〈次韻黃景文投贈〉，卷四十三，頁 2241。

獻同時，功名富貴略相埒者，豈無其人？今百四五十年，其後往往寂寥無聞，而韓氏子孫，功足以銘彝鼎、被絃歌者，獨相踵也。迄至于公，勤勞王家，勳在社稷，復如忠獻之盛，而又謙恭抑畏，拳拳于忠獻之志，不忘如此。公之子孫又將視公之志而不敢忘，則韓氏之昌，將與宋無極，雖周之齊、魯，尚何加焉！或曰：「上方倚公，如濟大川之舟。公雖欲遂其志，其可得哉！」〔註 72〕

由文中可知，放翁絕非攝於權貴，乃是念其爲忠獻王韓琦之後，勉勵韓以其曾祖爲榜樣，忠於王室以此建立功勳；羅大經《鶴林玉露》亦云：「然〈南園記〉唯勉以忠獻之事業，無諛詞」〔註 73〕，歷來已有多位學者爲陸游辯污。〔註 74〕

貳、後村與賈似道

清人王士禎在〈跋劉後村集〉云：

後村論楊雄〈劇秦美新〉及作〈元後耒〉，言「天下之所廢，人不敢支。曆世運移，屬在新聖」云云，蔡邕《代作群臣上表》，言卓「黜廢頑凶，援立聖哲」云云，又論「阮籍跌宕棄禮法，晚爲〈勸進表〉，志行掃地」，皆詞嚴義正。然其〈賀賈相啓〉略云：「像畫雲台，令漢家九鼎之重；手扶日轂，措天下泰山之安。昔茂弘歎丘墟百年，孔明欲宮府一體。彼徒懷乎此志，公克踐於斯言。」〈賀賈太師複相〉云：「孤忠貫日，只手擎天。聞勇退則眉杜陵老之愁，睹登庸則心動石徂徠之喜。」〈再賀平章〉云：「屏群陰於散地，聚眾芳於本朝。無官可，爰峻久虛之位；有謀則就，所謂不召之臣。」右諛詞讒語，連章累牘，豈眞以似道爲伊周武鄉之比哉？抑蹈雄、邕之覆轍而不自覺耶？按：後村作此時年已八十，惜哉！〔註 75〕

〔註 72〕《陸放翁全集》，（台北：文友書局，1959 年）下冊，頁 6。
〔註 73〕《鶴林玉露》，甲編，卷四，〈陸放翁〉，頁 71。
〔註 74〕案：關於陸游晚節問題，詳參白敦仁〈關於陸游的晚節問題・上〉，載於《成都大學學報》，1987 年，第 3 期，頁 1～9，白敦仁〈關於陸游的晚節問題・下〉，載於《成都大學學報》，1987 年，第 4 期，頁 40～48、艾思：〈關於陸游晚節問題述評〉，載於《殷都學刊》，1989 年，第 4 期，頁 65～70、王菁、湯梓順：〈陸游撰「兩記」的歷史背景及事實眞相〉，載於《江西社會科學》1994 年，第 6 期。
〔註 75〕〔清〕王士禎：《蠶尾集》，〈跋劉後村集〉，卷十。

四庫館臣在《後村集》提要引王士禎的話，亦云：

克莊初受業眞德秀，而晚節不終。年八十乃失身于賈似道。王士禎《蠶尾集》有是集跋，稱其論楊雄作〈劇秦美新〉及作元後耒，蔡邕代作群臣上表。又論阮籍晚作勸進表，皆詞嚴義正。然其〈賀賈相啓〉、〈賀賈太師複相啓〉、〈再賀平章啓〉，諛詞讒語，連章累牘，蹈雄邕之轍而不自覺。〔註 76〕

由此後村便由於和賈似道（1213～1275）的密切交往，而遭受「晚節不終」的罵名，成爲後村生命歷程的一大污點，《宋史》也因此不予以立傳。

今考察後村集中所錄與賈似道的交往如下表。（表 5）〔註 77〕

表 5：《後村先生大全集》中與賈似道交往作品

詩詞書啟標題	時　間	年紀	備　註	卷次	頁數
回賈制置啓	淳祐六年（1246）	61		119	4899
與淮閫賈知院書	寶祐之後，咸淳改元之前			133	5355
淮捷一首	寶祐六年（1258）	72	淮南退蒙兵	30	1595
凱歌十首呈賈樞使	開慶元年（1259）	73	鄂州奏捷	30	1596
賀賈丞相啓	開慶元年（1259）	73	鄂州奏捷	120	4931
與賈丞相書	景定元年（1260）	74		132	5311
與賈丞相書	景定元年（1260）	74		132	5314
與賈丞相書	景定元年（1260）	74		132	5317
謝賈丞相餞行詩書	景定三年（1262）	76		132	5326
賀新郎·傅相生日壬戌	景定三年（1262）	76		190	7417
除寶學知建寧謝丞相啓	景定三年（1262）	76		120	4933
滿江紅·傅相生日癸亥	景定四年（1263）	77		189	7303
致仕謝丞相啓	景定五年（1264）	78		120	4935
滿江紅·傅相生日甲子	景定五年（1264）	78		189	7305

〔註 76〕《四庫全書總目提要·後村集》，卷一六三，集部十六，別集類十六，頁 1401。
〔註 77〕案：此表格之詩文繫年及頁數，乃參照辛更儒：《劉克莊集箋校》。

詩詞書啟標題	時　間	年紀	備　註	卷次	頁數
與丞相書	景定五年（1264）	78		134	5370
又	景定五年（1264）	78		134	5371
又慰國哀	景定五年（1264）	78		134	5373
與丞相書	咸淳元年（1265）	79		134	5375
又	咸淳元年（1265）	79		134	5377
賀賈丞相拜太師啓	咸淳元年（1265）	79		120	4942
賀賈太師再相啓	咸淳元年（1265）	79		120	4944
沁園春·丞相生日乙丑	咸淳元年（1265）	79		187	7182
沁園春·平章生日丁卯	咸淳三年（1267）	81		187	7143
賀太師平章啓	咸淳三年（1267）	81		120	4946
進開國伯謝平章啓	咸淳三年（1267）	81		120	4948

林希逸謂：「公受知忠肅賈公，辨章尤相敬」〔註 78〕，「忠肅賈公」是指賈似道的父親賈涉（1178～1223），「辨章」則是賈似道本人；由此可知劉克莊和賈似道是世交，近代多位學者先後替劉克莊晚節問題提出辯駁，〔註 79〕然

〔註 78〕〈行狀〉，《劉克莊集箋校》，卷一九四，頁 7561。

〔註 79〕關於後村賀賈的辯駁可以參見：程章燦〈克莊晚年與賈似道之關係〉：「克莊晚年與賈似道來往甚多，關係密切，開慶元年似道納幣乞和，克莊僻處閩南，眞相未悉，獻詩頌捷，不宜苛責。景定元年三月似道還朝，薦引克莊任秘書監等職。克莊擅文名與時，其與似道既早相交，則似道薦其複出亦不無愛重文才用其所長之意。其後似道勢位日隆，權傾朝野，克莊則已致仕裏居。《集》中所見諸賀啓及禱頌詩文，皆囿於官場禮儀，社交習俗，未足厚非。」收入於氏作《劉克莊年譜》，頁 318。王明見〈劉克莊賀賈之作新論〉亦云：「關於劉克莊諂媚賈似道是以圖鈷營求進的指責實爲誤會，而誤會的原因就是沒有考察諂媚所產生的特定歷史背景和劉、賈的眞實關係及劉克莊對權奸的一貫態度。」收入於氏著《劉克莊與中國詩學》，頁 280。王述堯在〈略述賈似道及其與劉克莊的關係〉提出不同看法，云：「劉克莊和賈似道的關係絕非一般，他獻給賈似道的詩詞啓和書信也絕不是泛泛的應酬之筆，而是表達了劉克莊對賈似道的信賴和希望。絕非像一般辨汙文章所說的是什麼不明眞相和受蒙蔽……所謂污點的本質，在於劉克莊結交權奸賈似道，倘若肯定賈似道的功績，或者肯定其有功有過，則污點便不洗而自去，何須辯汙呢？」收入於氏作《劉克莊與南宋後期文學研究》，頁 307。

從上表文字交往看來「劉克莊晚年對賈似道的汲引感恩戴德是一樁不能抹煞的事實」，〔註 80〕但又是什麼原因造成後村對於這位小他二十歲的後輩，如此的「感恩戴德」呢？

史臣在《宋史・賈涉傳》後贊曰：「賈涉居方面，亦號有才，及其庶孽，竟至亡國，爲可歎也」〔註 81〕，表示對於賈涉的才能是相當肯定的，然惜其爲子所累。〔註 82〕後村與賈涉結交，也是欣賞其在邊防事功上的傑出表現，而其子賈似道卻被列入奸臣，而劉克莊對於賈似道的推崇，當屬「鄂州大捷」，《宋季三朝政要彙編》載：

> 詔賈似道移司黃州。黃在鄂下流，中間乃韃騎往來之衝。孫虎臣將精銳七百，護送至青草坪，候騎白前有兵。似道愕曰：「奈何？」虎臣匿似道出戰，似道歎曰：「死矣，惜不光明俊偉爾。」既而韃兵乃老弱部，止掠金帛子女而回江西叛，將儲再興騎牛先之。虎臣擒再興，遂入黃州。〔註 83〕

文中敘述皇帝詔賈似道帶兵抗敵移司黃州，以建立第二道防線，一開始遇到元兵時，賈似道居然嘆道：「死矣，惜不光明俊偉爾。」不過幸好是遇到蒙軍的老弱殘兵，才得以打敗順利進入黃州。《宋史・奸臣傳・賈似道傳》亦云：

> 以似道軍漢陽，援鄂，即軍中拜右丞相。十月，鄂東南陬破，宋人再築，再破之，賴高達率諸將力戰。似道時自漢陽入督師。十一月，攻城急，城中死傷者至萬三千人。似道乃密遣宋京詣軍中請稱臣，輸歲幣，不從。會憲宗皇帝晏駕于釣魚山，合州守王堅使阮思聰踔急流走報鄂，似道再遣京議歲幣，遂許之。大元兵拔砦而北，留張傑、閻旺以偏師候湖南兵。〔註 84〕

賈似道奉命由漢陽進入鄂州，時守將高達領兵在城，蒙軍屢破城牆，宋兵便再築。到了十一月，城中死傷人數已達一萬三千人，賈似道便派人前往蒙軍營中，提出「稱臣，輸歲幣」的求和條件，但蒙兵不答應，爾後遇到元人內

〔註 80〕參見辛更儒：〈劉克莊晚年依附賈似道辨〉，收入於氏作《劉克莊集箋校》，頁 18。

〔註 81〕《宋史・賈涉傳》，卷 403，頁 12216。

〔註 82〕案：關於賈涉事功翻案，詳參黃寬重：〈賈涉事功述評—以南宋中期淮東防務爲中心〉，載於《漢學研究》第 20 卷第 2 期（民國 91 年 12 月）。

〔註 83〕〔元〕佚名撰：《宋季三朝政要彙編》，頁 256～257。

〔註 84〕《宋史・奸臣傳・賈似道傳》，卷 474。

部爭奪汗位，忽必烈打算拔營北返，賈似道便再次派人求和，正中蒙軍下懷，便遣趙璧往鄂州談判。〔註85〕元兵答應撤兵後，便留下偏師於鄂州。

此次的鄂州議和，「既未達成具有實質性內容的協議，更未形成書面文字，僅僅只是雙方同意議和的意向和南宋方面做出願意妥協並交納歲幣的承諾而已。」〔註86〕但是賈似道卻隱匿了向蒙古求和的經過，上表向理宗告捷云：「諸將大捷於鄂城」〔註87〕賈似道更命其心腹廖瑩中撰《福華編》，藉以稱頌其鄂州之功，當時的輿論媒體幾乎是一面倒向賈似道，連一向代表輿論監督的太學生，紛紛投靠賈似道，成爲其鷹爪。〔註88〕

後村亦有〈凱歌十首呈賈樞使〉〔註89〕，其一云：「孔明籌筆即天威，謝傅圍棋亦事機。武騎散群望洋退，佛貍忍渴飲溲歸。」其四云：「東南立國惟王謝，西北籌邊只范韓。公不衮衣假黃鉞，吾能右衽更巍冠。」以孔明與謝安來比賈似道可說是推崇至極，認爲若沒有韓侂胄的鄂州勝利，吾人當被髮左衽矣。

而這些賀賈之作，也成爲日後人們抨擊其晚節不保的證據。與後村同時的吳文英（1200？～1260？）亦有四首賀賈之作，夏承燾在〈夢窗晚年與賈似道絕交辨〉云：「夢窗以詞章曳裾侯門，本當時江湖遊士風氣，固不必誚爲無行，亦不能以獨行責之；其人品或賢于孫惟信、宋謙父，然亦不能擬爲陳師道。此平情之論。」〔註90〕當時的社會風氣如此，縱使逼不得已「又有幾個人眞正做到了『守身如玉』，又有幾個人的人格眞正是百分之百的完整？人性都免不了軟弱。」〔註91〕況且當時的情況是「帝無悟其（賈似道）奸」〔註92〕。

其實後村當時對於朝廷事物比較沒有那麼熱衷，加上雙眼近乎全盲，在其〈沁園春・寄竹溪〉云：「老子衰頹，晚與親朋，約法三章：有談除目者，勒回車馬；談時事者，麾出門牆。已掛衣冠，怕言軒冕，犯令先當舉罰觴。」

〔註85〕參見《南宋政治史》，第六章〈理宗朝的朝政與對外關係〉，頁380～387。
〔註86〕參見《南宋政治史》，第六章〈理宗朝的朝政與對外關係〉，頁386。
〔註87〕《宋史全文》，卷三十六，開慶元年潤十一月辛卯條，頁2356。
〔註88〕參見《南宋政治史》，第七章〈賈似道擅權和度宗之立〉，頁388～391。
〔註89〕《劉克莊集箋校》，卷三十，頁1596～1598。
〔註90〕參見夏承燾：〈吳夢窗繫年〉，《唐宋詞人年譜》，收入於《夏承燾集》（一）（杭州：浙江古籍，1998年，初版。），頁483。
〔註91〕參見葉嘉瑩：《南宋名家詞選講》，〈說吳文英詞之一〉（北京：北京大學出版社，2007年2月，第一版），頁167。
〔註92〕《宋史・理宗本紀五》，卷四十五，本紀四十五，頁875。

〔註 93〕據學者考，應作於景定五年（1264）後，咸淳三年（1267）前，〔註 94〕可知此時後村眼疾日益嚴重，遂對於時事不再關心，詞後又有「書尺裡，但平安二字，多少深藏」，可以瞭解後村晚年的心境，且後村自景定三年（1262）七十六歲便「引年納祿」歸故里，〔註 95〕景定五年（1264）左眼盲，〔註 96〕到了咸淳三年（1267）後，後村便完全失明了，在〈與李應山制置書〉云：「某暮年僅存右目，去歲中元，忽又昏花，百藥弗愈，遂喪其明」〔註 97〕由此來看，所謂的因「不明眞相」而賀賈之說，似乎也不無可能。

參、翻案：北伐渴望與政治判斷錯誤

所有的歷史都是當代史，讀歷史的時候不宜將視其爲某既定的事實來解讀，不同的史書，記載的角度亦有所差異，且元修宋史有許多不可靠的地方，主要是因爲《宋史》的材料，其來源是南宋官修的國史；然則南宋向爲權臣掌朝，趙翼在《廿二史箚記》云：「是非有不可盡信者」〔註 98〕，《續通鑒》亦云：「（史彌遠）詔史官自紹熙以來侂胄事蹟悉加改止」〔註 99〕而韓侂胄與賈似道的忠奸與否，又是另外的討論議題，傳統中國對於人物的評論趨於非忠及奸的二分法，然則「卻模糊了人性的眞實面貌，及背離了歷史事實。」〔註 100〕歷史的臉譜並非全然不變的，而是經由人們的「再詮釋」所形成。隆興元年（1163）張浚同樣貿然北伐失敗，明人馬貫（生卒年不詳）嘗云：「宋高宗

〔註 93〕《劉克莊集箋校》，卷一八七，頁 7149。

〔註 94〕參見許山河：〈十六首後村編年詞考〉，載於《潭湘大學社會科學學報》，1983 年第三期，頁 105～110。

〔註 95〕〈任戍年乞引年奏狀〉，《劉克莊集箋校》，卷七七，頁 3485。

〔註 96〕〈與丞相書〉：「今則掩了右目，則左黑暗無所睹，遂恐成偏盲矣」，《劉克莊集箋校》，卷一三四，頁 5370。

〔註 97〕《劉克莊集箋校》，卷一三三，頁 5345。

〔註 98〕《廿二史箚記》，〈宋史各傳迴護處〉，卷二十三，頁 442。

〔註 99〕《續資治通鑒》，〈寧宗嘉定元年〉卷 158，頁 4274。

〔註 100〕參見黃寬重〈時代與臉譜：漫談歷史人物的評價〉一文，云：「南宋的和戰問題上，塑造了岳飛與秦檜兩個截然有別的歷史人物……民國以來，當外在環境利於和議或有人醞釀和解時，就有人批評岳飛主張恢復爲不理智，但到抗戰以後，尤其是 1950 到 70 年代，國共雙方隔著海峽對峙、戰雲密佈時，則把岳飛捧爲戰神，斥秦檜爲萬惡不涉的歷史罪人。台北甚至因學者因史料説岳飛曾是軍閥，差點興起一場恐怖的文字獄。岳飛與秦檜的形象確定，兩人的歷史關係反而模糊了。」收入於氏作：《宋史叢論》（臺北市：新文豐出版社，1993 年 10 月，台一版），頁 365～368。

之不能中興者，秦檜爲之首，而張浚爲之從也。」〔註 101〕張浚北伐失敗的原因「不僅與他出生書生，不懂軍事，措置乖方有關，而且也是他剛愎自用，壓抑武人，忌刻專橫，追逐個人的權勢與聲名所至。」〔註 102〕相對而言，韓侂胄時的宋金局勢，是較有利於北伐的，但於史書中，張浚卻被視爲忠臣，而賈似道卻入了奸臣傳；這也與《宋史・張浚傳》的材料，是來自於朱熹所作的〈張魏國公行狀〉，然其內容，卻是由張浚之子張栻所提供有關。〔註 103〕

稼軒、放翁，一生矢志抗金，是不可抹滅的事實；後村一生也是積極主張北伐，詩學放翁、詞學稼軒，亦名列南宋愛國文人之列；三人一生所面對的，是一個苟且偷安的柔弱政府，面外乞和稱臣，對內卻朋黨傾軋，這樣一個悲劇的時代，往往造成理想與現實的衝突，空有一身抱負卻無處可申。

而在遲暮之年（稼軒 65 歲、放翁 82 歲、後村 72 歲）時，遇到了肯北伐中原的宰相，姑且不論其目的動機爲何，對這三人來說，也許是人生最後一次有機會，能夠親眼見到「王師北定中原日」。要用趨附、諂腴來定義其晚節不忠，或許太過苛責了，三人的政治判斷也許是錯的，但是愛國之心卻是千眞萬確的。

第四節　小結

開禧北伐的醞釀期是從慶元元年（1195）開始，一直到嘉定元年（1208）宋金議和後，遂宣告失敗。而開禧北伐的失敗，政治上代表著南宋主戰派「中興」渴望的幻滅，以及主和派重新掌握政權；歷史上則是晚宋分界的開始；〔註 104〕而文學上代表著一個明顯的轉折，從紹熙四年（1193）范成大開始，到嘉定三年（1210）陸游爲止，一連串的文星隕落，〔註 105〕宣告南宋文壇的大詩

〔註 101〕〔明〕沈德符：《萬曆野獲編》，收入於《元明史料筆記叢刊》（北京：中華書局，1959 年），卷二。

〔註 102〕參見《南宋政治史》，第四章〈孝宗朝的外交和內政〉，頁 223。

〔註 103〕參見《南宋政治史》，第四章〈孝宗朝的外交和內政〉，頁 224。

〔註 104〕關於宋史分期參見張其凡：《試論宋代政治史的分期》，載於《宋史研究論文集》（河南大學出版社 1993 年。）以及胡昭曦：《略論晚宋史的分期》，載於《四川大學學報》第一期（1995 年），頁 103～108。皆以嘉定元年爲晚宋史分界。

〔註 105〕案：紹熙四年（1193）范成大卒；紹熙五年（1194）尤袤、陳亮卒；慶元六年（1200）朱熹卒；嘉泰三年（1203）陳造、陳傅良卒；嘉泰四年（1204）周必大卒；開禧二年（1206）楊萬里、劉過卒；開禧三年（1207）辛棄疾卒；

人時代終結，繼起的文壇主體，便轉由無數小詩人所組成，南宋便由中興走向衰弱。也由於新勢力蒙古的介入，打破了宋金的和議簽署，也使得宋金關係急速惡化，「這一惡化的局勢，不僅使南北國勢並衰，而且也直接影響著南北政局，並進而影響到文士的命運」〔註 106〕其中最明顯的例子，就是文士的布衣化。

而此次北伐失敗，恰如程珌所言：「丙寅始出師，一出而塗地不可收拾；百年教養之兵，一日而潰；百年葺治之器，一日而散；百年公私之藏，一日而空；百年中原之人，一日而失。」巨大的戰爭損失，不僅對南宋帶來嚴重的傷害，也透露出南宋自孝宗以後，由於長期偏安心態，所導致的國力不振。〔註 107〕

戰爭的失敗是由人民來承擔後果，嘉定和議後，屈辱條款中龐大的歲幣賠款，對於原本就搖搖欲墜的南宋經濟，無疑是壓垮駱駝的最後一根稻草；而經濟因素所造成的文人困頓，也使得「干謁」之風興盛，開禧北伐在南宋史上是個重大的標誌，爾後雖有端平元年（1234）聯蒙滅金的勝利，然卻是引狼入室的作法，最後以「端平入洛」的失敗坐收，展開長達半世紀的戰爭，「將使天下之勢，自安以趨於危」〔註 108〕，端平二年（1235）宋蒙戰爭全面爆發，由於宋室「政治腐敗、國力維艱的南宋王朝不斷喪師失地」〔註 109〕最後終至滅亡。

嘉定二年（1209）姜夔卒；嘉定三年（1210）陸游卒。

〔註 106〕參見沈文雪：《文化版圖重構與宋金文學生成研究》，第六章〈嘉定和議之後南北文禍與文士心理〉，頁 128。

〔註 107〕〔宋〕程珌：〈丙子輪對劄子〉，《洺水集》，收入於王雲五主持《四庫全書珍本三集》（臺北市：台灣商務印書館，1970 年），卷二，頁 10。

〔註 108〕莊仲方編：《南宋文範》（臺北：鼎文書局，1975 年 1 月，初版），卷 12，引許翰：〈論三鎮疏〉，頁 1。

〔註 109〕參見粟品孝：《南宋軍事史》，第四章〈南宋與蒙古（元朝）的戰爭〉，頁 264。

第五章　從劉克莊看當代文人心態

晚宋最大文人群體，當屬江湖派，關於江湖詩派形成，學者多有論述，〔註1〕文士心中最深刻矛盾，是來自於朋黨之爭與奸佞專權所造成的兩極化表現：冷漠處世或是高聲疾呼。〔註2〕考察晚宋文人的創作，很明顯冷漠處世的作品及心態，遠遠多於高聲疾呼，依筆者己見，主要原因是「三冗」，即冗官、冗兵、冗費所造成的社會經濟壓力以及官缺的僧多粥少，再加上黨爭所引起文禁、語禁，因此造就了晚宋低迷的文風與士風。

劉克莊作爲一個長壽詩人，其人生經歷南宋孝宗、光宗、寧宗、理宗、度宗五朝，且由於其政治地位，同時與上層士人及低階文人皆有交友，在南宋士人型態解構情形下，尙且身兼「官僚、學者、文人」三位一體復合型士人。〔註3〕與葉適、四靈、江湖派善，且交游遍及整個晚宋詩壇、政壇。

大時代環境影響文人心態，文人心態影響其創作，後村處於如此時代氛圍之中，對於周遭文人的創作風氣、心態，是如何看待與檢討？且後村自身

〔註1〕案：張宏生在《江湖詩派研究中》將江湖詩人形成原因歸納出五點，首先，宋室南渡給社會結構帶來很大的變化；其次，土地兼併造成階級結構的急劇變化；再次，不斷增多的冗官與科舉考試的困難造成了士人進身之路的困厄；第四是通貨膨脹引起士人生活水平的下降；最後是受到都市生活的吸引，進而追求奢靡。

〔註2〕參見李明華：《南宋詠史詩研究》，第三章〈南宋詠史詩的發展背景〉，頁69。

〔註3〕關於士人型態解構的議題，在本章第三節有詳細論述，主要係參考侯體健：〈國家變局與晚宋文壇新動向〉，《華南師範大學學報》社會科學版（2010年第一期）。〔日〕吉川幸次郎著；李慶，駱玉明等譯：《宋元明詩概說》（上海：復旦大學出版社，2012年1月），頁134。

前後期心態亦不盡相同，面對早年的師友，要如何去檢討，對於後村來說亦是難題。相信後村對於自己文壇歷史地位是有自覺的，心中渴望能留下些典範，否則不會一再力求與放翁比肩，以下遂以後村的角度出發，觀察晚宋文人的心態及創作主旨，並藉由後村對於近歲文人的檢討，以及對近歲忠臣、良將的讚揚，對比前述後村對於前輩文人的追尋。

第一節　劉克莊與四靈、江湖

綜觀後村生平，可以發現有兩位亦師亦友人物，一位是引荐後村登上臺閣的眞德秀，另一位就是將後村推上詩壇領袖的葉適，本節將從葉適與後村關係著手，進而推導至與四靈、江湖交游，由此龐雜詩人群體，可以看出晚宋詩壇風氣，以及後村在其中所扮演之角色。

壹、後村與葉適

劉克莊爲興化軍莆田人，相當於現在的福建省莆田市。而福建乃南宋理學之重鎮，朱熹亦是福建人，其所創建閩學學派亦發源於此。劉克莊曾自云其家學對於他的影響：「伏念某家故爲儒，幼嘗承學。善和書卷，頗窺上世之舊藏，杜曲桑麻，粗有先人之薄業。」〔註 4〕而後村祖父劉夙與叔祖劉朔皆爲理學人物且皆受到葉適讚賞，因此在提到四靈與江湖之前，必須先提出一位重要的人物，那就是永嘉事功派代表：葉適。

葉適，字正則，世稱水心先生，浙江永嘉人，爲南宋中期乾道、淳熙年間，與朱熹的理學和陸九淵的心學鼎足的儒學大師。〔註 5〕水心爲後村父執輩，與劉家爲世交，與後村叔父劉起晦皆爲同紹興二十年（1150）出生，並且執筆後村祖父劉夙、叔祖劉朔、父親劉彌正、叔父劉起晦等人墓誌銘，且對於後村與其弟克遜多有讚賞，在〈跋劉克遜詩〉云：「克莊始創爲詩，字一偶、對一聯，必警切深穩，人人詠重。克遜繼出，與克莊相上下，然其閑淡寂寞，獨自成家。」〔註 6〕可說與劉家世代關係密切。

〔註 4〕《劉克莊集箋校》，〈謝傅侍郎舉著述啓〉，卷一一六，頁 4782。

〔註 5〕〔清〕全祖望：〈水心學案〉云：「乾、淳諸老既歿，學術之會，總爲朱、陸二派，而水心斷斷其間，遂稱鼎足。」《宋元學案》（北京：中華書局，1986 年，第一版），卷五十四，頁 1738。

〔註 6〕《中國文學批評資料彙編——南宋篇》，頁 375。

葉適不僅爲理學巨擘更肩負文壇領袖，周必大曾讚曰「文筆高妙」〔註7〕、眞德秀亦稱：「永嘉葉公之文，如磵谷泉，挹之越深」〔註8〕、四庫館臣評其爲：「文章雄贍，才氣奔逸，在南渡卓然爲一大宗。」〔註9〕這樣一位人物，在中興四大詩人之後，推舉永嘉四靈接替文壇，同時代趙汝回（生逐年不詳）曾這樣描述：「永嘉自四靈爲唐詩一時，水心首見賞異」〔註10〕、「水心先生既嘖嘖嘆賞之，於是四靈天下莫不聞。」〔註11〕而葉適門生吳子良（1198～1257？）亦云：「水心之門，趙師秀紫之、徐照道暉、機致中、翁卷靈舒，工爲唐詩，專以賈島、姚合、劉得仁爲法，其徒尊爲四靈。」〔註12〕可見水心不僅賞識四靈，更視其爲門生。爾後又賞識後村，並希冀能夠超越四靈，在其〈題劉潛夫南嶽詩稿〉云：

> 往歲徐道暉諸人，擺落近世詩律，斂情約性，因狹出奇，合於唐人，誇所未有，皆自號四靈云。於時劉潛夫年甚少，刻琢精麗，語特驚俗，不甘爲雁行比也。今四靈喪其三矣，家鉅淪沒，紛唱迭吟，無復第敘。而潛夫思益新，句益工，涉歷老練，佈置闊遠，建大旗鼓，非子孰當？
>
> 昔謝顯道謂：「陶冶塵思，摹寫物態，曾不如顏、謝、徐、庾流連光景之詩」。此論既行，而詩因以廢也。悲夫！潛夫以謝公所薄者自鑒，而進於古人不已，參雅頌、轉風騷可也，何必四靈哉？〔註13〕

其中「建大旗鼓，非子孰當？」等於是將劉克莊推向文壇領袖的關鍵，但從這段話裡，也可看出水心後期以及後村三十三歲左右，對於四靈派詩學的反動，這在下文有詳細的分析。簡單來說，就是當時四靈詩派是爲了反江西詩派等宋詩，力主學唐詩而挽救其弊，但他們學的是姚賈式晚唐體，到了末期反而也爲詩壇帶來了另一種弊端。

上述可以看出水心對於後村的提攜與寄望，而劉克莊對水心亦十分推崇，

〔註7〕周必大：〈與王才臣子俊書〉，曾棗莊主編：《全宋文》（上海：上海辭書出版社，2006年），第229冊。

〔註8〕眞德秀：〈跋著作正字二劉公志銘〉，《全宋文》，第313冊。

〔註9〕《四庫全書總目提要·水心集》，卷一六〇，集部十三，別集十三，頁1382。

〔註10〕〔宋〕趙汝回：〈雲泉詩序〉，《全宋文》，卷六九四一。

〔註11〕〔宋〕趙汝回：〈瓜廬詩序〉，《全宋文》，卷六九四一。

〔註12〕〔宋〕吳子良：《林下偶談》，收入於《叢書集成初編》（北京：中華書局，1985年，第一版），卷四，〈四靈詩〉，頁37～38。

〔註13〕〔宋〕葉適撰，劉公純、王孝魚、李哲夫點校：《葉適集》，卷二十九，頁611。

稱水心爲「大儒，不可以詩人論。」、「兼阮、陶之高雅，沈、謝之麗密，韋、柳之精深，一洗古今詩人寒儉之態。」〔註 14〕後村對於水心的學習及景仰，有另外一部分是源於其政治取向及關心民生的理念，葉適曾經提出了一連串對國計民生的改革措施，期望能達到富國強兵的目標。例如開禧北伐之時，葉適曾被韓侂冑任命爲知建康府兼沿江制置使，負責沿江防備及籌備北伐的重任。時葉適乃提出欲北伐，宜先防江的建議，受到韓侂冑的重視和採納。而當北伐出師不利後，葉適又云：「三國孫氏嘗以江北守江，自南唐以來始失之，建炎詔興以來未暇尋繹」、「乞節制江北諸州」〔註 15〕《宋元學案》載水心語云：

> 先生嘗言于孝宗曰：「今天下非不知請和之非義，然而不敢自言于上者、畏用兵之害也，以爲一絕使罷賂，則必至于戰，而吾未有以待之也。其敢自言于上者，非可用以當敵也，直媒以自進也。以臣計之，和親之決不可爲，審也，而戰亦未易言。然雖絕使罷賂，而猶未至于遽戰者，蓋戰在敵，使之不得戰在我，所當施行者，有次第焉。」〔註 16〕

《水心別集》亦載：

> 我百姓死者四十餘萬者矣，是累歲守邊之策不足以保民也。行之不變，民命卻盡，其事非遠。且民知其不足以保我，必將自求生路，東南全蜀皆爲盜區，是時雖欲守而爲百固，可得乎？〔註 17〕

由此可以知道後村與水心的政治理念是相同的，除了和議不可外，皆是主張恢復。然則前提是準備周全與時機成熟，否則維持守勢才是首選。

貳、後村與四靈、江湖

一、後村與四靈

宋室南渡後，江西詩派影響日漸衰弱，但葉茂根深，餘音不絕。但自從五大家後〔註 18〕，其勢遂衰，取而代之的正是永嘉四靈，分別爲徐照字靈暉、

〔註 14〕《劉克莊集箋校》，〈詩話後集〉，卷一七六，頁 6819～6820。

〔註 15〕《宋史》，卷 434。

〔註 16〕〈水心學案〉（下）《宋元學案》，卷五十五。

〔註 17〕《水心別集》，卷十六，〈後總〉。

〔註 18〕關於江西詩派五大家。參見梁昆：《宋詩派別論》，（臺北：東昇出版事業有限公司，1980 年五月，初版），頁 93。梁昆認爲，方回有詩云：「尤蕭范陸楊，復振錢淳聲」故在四大家外另曾一蕭東夫，並以此五家爲江西詩派三期代表。

徐璣號靈淵、翁卷字靈舒、趙師秀號靈秀，四位詩人字或號皆有一靈字，故稱爲四靈，又皆爲永嘉人，亦可稱爲永嘉詩派。

王綽（生卒年不詳），字誠叟，永嘉人也，爲水心一起研究學問的友人。〔註 19〕在爲同爲四靈好友薛師石（1178～1228），所作墓誌銘云：

> 永嘉之作唐詩者，首四靈，繼四靈之後有劉咏道、戴子文、張直翁、潘幼明、趙幾道、劉成道、盧次夔、趙叔魯、趙端行、陳叔方者作，繼諸加之後，又有徐太古、陳居端、胡象德、高竹友之徒，風流相沿，用意益篤，永嘉視昔江西幾似矣，豈不盛哉。〔註 20〕

文中除四靈外另列十五家，具體描繪出當時四靈體的風潮。可知在四靈周圍，是圍繞著一群數十人詩人隊伍，有著共同詩歌理念集體創作。

四靈是由反江西而起，在詩歌創作上苦吟求眞，詩學晚唐姚賈。葉適曾在徐璣的墓誌銘中云：「初，唐詩廢久，余與其友徐照、翁卷、趙師秀議曰：『昔人以浮聲切響、單字支句計巧拙，蓋風騷之至精也。近世乃連篇累牘，汗漫而無禁，豈能名家哉！』四人之語遂極其工，而唐詩由此復行矣。」〔註 21〕

趙師秀選姚賈詩爲〈二妙集〉。而所編的〈眾妙集〉，亦被同輩詩人視爲寫作範本，收有自唐初沈佺期到唐末王貞白，共七十六家詩，二百二十八首，泰半是淺易平淡的五言律詩，但卻未收李白、杜甫、韓愈、白居易等大家作品〔註 22〕。

除了永嘉詩人之外，後村與有「上饒二泉」之稱的趙蕃（1143～1229）、韓淲（1159～1224）亦多有來往，也可視爲四靈與江湖派、江西這兩詩派的關係縮影。〔註 23〕方回嘗云：「劉潛夫初亦學四靈，後乃少變，物爲放翁體，用

〔註 19〕據《宋元學案》附錄〈水心學侶〉云：「王綽，字誠叟，永嘉人也。有氣節，于書無所不讀，其年輩與水心相等，折節從之，而水心以爲畏友。趙汝談嘗薦之，不就。其門人有戴許、蔡仍、王汶，亦皆嘗學于水心。」

〔註 20〕〔宋〕薛景石：《瓜廬集》，收入於王雲五主編：《四庫全書珍本十集》（臺北市：台灣商務印書館，1960 年，初版），〔附錄〕王綽：〈薛瓜廬墓誌銘〉，頁 1。

〔註 21〕〔宋〕葉適撰，劉公純、王孝魚、李哲夫點校：〈徐文淵墓誌銘〉，《水心文集》卷二十一。

〔註 22〕參見吉川幸次郎：《宋詩概說》（鄭清茂譯，臺北：聯經，民 77 年）頁 245。

〔註 23〕參見解旬靈：《四靈詩派研究》（復旦大學中國語言文學系博士學位論文，2007 年），頁 4。

近人事，組織太巧，亦傷太冗。同時有趙庚仲白，亦可出入四靈小器。此近人詩源流本末如此。」〔註 24〕《全閩詩話》曾引明代廖用賢所撰的《尚友錄》，文云：「翁靈舒有詩名，劉後村贈以詩，有云：『徧問諸郎皆冠帶，自言別業可樵漁。』」〔註 25〕將後村好友翁定誤認爲翁卷。

其實永嘉四靈中，後村只識翁卷與趙師秀，趙師秀爲宋宗室，太祖八世孫，從他的詩作卻已完全嗅不出一絲貴族的氣息，在心態中已淪爲一般的貧士。〔註 26〕後村在〈賈仲穎詩〉中提到：「永嘉多詩人，四靈之中余僅識翁、趙，四靈之外于所不及識者多矣。」〔註 27〕而與翁卷的關係又特別好，在〈贈翁卷〉云：

> 非止擅唐風，尤于選體工。有時千載事，只在一聯中。
>
> 世自輕前輩，天猶活此翁。江湖不相見，才見又西東。〔註 28〕

詩中對於翁卷十分推崇，由此可知兩人的交情斐淺。

二、後村與江湖

江湖派的形成，主要是由於南宋理宗寶慶年間錢塘書商陳起所選刊的《江湖集》或是《中興江湖集》的選本，方回《瀛奎律髓》云：「凡江湖詩人皆與之善，宋之刊《江湖集》以售。」〔註 29〕陳起字宗之號云居，本身亦會作詩，著有《芸居稿》，其定詩集名爲「江湖」，最直接的意思，就是以此點明其收錄作家的社會身份和社會地位。〔註 30〕由於南宋時的讀書人過著極不穩定的生活，因而走上干謁的道路，也形成了一種特殊的不仕不隱的現象，因此《江湖集》一出，遂逐漸形成「江湖派」，其中多爲隱士布衣、浪跡江湖者，其詩作常抒山水之情或是羈旅飄泊之感。後村〈毛震龍詩跋〉云：

> 詩料滿天地，詩人滿江湖，人人有詩，人人有集。然極天下之清，乃能極天下之工，放一生客投社，著一俗字入卷，敗人清思矣。生

〔註 24〕《瀛奎律髓》，卷二十，〈梅花類〉，劉克莊〈梅花〉詩後批語，頁 843～844。

〔註 25〕《全閔詩話》，卷五，〔宋元〕，頁 249。

〔註 26〕參見羅宗濤：〈宋代宗室詩探討〉收入於《東華漢學》第十二期（花蓮：東華大學出版，2010 年 12 月），頁 123。

〔註 27〕《劉克莊集箋校》，卷九十四，頁 3985。

〔註 28〕《劉克莊集箋校》，卷七，頁 416。

〔註 29〕《瀛奎律髓》，卷二十，〈梅花類〉，劉克莊〈梅花〉詩後批語，頁 843～844。

〔註 30〕參見李越深：〈江湖倦遊客天地苦吟身——江湖詩人與江湖詩味〉，《宋代文學研究叢刊》第二期（高雄：麗文文化，1996 年 9 月），頁 211。

客不必貴要，但聞人皆是；俗字不必請求，但浮譽皆是。〔註31〕

從四靈出現，緊接著江湖詩派開始形成，歷來這部份存在著幾個問題：首先江湖派到底算不算是一個詩派，或只是一種「後視性」的概念；〔註32〕其次就是就是四靈就否歸屬於江湖派，兩者關係究竟爲何；最後就是劉克莊是否能歸入江湖派的疑慮。此處遂就筆者所見做個梳理。

（一）江湖詩人屬為詩派與否

首先要釐清的是江湖派到底算不算是一個詩派。關於這個議題，近代有學者提出反對的聲音。〔註33〕然就文學史而言，所謂的「江湖派」是一個鬆散的組織，沒有明確的創作主旨以及目標，對於宗派成員的界定更是模糊，〔註34〕而陳起的《江湖集》在體制上也是十分紊亂，集中更將北宋方惟深、鄭俠和南宋初的姚公武等人編入。對於這種情況，學者認爲是一種抬高自我身價的手段。〔註35〕然今日考察「江湖詩派」一詞，最早出現在《詩家鼎臠》的序中：

〔註31〕《劉克莊集箋校》，卷一○九，頁4539。

〔註32〕參見季品鋒：〈江湖派、江湖體及其他〉，《文學遺產》2006年第四期。季品鋒認爲江湖詩派是一種「後視性」的概念：「即後人對這段存在過的詩歌歷史做出敍述時提出的概念。與宋代另一詩派江西詩派相比較，江湖詩派沒有明確的宗派成員，也沒有提出明確的詩歌主張。」

〔註33〕關於學界對江湖派不成詩派的討論，可參見劉毅強：《南宋「江湖詩派」名辨——簡論江湖詩派不足成派》，載《華東師範大學學報》，1993年第3期。認爲江湖詩派實際上根本不足成派的理由有四：其一爲缺乏一種比較集中和穩定的交往方式；其次爲整個群體並無統一或近似的詩學主張；再次爲作爲整個群體，江湖詩人亦無統一或近似的詩歌風格；最後，江湖詩人群體未出現名副其實的領袖人物。以及史偉、宋文濤：〈「江湖」非「詩派」考論〉，載於《社會科學家》，2008年8月，第八期，頁16～21。最主要的論點，是認爲「江湖詩派」一詞僅由四庫館臣在《四庫提要》中，一再的提起，且後村領袖集宗主地位不明確。

〔註34〕案：如劉大杰《中國文學發展史》第二十章〈宋代的詩〉云：「那時有一群人，在政治上得不著地位，不少裝著山人名士，到處流浪，說大話，遊山水，作詩唱和，成爲一種習氣。當日有一書店老闆，叫做陳起……出錢刊售《江湖集》、《前集》、《後集》、《續集》等書，風行一時，後人以集中諸人的風氣習尚相同，故稱爲江湖派。」頁783。

〔註35〕參見程千帆、吳新雷：《兩宋文學史》，第十章〈南宋後期的詩文〉云：「陳起在編刊《江湖三集》時，曾輯刻了一批南渡前后中興以來詩人的集子，而且還拉進某些名公大官的詩集，這正是書商抬高自己身價的一種手段。我們應該注意，既不能據此而將江湖詩派產生的年代提前到四霊和陳起之前，也不能因此而將某些大官貴人列入江湖派中。當然，劉克莊晚年爵位隆高是一種特殊情況。」

> 宋季江湖詩派以尤楊范陸爲大家，茲選均不及，稍推服紫芝、石屏、後村、儀卿，其餘人各一二詩止，隘矣。疆事日蹙，如處漏舟，裏巷之儒猶刊詩卷相傳誦。且諸人姓名，有他書別無可考、獨見之此編者，存以征晚宋故實也。倦叟。〔註 36〕

《詩家鼎臠》中共收詩人九十五人，以南宋中後期江湖詩派詩人爲主，又《兩宋名賢小集》共一百五十七家，其中包含江湖諸集六十餘家。〔註 37〕而後《永樂大典》殘卷所引《中興江湖集》、《江湖集》現可考爲詩人三十三家、詩作六十五首，《江湖前、後、續集》中考證出約九十家，《永樂大典》殘卷再加上《四庫全書》本中，還有二三十家無法確定其歸屬。〔註 38〕

梁昆將四庫本《江湖小集》、《江湖後集》所收之詩人，考得江湖派成員共 109 人〔註 39〕，而後的張宏生在此基礎上，統計出可列爲江湖詩派的文人共有 138 位。〔註 40〕

而這個龐雜的詩人群體，有學者認爲不應侷限於所謂的「江湖詩派」，而以「江湖體」稱之，〔註 41〕廣義上可推至劉過、姜夔，而關於江湖詩派沒有明確譜系的問題，後村其實在當時就曾提出：「誰編宗派應添譜，要續傳燈不記名。」〔註 42〕

（二）四靈與江湖的歸屬問題

四靈與江湖的分界歷來糾纏不清，翁卷、趙師秀的詩歌被收入於《永樂大典》卷三〇四、卷三〇五《中興江湖集》之中，宋人也有將四靈視爲江湖詩派中的一系，近人張宏生在《江湖詩派研究》中，將四靈列入江湖派成員之中，認爲四靈與江湖本一家，是主觀上反江西，客觀上反理學。〔註 43〕

〔註 36〕〔元〕倦叟：《詩家鼎臠》，收入於王雲五主持《四庫全書珍本初集》（臺北市：台灣商務印書館 1960 年），〈序〉。

〔註 37〕參見張高評：〈宋人詩集之刊行與詩分唐宋——兼論印刷傳媒對宋詩體派之推助〉，《東華漢學》第七期（2008 年 6 月），頁 112～113。

〔註 38〕參見羅鷺：〈《江湖前、後、續集》與《江湖集》的求原〉，《新國學》第八卷（四川：巴蜀書社，2010 年 12 月），頁 351。

〔註 39〕梁昆：《宋詩派別論》，頁 120。

〔註 40〕張宏生：《江湖詩派研究》，附錄一〈江湖詩派成員考〉，頁 271。

〔註 41〕案：錢鍾書《容記》云：「方岳《秋崖先生小稿》三十八卷。巨山爲「江湖體」詩人後勁，仕宦最達，同時名輩，惟戴石屏姓字掛集中。」卷一，第 252 則，頁 410。

〔註 42〕《劉克莊集箋校》，〈題蔡炷主簿詩卷〉，卷十六，頁 932。

〔註 43〕參見張宏生：《江湖詩派研究》，頁 14。

劉克莊在〈蒲領衛詩〉中云：「今江湖諸人竟爲四靈體，君卷中時有三數句似四靈」〔註 44〕、〈題蔡炷主簿詩卷〉亦云：「舊止四人爲律體，今通天下話頭行。」〔註 45〕其中所謂的「話頭」可以視爲是四靈論詩的主張。〈跋何謙詩〉中亦云：「自四靈以後，天下皆詩人也。」〔註 46〕

戴復古在〈哭趙紫芝〉自注云：「嘗在平江孟侍郎藏春園終日論詩。」可知江湖詩人對於四靈體是很熟悉的，而嚴羽《滄浪詩話・詩辨》中亦云：「近世趙紫之、翁靈舒輩，獨喜賈島、姚合之詩，稍稍復就清苦之風。江湖詩人多效其體，一時自謂之唐宗。」〔註 47〕清人全祖望（1705～1755）在〈宋詩紀事序〉論宋詩流變：

> 建炎以後，東夫之瘦硬，誠齋之生澀，放翁之輕圓，石湖之精緻，四壁乃開。乃永嘉徐、趙諸公，以清虛便利之調行之，見賞於水心，則四靈派也，而宋詩又一變。嘉定以後，江湖小集盛行，多四靈之徒也。〔註 48〕

也認爲江湖派中多是四靈之徒，四庫館臣在〈四庫提要・唐詩品彙〉云：「江西一派與四靈一派，併合而爲江湖派。猥雜細碎，如出一轍，詩以大弊。」〔註 49〕認爲江湖派是取法四靈及江西，而錢鍾書則稱是四靈開創了江湖派：

> 經過了葉適的鼓吹，有了「四靈」的榜樣，江湖派或者「唐體」風行於世，大大削弱了江西或者派家的勢力，幾乎奪取它的地位，所謂「舊止四人爲律體，今通天下活頭行。」〔註 50〕

由此可知是江湖學習四靈，而不是四靈屬於江湖，四靈可視爲江湖詩派的啓蒙；因此有學者認爲江湖派爲四靈與江西合併之產兒，〔註 51〕或者認爲四靈是江湖派的先鋒；而江湖派則爲四靈的餘緒，〔註 52〕今藉此來總結四靈與江

〔註 44〕《劉克莊集箋校》，卷一一一，頁 4606。
〔註 45〕《劉克莊集箋校》，〈題蔡炷主簿詩卷〉，卷十六，頁 932。
〔註 46〕《劉克莊集箋校》，〈跋何謙詩〉，卷一〇六，頁 4413。
〔註 47〕〔宋〕嚴羽著；郭紹虞校譯：《滄浪詩話校譯》（北京：人民文學出版社，1961 年 5 月，第一版），〈詩辨〉，頁 24。
〔註 48〕〔清〕全祖望著；朱鑄禹集注：《全祖望集彙校集注》（上海：上海古籍，2000 年，第一版）。
〔註 49〕《四庫全書總目提要》，卷一八九，集部四二，總集類四，頁 65。
〔註 50〕錢鍾書：《宋詩選注》（北京：生活・讀書・新知三聯書店，2003），頁 357。
〔註 51〕參見梁崑：《宋詩派別論》，頁 155。
〔註 52〕參見胡明：〈江湖派泛論〉，《南宋詩人論》，（臺北：學生書局，民國 79 年），頁 195。「四靈，江湖之先鋒；江湖，四靈之餘緒。」《南宋詩人論》，臺北：

湖的分界問題。

（三）劉克莊歸入江湖派的問題

由前述可知，《江湖集》所收入的詩人身份大都是窮窘文士、山林隱士、小職卑官、游幕食客等下層文人，而劉克莊後來官位顯達〔註 53〕，身份似乎於江湖詩人不合，加上清四庫館臣整理後得的《江湖小集》、《江湖後集》中並未收劉克莊詩，這也是歷來對於劉克莊是否歸屬於江湖派的爭論。但是無論是從方回《瀛奎律髓》中所述：「宗之刊《江湖集》以售，《南嶽稿》與焉。」或同前述：「江湖從學者，盡欲倚劉牆」都說明了後村不僅是江湖派中人，更是領袖人物。

方回在〈汪廬卿鳴求小集序〉中曾云：「劉潛夫以唐詩自鳴，誘壞江湖小生」〔註 54〕且四庫館臣在許棐《梅屋集》提要云：

> 棐生當詩教極弊之時，沾染於江湖末派，大抵以趙紫芝等爲短矱。雜著中《跋四靈詩選》曰：「斯五百篇，出自天成，歸於神識，多而不濫。玉之純，香之妙者歟。後世學者愛重之是也。」以高翥等爲羽翼，《招高菊磵詩》所謂「自改舊詩時未穩，獨斟新酒不成歡」是也。以書賈陳起爲聲氣之聯絡，《贈陳宗之詩》所謂「六月長安熱似焚，廛中清趣總輸君」。又《謝陳宗之疊寄書籍詩》所謂「君有新刊須寄我，我逢佳處必思君」是也。以劉克莊爲領袖，《讀南嶽新稿詩》所謂「細把劉郎詩讀後，鶯花雖好不須看」是也。厥後以《江湖小集》中《秋雨梧桐》一聯，卒構詩禍。起坐黥配，克莊亦坐彈免官。而流波推蕩，唱和相仍。終南宋之世，不出此派。〔註 55〕

以書商陳起爲聲氣聯絡，可知當時陳起的書局聚集了一大票的江湖文人，後村亦有〈贈陳起〉云：「陳侯生長紛華地，卻以芸香自沐熏。煉句豈非林處士，鬻書莫是穆參軍。雨簷兀坐忘春去，雪案清談至夜分。何日我閑君閉肆，扁舟同泛北山雲。」〔註 56〕後兩句可以看出後村與陳起的交往密切。

學生書局，民國 79 年），頁 195。

〔註 53〕案：劉克莊一生做過秘書少監兼中書舍人、福建提刑、兵部尚書、龍圖閣學士等。

〔註 54〕〔宋〕方回：《桐江續集》收入於王雲五主編：《四庫全書珍本初集》（臺北市：台灣商務印書館，1960 年，初版），卷三十四，頁 11。

〔註 55〕《四庫全書總目提要》，卷一六四，集部十七，別集類十七，頁 1405～1406。

〔註 56〕《劉克莊集箋校》，卷七，頁 415。

向以鮮曾考後村交游重要人物凡八十餘人，〔註57〕其中有幾位人物未收，我們從後村〈孫花翁墓誌銘〉這則資料來看，文云：「初季蕃與趙紫芝（師秀）、仲白、曾景建、翁石叟諸人善，與余亦添交遊。」〔註58〕孫惟信（1179～1243），字季蕃，張宏生〈江湖詩派成員考〉未錄其名，然後村爲其墓誌銘開頭云：「季蕃客死錢塘，妻子兄弟皆前卒，故人立齊杜公、節齋趙公與江湖士友葬之於西湖北山水仙王廟之側，自斂至葬皆出姚君垣手。」又有「長於詩，水心葉公所謂：『千家錦機一手織，萬古戰場兩鋒直』者也。中遭詩禁，專以樂府行。」

方回《瀛奎律髓》謂：「孫季蕃老於花酒，以詩禁僅爲詞，皆太平時節閒人也」。〔註59〕《直齋書錄解題》著錄有《花翁集》一卷，注云：「在江湖中頗有標緻，多見前輩，多聞舊事，善雅談，長短句尤工。嘗有官，棄去不仕。」〔註60〕且趙師秀、趙庚夫、曾極皆爲江湖派，孫季蕃應同爲江湖中人，而翁定，後村有〈贈翁定〉一詩：

相逢乍似生朋友，坐久方驚隔闊餘。
徧問諸郎皆冠帶，自言別業可樵漁。
往鄰秦系曾居里，老讀文公所著書。
十七年間如電瞥，君鬚我鬢兩蕭疏。〔註61〕

詩中「相逢乍似生朋友」以及「十七年間如電瞥，君鬚我鬢兩蕭疏」，可知兩人交情斐淺且相識甚早。在文集中可見後村與其群體交游詩，舉例列表，以資說明。（表6）

表6：後村與其群體交游詩

人　名	詩　名	卷次	頁碼
趙師秀	〈哭趙紫芝〉	3	98
孫惟信，字季蕃	〈戲孫季蕃〉	2	44
	〈同孫季蕃游淨居諸庵〉	2	55
	〈同孫季蕃游淨居諸庵又一首〉	2	56

〔註57〕參見向以鮮：《超越江湖的詩人——後村研究》（四川：巴蜀書社，1995年11月，第一版）。

〔註58〕《劉克莊集箋校》，卷一五〇，頁5923。

〔註59〕《瀛奎律髓》，卷四十二。

〔註60〕〔宋〕陳振孫著，徐小蠻、顧美華點校：《直齋書錄解題》（上海：上海古籍出版社，1987年12月，第一版），卷二十，師歌集類下，頁610。

〔註61〕《劉克莊集箋校》，卷二，頁121。

	〈送孫季蕃〉	2	58
	〈月下聽孫季蕃吹笛〉	2	
	〈哭孫季蕃兩首〉	13	385
	〈沁園春・送孫季蕃弔方曹西歸〉	187	
趙庚夫，字仲白（1173～1219）	〈送仲白〉	1	20
	〈挽仲白墓二首〉	2	39
	〈與客送仲白葬回登石室〉	2	43
	〈過永福精舍有懷仲白二首〉	3	93
曾景建（極）臨川人，詩爲朱熹所賞，寶慶元年（1225）因落梅詩案謫道州卒。	〈舟中寄景建〉	1	32
	〈得曾景建書〉	3	95
	〈曾景建自臨川送予至豐城，示詩爲別，次韻一首〉	5	151
	〈懷曾景建二首〉	13	386
敖器之（1154～1227）	〈別敖器之〉	1	14
	〈敖器之宅子落成〉	7	222
翁定（生卒年不詳），字應叟，一字安然，號瓜圃，建安人。晚爲洛學，爲眞德秀所知。	〈贈翁定〉	2	58
	〈答翁定〉	2	68
	〈別翁定宿瀑上〉	3	77

由上表可見後村與這些人交往頻繁，且後村在〈趙仲白墓誌銘〉中有云：「余昔與趙仲白游二十年，嘗約晚歲入山讀書」〔註 62〕，由此可知包括後村在內，這七人是交往多年的好友。

淳祐三年癸卯（1243），時年後村五十七歲，除侍右郎官，此時的後村又因言官的疏罷，而仍主管崇禧觀。〔註 63〕又逢好友孫季蕃的逝世，隔年後村在〈哭孫季蕃兩首〉後有云：「老身獨殿諸人後，吟罷無端雪涕橫。」〔註 64〕趙師秀與趙庚夫卒於嘉定十二年（1219），曾極卒於寶慶元年（1225），敖器之卒於寶慶三年（1227），翁定雖生卒年不詳，但由上述詩文可知此時已逝世。這一群好友如今只剩後村一人，其傷感自然不在話下，在悼念完孫季蕃又自

〔註 62〕《劉克莊集箋校》，卷一四八，頁 5825。

〔註 63〕參見程章燦：《劉克莊年譜》（貴州：貴州人民出版社，1993 年 2 月），頁 192。

〔註 64〕《劉克莊集箋校》，〈哭孫季蕃兩首〉，卷十三，頁 792。

然而然想起因落梅詩案貶謫過程中死去的好友曾極，〈懷曾景建二首〉云：「傷心海內交游盡，篋有遺書不忍看」、「碎板一如坡貶日，蓋棺不見檜薨年。」辛更儒箋注云：「秦檜死於紹興二十五年，此喻史彌遠之卒。」〔註65〕當年曾景建因落梅詩案謫道州而卒，如今史彌遠已經去世了，落梅詩案的影響也消逝，但是好友卻再也沒能看到。

由上述可知，後村與江湖中人交往之密切，不論大小詩人皆與後村有交往，四庫館臣謂「以劉克莊爲領袖」，所言不假。

第二節　晚宋文壇整體風氣

在論述晚宋文壇風氣之前，欲先從晚宋的士大夫風氣談起，劉克莊本身對這時代的士風亦多有批判，今略舉幾例：嘉熙四年（1240），後村除廣東運判時上表云：「憤士風之垢汙，惕國計之殫乏」〔註 66〕，景定三年（1262），五月至六月，後村爲中書舍人任內所作的外制，提到「士風不競久矣」〔註67〕、「南官鮮廉白，天遠也。」〔註 68〕咸淳二年（1266）八十歲致仕居里的劉克莊在爲汪守元春墓誌銘也提到：「凡今士者，非貪則酷。」〔註69〕

晚宋士風之敗壞學者多有論述，〔註 70〕主要可以歸納是由貪墨奢靡所造成的國家日衰以及經濟危機，咸淳四年（1268），黃震時任史館檢閱，預修寧宗、理宗兩朝《國史》、《實錄》，直言對當時的社會風氣提出批判：「民日益窮，兵日益弱，財日益匱，士大夫日益無恥！」〔註71〕又云：「今風俗潦倒，

〔註65〕《劉克莊集箋校》，〈懷曾景建二首〉後〔箋注〕，頁794。

〔註66〕《劉克莊集箋校》，〈廣東除運判謝到任表〉，卷一一三，頁4688。

〔註67〕《劉克莊集箋校》，〈留夢炎除秘閣修撰福建提舉〉，卷七十一，頁3307。

〔註68〕《劉克莊集箋校》，〈雷宜中除廣東提刑〉，卷七十一，頁3309。

〔註69〕《劉克莊集箋校》，〈汪守墓誌銘〉，卷一四○，頁5588。

〔註70〕參見喻學忠及張金嶺對於晚宋士風所發表的一系列論文。喻學忠計有〈晚宋士大夫奢靡之風述論〉（江淮論壇，2006／05）、〈晚宋士大夫貪墨之風述論〉（《重慶師范大學學報》，2006／03）、〈晚宋士大夫隱逸之風述論——晚宋士風研究之二〉（重慶師范大學學報（哲學社會科學版），2005／02）、〈晚宋士大夫奔競之風述論——晚宋士風研究之一〉（東南大學學報（哲學社會科學版），2003／02）〈晚宋士風主流析論〉（《北方論叢》2007年第一期）；張金嶺則著有〈晚宋士大夫無恥與財政危機〉（中華文化論壇）〈晚宋士大夫無恥考論〉，皆對於晚宋「士大夫」士風主流的敗壞多有論述，各擅千秋，然所著墨之處誠如前述，聚焦在「在朝爲官」的士人。

〔註71〕〔宋〕黃震：〈戊辰輪對札子〉，《黃氏日抄》卷六十九，頁671～674。

士大夫眞有心於民命國脈者幾人？」〔註 72〕指出晚宋的國家大病乃民窮、兵弱、財匱以及最嚴重的士大夫無恥。

理宗即位時，召眞德秀爲中書舍人，面聖時奏曰：「乾道、淳熙間，有位於朝者以饋及門爲恥，受任於外者以包苴入都爲羞。今饋賂公行，薰染成風，恬不知怪。」〔註 73〕南宋士風敗壞是眾所皆知的，但回到問題的本質上，士風與文風可等同視之嗎？有多篇論文在論及南渡初期或是晚宋文風時，都將士大夫的風氣視爲文壇的風氣。〔註 74〕然依筆者所見，中國所謂的「士人」，係泛指各中下階級的「知識份子」，在唐代爲止、甚至於到北宋的詩人，基本上都是「官」或是即將躋身爲「官」，〔註 75〕也就是說南宋以前的士大夫既是參政主體又是文學主體，而南宋後所謂的知識階層大幅下修，大部份的文人都處於民間，文士的布衣化造成以詩爲商品的江湖謁客，「士」階層從上向下流動，這種現象造成「官僚、學者、文人」三位一體復合型士人的解構。〔註 76〕文學便由少數官僚階級，轉入布衣階級，形成所謂的「文學活動民主化」的開始。〔註 77〕

南渡初期，文壇大家不管是呂本中（1084～1145）、陳與義（1090～1138）、李綱（1083～1140），或是乾、淳間則的范成大（1126～1193）、陸游、楊萬里、辛棄疾（1140～1207）等，皆爲傳統三位一體復合型士人，四靈、江湖後，文壇主力遂由綜多「布衣」所組成，在這種「各家喧騰、大家缺席」〔註 78〕的情況之下，談論士大夫的風氣盛衰與否，或許就不是文學研究考量的重點，當然

〔註 72〕〈祭江西提舉省齋糜先生〉，《黃氏日抄》卷九十五，頁 671～674。

〔註 73〕《宋史・儒林傳・眞德秀傳》，卷四三七。

〔註 74〕案：如劉婷婷：《宋季士風與文學》、李欣：《宋南渡詩壇的格局與變遷》等。

〔註 75〕參見〔日〕吉川幸次郎著；李慶，駱玉明等譯：《宋元明詩概說》，「說到從前詩的歷史，到唐代爲止的詩人，甚至是北宋的詩人，原則上都是詩的專家，而同時又是官僚，或是想要擠身官僚之列的人。唐代的韓愈、白居易、還有北宋的歐陽修、王安石、蘇軾，既是各自時代的代表詩人，同時又是內閣的官僚。李白和杜甫，則是想要謀取政府職位的失敗者。」（上海：復旦大學出版社，2012 年 1 月），頁 134。

〔註 76〕參見侯體健：〈國家變局與晚宋文壇新動向〉，《華南師範大學學報》社會科學版（2010 年第一期），頁 74。「士人階層的分化已經蘊藏了『專業作家』的出現因子。『詩人』這個詞彙，這個詞彙，這時開始與『文人』、『士人』、『文臣』等詞彙不相『兼容』，而成爲一個獨立的概念。」

〔註 77〕參見吉川幸次郎：《宋詩概說》，頁 242。

〔註 78〕參見侯體健：〈國家變局與晚宋文壇新動向〉《華南師範大學學報》社會科學版（2010 年第一期），頁 70。

權力中心的戰和議題以及國家戰爭的勝敗，依舊牽動著這些知識份子的思緒。

據今人統計，〔註 79〕全宋詞中存詞數量最多的前四十名，其中有九位布衣終身，而這九位皆爲南宋詞人，其中六位爲宋末詞人，如此一來，在南宋末存詞最多的十二家中，布衣數泰半。〔註 80〕

壹、「三冗」造成的外緣因素

然則，造成晚宋整體低迷風氣的原因，主要還是來自於生計困難，以及官職難尋。而財政危機是由於對北宋冗官、冗兵、冗費，三冗現象的繼承。科舉制度、文官制度以及宰相制度等，在晚宋時期產生許多弊端，而南宋冗官之多，據洪邁《容齋四筆》所載可略知一二，其〈今日冗官〉條云：

> 今日官冗，元豐中，曾鞏判三班院，今侍右也。上疏言：「國朝景德墾田百七十萬頃，官萬員。皇祐二百二十五萬頃，官二萬員。治平四百三十萬頃，官二萬四千員。田日加辟，官日加多，而後之郊費視前一倍。以三班三年之籍較之，其入籍者幾七百人，而死亡免退不能二百，是年增歲溢，未見其止，則用財之端，入官之門，當令有司講求其故，使天下之入如治平，而財之用官之數同景德，以三十年之通，可以餘十年之蓄矣。」是時，海內全盛，倉庫多有椿積，猶有此懼。

指出北宋神宗時期，當時「海內全盛，倉庫多有椿積」，曾鞏就已提出冗官可能造成的弊端了，文後又云：

> 慶元二年四月，有朝臣奏對，極言云：「曩在乾道間，京朝官三四千員，選人七八千員。紹熙二年，四選名籍，尚左，京官四千一百五十九員，尚右，大使臣五千一百七十三員，侍左，選人一萬二千八百六十九員，侍右，小使臣一萬一千三百十五員，合四選之數，共三萬三千五百十六員，冗倍於國朝全盛之際。近者四年之間，京官未至增添，外選人增至一萬三千六百七十員，比紹熙增八百一員。大使臣六千五百二十五員，比紹熙增一千三百四十八員。小使臣一

〔註 79〕參見王兆鵬、劉尊明：〈歷史的選擇——宋代詞人歷史地位的定量分析〉《文學遺產》1995 年，第四期。

〔註 80〕參見朱玉麒：〈論南宋後期詞人的布衣話傾向〉（《北京師範大學學報》2000 年，第五期），頁 53。

萬八千七百五員，比紹熙增七千四百員。而今年科舉，明年奏薦不在焉。通無慮四萬三千員，比四年之數增萬員矣，可不爲之寒心哉！」蓋連有覃需，慶典屢行，而宗室推恩，不以服派近遠爲間斷，特奏名三舉，皆值異恩，雖助教亦出官歸正，人每州以數十百，病在膏肓，正使俞跗、扁鵲，持上池良藥以救之，亦無及已。〔註81〕

僅四年就增加了上萬名官員，朝廷中樞機構重複、人浮於事，還實行推恩制，允許高級官僚，能夠推薦數十名親屬當官，使得朝廷授官越來越氾濫，造成官位不減反增，「冗倍於國朝全盛之際」，洪邁對此痛心疾首，認爲「病在膏肓，正使俞跗、扁鵲，持上池良藥以救之，亦無及已。」

然則，推恩所授官日增，但國土的銳減造成科舉官職短少，使得原本就競爭激烈的仕途越發艱難，宋人莊綽〈南宋初員多闕少〉云：「紹興年間，天下州郡遂成三分：一爲僞齊，金人所據；一付張浚，承製除拜；朝廷所有，唯二浙、江、湖、閩、廣而已。員多闕少，如諸州通判佳處，見任與待闕者，率常四五人。」〔註 82〕雖然官闕銳減，但是科舉考試人數卻激增，今人梁庚堯曾統計云：「蘇州在北宋慶歷時應試者只有兩百人，至乾道四年建貢院時，已經增至二千人；福州在北宋元祐五年應試者只有三千人，至南宋乾道元年近一萬七千人，再晚到淳熙元年更達兩萬人。」〔註 83〕且門蔭制度又瓜分了許多職缺，更加導致競爭的激烈，這也是造成文人布衣化的外在因素。

而關於冗兵，莊綽在〈紹興軍費〉一文中也有提及：

紹興中，統兵有神武五軍及劉光世、韓世忠、張俊三大帥，都計無二十萬眾。而劉軍不及三之一，月費米三萬石、錢二十八萬貫。比之行在諸軍之費，米減萬餘石，而錢二三萬緡。蓋人雖少而官資率高，且莫能究其實也。時天下州郡沒於胡虜，據於僭僞，四川自供給軍，淮南、江、湖荒殘盜賊。朝廷所仰，惟二浙、閩、廣、江南，才平時五分之一，兵費反踰前日。此民之所以重困，而官吏多不請俸，或倚閣人有飢寒之歎也。〔註84〕

〔註81〕洪邁：《容齋四筆》，卷四，十五則。

〔註82〕〔宋〕莊綽撰，蕭魯陽點校：《雞肋集》（北京：中華書局，2010 年 10 月，重印），卷上，頁 74。

〔註83〕梁庚堯：〈南宋貧士與貧宦〉，收錄於《宋代社會經濟史論集》（臺北：允晨文化出版社，1997 年），頁 411。

〔註84〕《雞肋集》，卷上，頁 76。

且開禧元年（1205）時任參知政事的蔣芾（1117～1188）嘗言：

> 且南渡以來兵籍之數，紹興十二年二十一萬四千五百餘人，二十三年二十五萬四千五百四十人，三十年三十一萬八千一百三十八人，乾道三年三十二萬三千三百一人，只比二十三年，已增六萬九千六十一人，如此何緣財用有餘？〔註 85〕

由此可以看出軍隊的增長速度，且此處所云僅東南殿前大軍，如此龐大的軍隊人數，拖累著南宋朝的經濟，「而百姓為了支持戰爭，受盡了各種苛捐雜稅的盤剝，生活十分悲慘。」〔註 86〕後村亦有詩云：「固知國有三空患，又欲民無再榷譏」〔註 87〕，後村所云「三空患」乃據《後漢書・陳蕃傳》：「田野空，朝廷空，倉庫空，是謂三空。」〔註 88〕足以說明當時南宋的情況。

而關於「冗官」造成文人升遷的困難，致使一大票讀書人，無法走上仕途，進而促使江湖文人形成；「冗兵」、「冗費」，造成財政的吃緊，「官銜，軍職，甚至於掛名的祠觀空銜，一切的賞賜豁免，不論大小多少，歸根結蒂是需要費用的。」〔註 89〕再加上每年須繳納的「歲幣」，因此，即便南宋經濟空前繁榮，政府依舊採取重稅政策，而這種制度下，文人的經濟壓力亦是空前的巨大，不得不走上干謁或是以詞章曳裾侯門之途，也影響了文人的心態及創作題旨。

貳、江湖詩人創作心態及主題略述

由於上述原因，晚宋時期詩歌主流，逐漸由對政治的依附轉型成為對經濟的依附，而江湖派這個以無數小詩人所組成的龐雜群體，大部分都是以詩歌為干謁道具的「職業詩人」，這個特殊群體的出現及其詩歌反應的內容，不僅是一種文學現象，亦是一種文化現象。〔註 90〕費君清：「前期詩人對政治比

〔註 85〕《宋史・兵志》，卷一九三。

〔註 86〕《南宋政治史》，第二章〈宋金議和與收奪兵權〉，頁 1051。

〔註 87〕《劉克莊集箋校》，〈送李用之察院赴潮州〉，卷十三，頁 777。

〔註 88〕〔南朝〕范曄：《後漢書・陳蕃傳》（臺北市：台灣商務書局，2010 年，臺一版），卷六六。

〔註 89〕參見劉子健：〈包容政治的特點〉，收入於《兩宋史研究彙編》，頁 48。

〔註 90〕參見王水照、熊海英：《南宋文學史》：「傳統文人對國家、社會、民生抱著強烈的責任感，所謂『位卑未敢忘憂國』，與政權的依附關係比較緊密。而江湖詩人不在其位，不謀其政，對國事的關心跟普通平民一樣。他們不傾向於表現干預時政、社會的重大題材，創作中涉及重大事件時，感慨也沒有那麼深

較關心，後期詩人則避世之心較重。」、「一些橫跨前後兩段的詩人，後期的思想態度也有所不同」〔註 91〕

除了經濟因素之外，前面章節所述的文禁、語禁的風氣，也造成文人對政治不敢言的現象，使得士人的生存境遇與文學主體精神的委靡，此時的南宋固然沒有大詩人的產生，但是詩壇上卻充滿著小詩人及其所寫的小詩。〔註 92〕這些文人們，以「詩歌」爲賺取溫飽的道具，以干謁、賣文、教書、代人書簡等等的形式出現，而所謂的「隱士」，也只是爲了謀生所採取的「形象包裝」，這代表的不僅是「士」這個階層的社會地位降低，連帶的對自我期許，以及社會責任感的降低。〔註 93〕由於生活及社會地位的侷限，江湖詩人詩歌所反應的，多是生活瑣事及自身的喜怒哀樂，以及「關注著和自己息息相關的近在咫尺的世情」。〔註 94〕

中國文人最基本的兩種生活型態，就是仕與隱，但是南宋文人，卻有著特別的兩難，楊萬里有〈寄題劉巨卿家六詠：西隱〉，詩云：「山林與朝市，隱處俱未是。只箇西枝西，默坐且求志。」山林與朝市對於南宋文人來講，皆非是其選項，這些文人囿於官職的難尋，不願或是沒條件走科舉之路，卻也不願枯守山林，於是到處干謁、賣詩或爲他人門客，形成特殊不仕不隱的現象，後村〈和季弟韻，二十首〉之十五，詩中即云：「小隱山林大隱廛，市廛吹不到書邊」〔註 95〕、戴復古〈春日〉:「山林與朝市，何處著吾身」〔註 96〕、〈無策〉:「行藏無兩策，究竟果如何」〔註 97〕、羅與之〈夢迴〉:「山林與朝市，底處豁愁襟」，皆可看出此時文人特殊的感受。

刻，情感力度也不會那麼強烈，他們喜歡有關個人經歷和情感、趣味的『小』詩詞創作」，頁 223。

〔註 91〕參見費君清：〈對南宋江湖詩人應當重新評價〉《文學評論》，1987 年 6 期，頁 155。

〔註 92〕參見吉川幸次郎：《宋詩概說》，頁 239。

〔註 93〕詳細論述可參見王水照、熊海英：《南宋文學史》，頁 255，〈江湖詩人及江湖體〉。以及劉婷婷：《宋季士風與文學》，云及江湖詩人：「不在身預國大事，直接參與國家政策的決定……他們的社會責任感大大減弱，在濟世的理想破滅後轉入了對身邊事物、對生命意義的思考，表現出淡泊的生活態度。」（浙江大學：博士學位論文，2007 年 6 月），頁 46。

〔註 94〕參見胡婷婷：《宋季士風與文學》，頁 152。

〔註 95〕《劉克莊集箋校》，卷十九，頁 1075。

〔註 96〕《戴復古詩集》，卷二，頁 40。

〔註 97〕《戴復古詩集》，卷二，頁 45。

由於上述因素，學者將江湖詩人作品主題，分爲憂國憂民之懷、行謁江湖之悲、羈旅之苦、友誼之求四大項。〔註 98〕雖然據張宏生統計，「憂國憂民」這個主旨的創作，佔《南宋六十家小集》所收五千三百四十首詩中的一百八十餘首，並認爲「所佔的比例，應該說是不小的」〔註 99〕，然比較起來，這類的創作在數量上來講，不得不說是劣勢，且表現出來的情緒大多是很淡的，例如高翥〈采石〉：「爭塵何日盡，北望轉悲淒」、周弼〈宋人之漢上〉：「袖藏密策君門遠，應望中原泣鼓鼙」、鄭林〈皇夸曲・西湖〉：「西湖多少閑春水，不洗中原兩百州」表現出的，是報國無門的無奈與無能無力的感慨。

江湖文人絕大部分的作品，還是表現在大量的唱和與應酬之作，「江湖詩人將詩歌視爲其事業和生存資本所在，在詩歌創作的態度上苦清認眞，在創作過程中努力鍛鍊苦吟，盡其所能，且非常注重平日的相互交流探討，極力推廣詩歌的日常化、社會化、市場化。」〔註 100〕而詩歌的「日常化、社會化、市場化」，就是造成江湖詩歌「俗」的風貌，表現在題材上，就是舉凡日常生活大小事物皆可入詩，表現在技巧上就是口語化及感情的直露，「創作中多用俗字、俗句、俗韻、俗典、俗意，從而體現了文學思想演變過程中迅速崛起的世俗化、通俗化傾向」〔註 101〕，然則江湖詩人詩歌大多反映自身喜怒愛樂以及周遭的生活瑣事，一方面是由於自身見識的侷限，一方面亦是時代的「政治迫害（如江湖詩禍）和社會黑暗使得他們對現狀起一種冷漠感」〔註 102〕，這種「冷漠感」，便是晚宋文人普遍共有的特性。

第三節　劉克莊眼中的晚宋文人

劉克莊文集中有大量的序跋文，常指出時人弊病，因此，即便當時序跋文的風氣如林希逸所言：

> 學貴自知，求知於人，未必以情告我。江湖諸友人人有序有跋，若

〔註 98〕張宏生：《江湖師派研究》，第三章〈主題取向〉，頁 44～76。

〔註 99〕《江湖師派研究》，第三章〈主題取向〉，頁 44。

〔註 100〕參見劉婷婷：《宋季士風與文學》，第三章〈士人精神的失落：江湖文人的創作〉，頁 154。

〔註 101〕參見胡俊林：《永嘉四靈暨江湖派詩傳》，頁 40。

〔註 102〕參見傅璇琮：《江湖詩派研究・序》，頁 5。

> 美矣。或以其淺淡，則曰玄酒太羹；或以其虛泛，則曰行雲流水；疏率失律度，則以瑞芝慶華目之；放浪無繩束，則圖翔龍躍鳳譽之。譏侮百變，而得者亦自喜。〔註 103〕

受邀爲人作序跋，對於作者難免有些溢美之詞，但是其中描述當時文風的狀況，十足可資參考。如劉克莊〈竹溪詩序〉嘗云：

> 唐文人皆能詩，柳尤高，韓尚非本色。迨本朝則文人多，詩人少，三百年間雖人各有集，集各有詩，詩各自爲體，或尚理致，或負才力，或帶辨博，要皆經義策論有韻者爾，非詩也。自二三鉅儒及十數大作家，據未免此病。〔註 104〕

此序大抵作於淳祐四年，對於宋代文風做了概略論述，爲晚年的重點詩論之一，就是詩應回歸本色，屏絕經義策論入詩。〔註 105〕又如後村爲里人詹撚所作的序，〈晚覺翁稿序〉云：

> 近時詩人，竭心思搜索極筆力雕鐫，不離唐律，少者二韻，或四十字，增至五十六字而止。前一輩以此擅名，後生歆慕，人人有集，皆輕清華豔，如露蟬之鳴木杪，翡翠之戲苕上，非不娛耳而悅目也。然視古詩，蓋有等級。毋論騷選，求一篇可以藉手見岑參、高適輩人，難矣。雖窮搜索之功，而不能掩其寒刻削之態。〔註 106〕

此前輩詩人當指四靈，近歲詩人由於盲目的模仿四靈，導致「雖窮搜索之功，而不能掩其寒刻削之態」的文風，以下遂針對後村對於四靈、江湖的檢討做一闡述。

壹、後村對四靈、江湖的檢討

後村早年四靈、江湖時期，是對於江西詩派弊端的反動而起，但劉克莊所謂的「唐音」，與四靈、江湖派所謂的「唐音」有層次上的不同，四靈、江湖派的主張限於姚、賈，而劉克莊的「唐音」則放大到盛唐以降，對於李杜韓柳亦多推崇，如〈跋李賈縣尉詩卷〉：「謂詩至唐猶存則可，詩至唐而止則

〔註 103〕〔宋〕林希逸：〈林君合四六跋〉，《竹溪鬳齋續集》，收入於王雲五主持《四庫全書珍本二集》（臺北市：台灣商務印書館，1970 年），卷一三二。

〔註 104〕《劉克莊集箋校》，卷九十四，頁 3996。

〔註 105〕《劉克莊集箋校》，卷九十四，頁 3998。

〔註 106〕《劉克莊集箋校》，卷九十七，頁 4082。

不可。李杜，唐之集大成者也；梅陸，本朝之集大成者也。」〔註 107〕劉克莊的唐體指的就是唐代的律詩，所以他又稱爲「唐律」、「律體」、「近體」，其代表人物就是姚賈；而相對唐體，他又提出了所謂的「古體」，以元稹、白居易、韋應物、柳宗元爲突出的代表，如〈趙逢原詩序〉云：「古體深得韋柳遺意，律體不范姚賈一字。」〔註 108〕〈李賈尉縣詩卷〉云：

> 學唐而不本李杜，學本朝而不由梅陸，是猶喜蓬户之容膝，而不之友建章千門之巨麗；愛葉舟之掀浪，而不知有龍驤萬斛之負載也。〔註 109〕

提出學唐當學李杜，學本朝則當學梅陸，當時的江湖派爲了反江西詩派等宋詩，力主學唐詩而挽救其弊，但他們學的是姚賈式的晚唐體，但末期反而也爲詩壇帶來了另一種弊端。劉克莊雖然身處江湖派之中，即便早期「苦吟不脫晚唐詩」〔註 110〕，但後能瞭解其弊端，並竭力糾正，亦可以視爲是對江湖詩人的超越。

大致上來說劉克莊早期對江湖派的認同，泰半是出於對江西的反動，我們可以將江西詩派視爲一個百年的學杜風潮，在〈韓隱君詩集序〉中云：「古詩出於情性發必善，今詩出於記問博而已，自杜子美未免此病。資書以爲詩失之腐，捐書以爲詩失之野。」後村雖然肯定杜甫的詩歌成就，但對於江西派的「資書以爲詩」提出了反對，但是也不完全的贊同江湖派的「捐書以爲詩」。

對於劉克莊的學詩歷程我們還可以看到〈病起〉其九：「變風而下世無詩，幼學西昆壯爲恥。老去僅名小家數，向來曾識大宗師。百年不覺皤霜鬢，一字誰能斷數髭。誠叟放翁幾日死，著鞭萬一詩肩隨。」如同劉克莊自己在〈刻楮集序〉中說得「余初由放翁入，後喜誠齋。」其實陸游與楊萬里對於江湖詩也是有影響的，放翁於四靈江湖的影響重在「不主江西」；誠齋則重在主「晚唐」〔註 111〕。而劉克莊能融合江西詩派與江湖詩派，與他晚年學習楊萬里與陸游似乎有密不可分的關係。

劉克莊晚年看到了江湖派的缺失，於是復歸江西，對於兩派的缺失亦做

〔註 107〕《劉克莊集箋校》，卷九十九，頁 4175。
〔註 108〕《劉克莊集箋校》，卷九十七，頁 4064。
〔註 109〕《劉克莊集箋校》，卷九十九，頁 4175。
〔註 110〕《劉克莊集箋校》，〈自勉詩〉，卷四，頁 258。
〔註 111〕《南宋詩人論》，〈江湖派泛論〉，頁 203。

了許多批評，〈劉圻父詩序〉云：

> 余嘗病世之爲唐律者，膠攣淺易，窘局才思，千篇一體；而爲宗派者，則又馳騖廣遠，蕩棄幅尺，一嗅味盡。〔註 112〕

〈林同詩〉云：

> 余常患近人之作，多俗間淺近之言，少事外高遠之趣。達者酣豢寵利，窮者夢想功名，情見乎詞，千人一律。〔註 113〕

〈聽蛙詩〉又云：

> 近時小加數不過點對風月花鳥，脱換前人別情閨思，以爲天下之美在是，然力量輕，邊幅窘，萬人一律。〔註 114〕

「千篇一體」、「千人一律」、「萬人一律」的情形使後村感到厭倦，曾自云：「余少嗜章句，格卑調下，故不能高，既老，遂廢不爲。」〔註 115〕葉適在其〈題劉潛夫南嶽詩稿〉亦云：

> 往歲徐道暉諸人，擺落近世詩律，斂情約性，因狹出奇，合於唐人，誇所未有，皆自號四靈云。於時劉潛夫年甚少，刻琢精麗，語特驚俗，不甘爲雁行比也。今四靈喪其三矣，家鉅淪沒，紛唱迭吟，無復第敘。而潛夫思益新，句益工，涉歷老練，佈置闊遠，建大旗鼓，非子孰當？……而進於古人不已，參雅頌、轉風騷可也，何必四靈哉？〔註 116〕

而從水心這段話，我們還可以看出水心後期以及後村三十三歲左右，對於四靈詩學的反動。四庫館臣在〈雲泉詩提要〉云：

> 宋承五代之後，其詩數變，一變而西昆，再變而元祐，三變而江西。江西一派，由北宋以逮南宋，其行最久。久而弊生，於是永嘉一派以晚唐體矯之，而「四靈」出焉。然四靈名爲晚唐，其所宗實止姚合一家，所謂「武功體」者是也。其法以新切爲宗，而寫景細瑣，邊幅太狹，遂爲宋末江湖之濫觴。葉適以鄉曲之故，初力推之，久而亦覺其偏，始稍異論焉。〔註 117〕

〔註 112〕《劉克莊集箋校》，卷九十四，頁 3970。
〔註 113〕《劉克莊集箋校》，卷九十六，頁 4061。
〔註 114〕《劉克莊集箋校》，卷九十七，頁 4095。
〔註 115〕〔宋〕劉克莊：《後村先生大全集》，卷九十六，送謝旿。
〔註 116〕〔宋〕葉適撰，劉公純、王孝魚、李哲夫點校：《葉適集》卷二十九。
〔註 117〕《四庫全書總目提要》，卷一百六十五，集部十八，別集類十八，頁 1410。

四庫館臣認爲四靈詩乃源於矯正江西，然流於「細瑣狹隘」，就連當初鼓吹的葉適，也做了反省修正。〔註 118〕

後村在嘉定十二年（1219），三十三歲時曾經有一次焚稿的舉動，「公少作幾千首，嘉定乙卯，自江上奉祠歸，發故篋，盡焚之，僅存百首，是爲《南嶽舊稿》」〔註 119〕將年少時數千首詩付之一炬，而後僅留百首名曰南嶽舊稿，這些焚毀的詩是由於其後不滿四靈體，遂效誠齋焚其江西體少作。〔註 120〕但是從留下來的詩句中，仍然可見四靈的影子。四庫館臣在〈芳蘭軒集〉云：

> 葉適作照墓誌，稱「其詩數百，琢思尤奇。皆橫絕欻起，冰懸雪跨，使讀者變掉憀栗，肯首吟歎，不能自已。然無異語，皆人所知也，人不能道耳」。所以推獎之者甚至。而吳子良《荊溪林下偶談》則謂適雖不沒其所長，而亦終不滿之。故其跋劉潛夫詩卷，又有「進乎古人而不已，何必四靈」之語。後人不知，以爲水心宗晚唐者，誤也。蓋四靈之詩，雖鏤心鉥腎，刻意雕琢；而取逕太狹，終不免破碎尖酸之病。」〔註 121〕

可知葉適在嘉定四年（1211）徐照的墓誌銘尚且對四靈尊晚唐表示贊同，且云：「然則發今人未悟之機，回百年以廢之學，使後復言唐詩自君始，不亦詞人墨卿之一快矣！」〔註 122〕但在〈題劉潛夫南嶽詩稿〉裡的「何必四靈哉。」可以看出水心對四靈的不滿。

雖然後期劉克莊對四靈詩學理論不完全認同，但對於年少時的師友，該如何去談論，便顯得格外兩難，劉克莊在爲其友翁定《瓜圃集》所寫的序中云：

> 近歲詩人，惟趙章泉五言有陶、阮意，趙蹈中能爲韋體。如永嘉詩人極力馳驟，才望見賈島、姚合之藩而已。余詩亦然，十年前始自厭之，欲息唐律，專造古體。〔註 123〕

〔註 118〕參見曾守正：《權力、知識與批評史圖像——《四庫全書總目》「詩文評類」的文學思想》（臺北：臺灣學生書局，2008 年 9 月，初版），頁 86。

〔註 119〕《四庫全書總目提要》，卷一百六十二，集部十五，別集類十五，頁 2289。

〔註 120〕參見辛更儒：〈略論劉克莊的歷史地位及其成就〉，《劉克莊集箋校》，頁 20。向以鮮：《劉克莊焚毀早期詩稿的詩學衝動》《求索》，2008 年，頁 188～190。

〔註 121〕《總目》，卷一百六十二，集部十五，別集類十五。

〔註 122〕〔宋〕葉適撰，劉公純、王孝魚、李哲夫點校：〈徐道暉墓誌銘〉，《葉適集》卷十七，頁 322。

〔註 123〕《劉克莊集箋校》，卷九十四。

可知後村大抵是嘉定十六年（1223）至紹定元年（1228），後村因落梅詩案被累時期，開始對於四靈體作全面的檢討。〔註 124〕

後村〈王祕監合齋集序〉嘗云：「文字至永嘉，無餘蘊矣。」〔註 125〕方回〈送羅壽可詩序〉亦云：

> 嘉定而降，稍厭江西，永嘉四靈復爲九僧舊，晚唐體非始於此四人也。后生晚進不知顛末，靡然宗之，涉其波而不究其源，日淺日下。〔註 126〕

可知四靈詩到了後期越來越粗糙、破碎，失去了詩該有的美感，對於這種缺失，後村開始檢討，「不僅主張作古體，而且極力提倡作長詩」〔註 127〕

貳、四靈的另一面

四靈的生命歷程，反映出了當時的時代氛圍與社會環境，四靈出生於南宋與金交戰的轉折期，這一時期的政局，由孝宗隆興元年（1163）符離之戰後，雙方維持了幾十年的和平局面，對外以屈辱苟安爲能事，對內則文官愛財、武將怕死，然而四靈師從主張恢復的葉適，難道沒有從其中繼承到其思想脈絡嗎？

此處欲由另一個角度來檢視四靈，胡俊林嘗云：「在留存不多的四靈詩歌中，並不缺少關注時局、憂國憂民的篇章。」〔註 128〕四靈的詩中固然有反應現實的詩作，但泰半還是小詩，並喜歡在其中表現「小」的事物，如此一來「用筆必然走上細微一路，即刻劃的細膩性」〔註 129〕，在此略舉幾首四靈作品以茲說明。

趙師秀〈九客一羽衣泛舟分韻得尊字就送朱幾仲〉中云：

〔註 124〕參見向以鮮：《超越江湖的詩人——後村研究》，頁 183，辛更儒：〈略論劉克莊的歷史地位及其成就〉，《劉克莊集箋校》，頁 21。程章燦：《劉克莊年譜》於此序並無繫年，然同卷之前〈陳敬叟集序〉繫於紹定六年（1233），其後〈艾軒集序〉繫於嘉熙三年（1238），由此可知〈瓜圃集序〉大抵作於紹定六年（1233）至嘉熙三年（1238）之間，上推十年爲嘉定十六年（1223）至紹定元年（1228）。

〔註 125〕《劉克莊集箋校》，卷九十九。

〔註 126〕〔元〕方回：《同江續集》，卷 32。

〔註 127〕參見王錫九：〈劉克莊的「唐律」觀〉，載於《安徽師範大學學報》第 35 卷，第 2 期（2007 年 3 月），頁 188。

〔註 128〕胡俊林：《永嘉四靈暨江湖派詩傳》，頁 9。

〔註 129〕《江湖詩派研究》，第四章〈審美情趣〉，頁 92。

有客何多髯，吐氣鄰芳蓀。慷慨念時事，所惜智者昏。

砭療匪無術，諱疾何由論。北望徒太息，歸歟尋故園。〔註 130〕

藉由送朱幾仲來表達對於時事的感慨，討論國家大事，最後只能感嘆「所惜智者昏」了。徐璣亦有〈傳胡報二十韻〉，詩云：

胡虜無仁義，興衰匪百年。如何憑氣力，久欲靖中邊。

異類依天角，黃頭住海輭。愚堪呼鹿豕，健母學鷹鸇。

猰狄時方憊，燕雲耗頗傳。奸臣貧拓境，黠計落空拳。

氈毳分伊水，旌旗濕汴川。鶯花春自老，風雨夜相連。

文物東南盛，舟車蜀廣聊。規模垂翼翼，鼎石賴乾乾。

五福祥光近，千齡厚澤綿。雨晴均化日，豐穰慶秋田。

食獸聞相啎　，干戈鬥欲纏。瓜分爭塊壤，鼎沸逐埃涓。

亡北惟堪伺，良圖盍自堅。藩籬兼謹守，閫外勿輕捐。

晉趙非殊異，山河本渾全。人心方激切，天道有迴旋。

王佐存諸葛，中興仰孝宣。何當渭橋下，拱揖看駢闐。〔註 131〕

表現出了時局的關注，並渴望能出現像漢宣帝般的中興之主，以及孔明般的賢相輔佐，進而達到恢復中原的理想。翁卷亦有〈贈張亦〉，詩：「興兵又罷兵，策士恥無名。乍見秋風起，猶生萬里情。借窗臨水歇，沽酒對花傾。示我新詩卷，如編眾玉成。」〔註 132〕亦對當時苟安的政治環境多加著墨，其它還有像徐璣的〈送太守傅尚書易鎮當涂二十韻〉、〈送蔡侍郎鎮建寧〉、〈送翁靈舒游邊〉等，都是表現憂患意識的作品。

第四節　劉克莊眼中的當代忠臣良將

前述曾論及後村詩文中，南渡初的忠臣、良將，此處遂考察劉克莊眼中的近歲忠臣良將，劉克莊所處得時代，宋金處於相對穩定的局勢，因此沒有像岳飛、韓士忠、宗澤般的忠臣良將，但是還是有一些值得稱頌的人物，如〈挽崔丞相三首〉云：

先帝謀元帥，煩公護蜀淮。軍皆歌范老，民各像乖崖。

〔註 130〕《全宋詩》，卷二八一四，頁 33826。
〔註 131〕《全宋詩》，卷二七七七，頁 32858。
〔註 132〕《全宋詩》，卷二六七三，頁 31413。

北顧猶關慮，西歸已卷懷。早令扶日月，寧不掃氛霾。〔註133〕

崔與之（1158～1239），崔與之詞章造詣高，被尊爲「粵詞之祖」，爲菊坡學派代表人物。從政數十年，以「無以財貨殺子孫，無以政事殺民，無以學術殺天下後世」自警，一生不置產，不蓄妓，不收贈禮。在晚宋士風敗壞的當下，無疑是個特殊的存在。〔註134〕

此外，對於宋金戰爭中傷亡的將士亦有描寫，如〈二將〉云：

二將同時死，路人聞亦哀。力窮鏖轉急，圍厚突難開。

戰骨尋應在，殘兵間有迴。傷心郵遞裡，隔日捷書來。〔註135〕

詩下有小註云：「石俣、韓仔」，可知此詩乃記載嘉定十二（1219）年金兵犯濠州時，「兩將以一身之死，易千萬人之生；以數百裹創之卒，爲千里長城之衛。」〔註136〕以身殉國來守護家園。另有〈陳盧一〉詩云：

幾載皖山耕，忽提孤劍行。戰場中有骨，尺籍上無名。

馬自尋歸路，身空試賊營。卻疑兵解去，曾說鍊丹成。〔註137〕

陳盧一生平無法考，辛更儒箋注推斷：「據詩意，亦在淮南戰死者。」〔註138〕後村在詩中感嘆「戰場中有骨，尺籍上無名」，多少以身報國的將兵，卻不見於史冊。

也有對等不到援軍而戰死的守將表示欽佩的，〈聞何立可李茂欽訃〉二首之一云：

初聞邊報暗吞聲，想見登譙與虜爭。

世俗今猶疑許遠，君王元未識眞卿。

傷心百口同臨穴，極目孤城絕救兵。

多少虎臣提將印，誰知戰死是書生。〔註139〕

據元人吳師道《吳禮部詩話》載：「嘉定中，金人犯蘄黃，蘄守李誠之茂欽、黃守何大節立可死之，後村有〈聞二守臣訃〉詩……《宋寧宗紀》書此事云：『何大節棄城，李誠之死之。』後村〈答傅伯成建議書〉極辯何公初護官吏

〔註133〕《劉克莊集箋校》，卷十二，頁。

〔註134〕《宋史・崔與之傳》，卷406。

〔註135〕《劉克莊集箋校》，卷一，頁27。

〔註136〕〔宋〕劉宰：〈濠州新建石將軍廟記〉，《漫塘集》收入於王雲五主持《四庫全書珍本九集》（臺北市：台灣商務印書館，1970年），卷二一。

〔註137〕《劉克莊集箋校》，卷一，頁29。

〔註138〕同上註。

〔註139〕《劉克莊集箋校》，卷四，頁218。

士民過武昌，復自還黃守，半月城破，為虜騎擁入大江以死，而逃死殞民誣以遁。」〔註 140〕據《宋史》載：

> 嘉定十四年二月，金人犯淮南。時誠之已逾滿，代者不至，欲先遣其孥歸，聞難作而止。……會黃州失守，並兵為一，凡十餘萬。池陽、合肥援兵敗走，朝命馮榯援二郡，榯至境，遷延不進。誠之激厲將士，勉以忠義。城陷，率兵巷戰，殺傷相當。子士允力戰死，誠之引劍將自剄，呼其孥曰：「城已破，汝等宜速死，無辱！」〔註 141〕

記載李誠之屢退金兵的過程，然最後依舊等不到援軍，只好自剄而死。後村不僅為何大節翻案，亦提出「多少虎臣提將印，誰知戰死是書生」多少勇武之臣在朝為將，然則為民守城戰死的都是讀書人。

另外對於早期的幕僚同事，有兩首詩可以放在一起看，〈哭黃直卿寺丞〉二首之二詩云：

> 當年出塞共臨戎，箭滿行營戍火紅。
> 督府凱旋先請去，堅城築就獨無功。
> 身謀彼此皆迂闊，國事中間偶異同。
> 莫怪些詞含哽噎，在時曾賞小詩工。〔註 142〕

〈聞黃德常除德安倅〉詩云：

> 幕下相從若弟兄，當年曾悔誤談兵。
> 足行江北生重趼，髮為山東白幾莖。
> 病擁琴書專一壑，老攜檄筆赴孤城。
> 暮雲不見關山路，空有天涯故舊情。〔註 143〕

黃榦（1152～1221）、黃伯固（生卒年不詳），兩人與後村皆同為江淮幕府的舊識，詩中對於早年在金陵共事的過往，感到懷念與驕傲。與黃榦在前線時的情況是「當年出塞共臨戎，箭滿行營戍火紅。」以及「督府凱旋先請去，堅城築就獨無功」，而與黃伯固似乎交情不錯，「幕下相從若弟兄，當年曾悔誤談兵。」面對過往同事的逝世，後村不僅想起當初再前線心懷壯志的情形，也對於好友的離開感到不捨。

〔註 140〕〔元〕吳師道：《吳禮部詩話》（北京：中華書局，1985 年，第一版），頁 13。
〔註 141〕《宋史・忠義四》，列傳二百八，卷四四九。
〔註 142〕《劉克莊集箋校》，卷四，頁 213。
〔註 143〕《劉克莊集箋校》，卷四，頁 257。

第六章　宋亡前後的文人心態反撥

魯迅在〈小品文的危機〉一文云：「唐末詩風衰落，而小品放了光輝。但羅隱的《讒書》，幾乎全部是抗爭和憤激之談；皮日休和陸龜蒙自以爲隱士，別人也稱之爲隱士，而看他們在《皮子文藪》和《笠澤叢書》中的小品文，並沒有忘記天下，正是一塌胡塗的泥塘裡的光彩和鋒鏟。」〔註1〕這種「沒有忘記天下」特徵，正是劉克莊於晚宋所以獨特之處。

然唐末的情況與晚宋並不盡相同，唐末的滅亡經歷了一段軍閥藩鎮間的攻防征戰，皇室實際上早已失去了實權，因此文人是很清楚的，看見一個朝代慢慢的瓦解，因此由唐至後梁的文人，並沒有那麼深的亡國感慨。

晚宋文人實際上雖感受到國家不濟，但卻沒有想到眞的會亡國，如陸游〈示兒〉云：「死去元知萬事空，但悲不見九州同。王師北定中原日，家祭無忘告乃翁。」〔註2〕當時尚處晚宋的開端，雖剛經歷開禧北伐的失敗，但陸游心中依舊是覺得有朝一日能重返中原故土的；而後村在宋蒙聯合滅金後，有〈端嘉雜詩〉二十首，詩云：「不及生前見虜亡，放翁易簀憤堂堂。遙知小陸羞時薦，定告王師入洛陽。」〔註3〕表示放翁生前來不及見到金人滅亡，此時雖是聯蒙滅金，但還是可以感到國家終有恢復之日的期望；但到了眞的亡國後，林景熙（1242～1310）〈書陸放翁詩卷後〉云：

天寶詩人詩有史，杜鵑再拜淚如水。
龜堂一老旗鼓雄，勁氣往往摩其壘。
輕裘駿馬成都花，冰甌雪椀建溪茶。

〔註1〕參見魯迅：《南腔北調集》（人民文學出版社，1973年8月，第一版），頁136。
〔註2〕《劍南詩稿校注》，卷八十五，頁4542。
〔註3〕《劉克莊集箋校》，卷十一，頁679。

承平麾節半海宇，歸來鏡曲盟鷗沙。

詩墨淋漓不負酒，但恨未飲月氏首。

床頭孤劍空有聲，坐看中原落人手。

青山一發愁濛濛，干戈況滿天南東。

來孫卻見九州同，家祭如何告乃翁！〔註 4〕

宋亡後，林景熙隱居縣治白石巷，以宋室遺民自稱，此詩據胡應麟〈閏餘中・南渡〉條云：「林景熙收宋帝遺骨，樹以冬青，爲詩紀之。複有歌〈題放翁卷後〉」〔註 5〕可知此詩作於元世祖至元二十二年（1285），「冬青之役」後。詩中開頭即遙想天寶年間，經歷安史之亂而作詩史的杜甫，將杜甫與放翁的形象重疊。放翁在〈三月十七日夜醉中作〉一詩中云：「逆胡未滅心未平，孤劍床頭鏗有聲。」〔註 6〕放翁一生矢志北伐，卻苦無機會，然而依舊「孤劍床頭鏗有聲」，但這個「鏗有聲」，到林景熙之時，卻已成「空有聲」，且「坐看中原落人手」，放翁臨終前九州同的心願，如今已然實現，不過國家卻已滅覆，這種情況兒孫「家祭如何告乃翁」，胡應麟亦云：「每讀此，未嘗不未滴淚也。」〔註 7〕這種難以啓齒的悲愒，亦是南宋遺民的心聲。

南宋走向滅亡，是天翻地覆的，蒙古自咸淳十年（1274）起，對南宋發動大規模的全面進攻，德佑元年（1275）元軍下江南，德佑二年（1276），元兵攻入臨安，同年三月擄恭宗與全太后等皇室三千人北上，而益、廣二王在陸秀夫（1236～1279）、蘇劉義（1232～1279）等人的保衛下來到溫州，五月來到福州，建立流亡政權，祥興二年（1279），蒙軍破崖山，陸秀夫背負帝昺蹈海，至此大宋三百年政權終止。

南宋實際上在元兵攻入臨安時就已亡了，從發動全面進攻僅兩年的時間，偏安江左一百五十多年政權，就此覆滅。面對宋元異代鼎革，這中國歷史的一大巨變，文人其實是沒有準備好的，突然就必須面對異族統治，心中感到無所適從，並開始對於晚宋這段時期做出檢討。歸根究底，是由於聯蒙滅金導致引狼入室，以下便由此展開闡述。

〔註 4〕〔元〕林景熙撰；章祖程、陳增傑補注：《林景熙集補注》，收入於《浙江文叢》（杭州市：浙江古籍出版社，2012 年，第 1 版）。

〔註 5〕〔明〕胡應麟：《詩藪》（上海：上海古籍出版社，1958 年），雜編，卷五，頁 318。

〔註 6〕《劍南詩稿校注》，頁 299。

〔註 7〕同註 11。

第一節　從「聯盟滅金」到「端平入洛」

開禧北伐戰敗後，緊接著嘉定議和，紹定六年（1233）九月，蒙古軍進圍蔡州，十月，宋軍與蒙古軍聯合進圍蔡州城，端平元年（1234）金哀宗自殺，金亡，宋聯蒙滅金勝利。周密《齊東野語》云：「端平元年甲午，史嵩之子申開荊湖閫，遂與孟珙合韃兵夾攻蔡城，獲亡金完顏守緒殘骸以歸，乃作露布，以誇耀一時，且繪八陵圖以獻朝廷，遂議遣使修奉八陵。」〔註8〕

金朝滅亡，對南宋而言，乃報了百年來的屈辱，眞德秀〈甲午二月，應詔上封事〉云：「中原之失，則取之於本朝，前代之憾可捐，而祖宗之恥不可以不雪，惟其名義之不同，故或以規恢爲當舉。」二帝北行之屈終可雪恥。然則聯合蒙古卻是引狼入室的作法，當時有識之士未嘗不知，如眞德秀又云：「臣觀荊襄露布之上，具述得蔡之由，若盡出於我者。然以微盧、燕貉等語觀之，是又不能不藉於我，何邪？自有載籍以来，與夷狄國共事者，未嘗無禍。」〔註9〕自古以來「與夷狄國共事者，未嘗無禍。」提出文人的擔憂。

南宋曾與蒙古口頭約定，聯合滅金後，以河南之地歸宋。然事後蒙古否認，朝中遂起了收復河南、三京（東京開封府、西京河南府、南京歸德府）之舉，時宰相鄭清之當國，在理宗的僥倖心裡的授意下，便決定出兵河南。

當時朝野反對的聲音佔大多數，但仍堅持出師，最後就在「主帥成功之心太切，在各種準備特別是糧餉嚴重不足」的情況下以「端平入洛」的失敗坐收。後村〈眞德秀行狀〉即云：「端平元年九月己酉，入對，上曰：卿（眞德秀）去國十年，每切思賢。時襄閫代去，江淮出師，取三京，王師果潰於洛陽。退守泗州。」〔註10〕，此舉加劇了宋蒙之間的矛盾，端平二年（1235）宋蒙戰爭全面爆發，自此展開長達半世紀的戰爭，「將使天下之勢，自安以趨於危」〔註11〕，明初史家王禕（1321～1372）〈跋克金露布〉形容此次事件：

> 嗚呼，靖康之變，中國之禍極矣！宋、金之仇，所謂不共戴天者也。而南渡君臣乃至於忍恥以事仇，何哉？孽秦之罪，于上通於天。而當時仁人義士，所爲扼脈切齒而深悲也。端平初元，上距靖康且百

〔註 8〕《齊東野語》，卷五〈端平入洛〉條，北京，中華書局《古小說叢刊》金心點校本，一九八六年，頁 51、52。

〔註 9〕眞德秀：《西山集》，卷一三。

〔註10〕《劉克莊集箋校》，卷一六八，頁 6497。

〔註11〕莊仲方編：《南宋文範》（臺北：鼎文書局，1975 年 1 月，初版），卷 12，引許翰：〈論三鎭疏〉，頁 1。

餘年，開邊之議，訖無所成。而金人至是亦再南遷，國已不能爲，蔡城之滅，豈天實爲之乎？然名則爲復仇，故其露布之文理順而辭烈，使昔時仁人義士及見之，庶是少紓其悲矣。抑亦孰知唇亡齒寒？古有明鑒，一金雖克而宋隨之，爲尤可悲也。露布爲忠義校尉程君萬所纂。〔註 12〕

晚宋的宋蒙關係就如同北宋末年的宋金關係一般，然則「一金雖克而宋隨之，爲尤可悲也。」誠如西哲黑格爾的名言：「歷史給我們的教訓是，人們從來都不知道汲取歷史的教訓。」

「端平入洛」是端平元年（1234），後村四十八歲，時眞德秀帥閩，後村以將作簿應辟兼閔幕帥司參議官。爾後便擠身於端平朝列，由此至淳祐五年（1245）五十九歲，這段時間爲宦遊地方時期，又在淳祐六年（1246）六十歲，至景定三年（1262）七十六歲間，置身通顯。因此從「端平入洛」的失敗，到後村致仕這段時間，凡二十八年間，後村由壯年走向暮年，國家亦由偏安走向戰亂。

這段時間內，後村幾次入朝卻都遭到疏罷，又與鄭清之、史嵩之交惡，〔註 13〕在經歷仕途起伏後，又加上體衰多病，後村入世之心漸淡，如雜記云：「但得一粗官，苟俸祿以送老卒矣。」〔註 14〕雖然對邊防的關心依舊表現在詩文之中，但比例上已大不如前。

觀察後村的作品可以發現，後村出仕時期的詩作既少又平庸。〔註 15〕充滿大量的挽贈詩，蒙古正式出師南侵是在寶佑五年（1257），時後村提舉明道宮閑居在家，此時宋蒙間雖小戰爭不斷，卻沒有立即危機感。後村閒居之時對邊事時有所聞，但漸感到年老力衰，表現在詩歌上，是如〈居厚弟示和詩復課十首〉其四：「近傳鐵馬哨楡關，想見西南殺氣蟠。常恐漏名青史上，不令效命白衣間」

〔註 12〕〔明〕王禕：《王忠文公文集》，收入於《北京圖書館古籍珍本叢刊》（北京市：北京圖書館書目文獻社，1988 年），卷一七。

〔註 13〕案：孫克寬〈晚宋政爭中之劉後村〉一文中，歸納出劉克莊平生所涉及的晚宋政治有三大事：首先，被遷入江湖詩案，與史彌遠爲敵，終身論事也齦齦於濟王案的昭雪。次者，與鄭清之的關係，即擠身於端平朝列，又在淳佑間置身通顯，可是和鄭氏鬧了個不歡而散。再者，遷入史嵩之「奪情」案內，和史嵩之也成了不解之仇。

〔註 14〕《劉克莊集箋校》，卷一百一十二，頁 4678。

〔註 15〕案：此處可參景紅錄：《劉克莊詩歌研究》，第一章〈士隱交錯的心路歷程與復變相融的詩歌軌跡〉，頁 141～155。

〔註16〕其六：「病夫豈有力翹關，腹憤胸奇漫結蟠。昔臂靈旗窮塞下，今腰長鑱亂山間。」〔註17〕〈送湖叔獻被召二首〉：「有豺當道憑誰問？無鳳鳴陽恐國空。」〔註18〕〈送趙將崇熱一首〉：「邊地猶防哨，中原屢失機。君豪橫槊去，吾老荷鋤歸。」〔註19〕〈又聞邊報四首〉「少狂曾似身摩壘，衰暮今無力拓關。」〔註20〕〈又即事四首〉：「老不預人家國事，自撐一葉向深灣。」〔註21〕〈又和，感舊四首〉：「恩許乞身鏡湖曲，老難效命玉門關」〔註22〕〈甲寅元日二首〉：「少小逢場老罷休，衰殘更閱幾春秋」、「七袠駸駸病鮮懽，君恩猶許備祠官」〔註23〕〈戊午元日二首〉之二：「敗絮蕭然擁病身，久疎朝謁作閒人。」表現出雖關心邊防戰事，但畢竟身體條件以不允許了，自嘆無力報國。

就在後村暮年之際，賈似道登上臺閣，趙翼《二十二史箚記》云：「至於賈似道專國，威權震主，至度宗爲之下拜，其權更甚於檜與彌遠。」〔註24〕這位南宋亡國宰相，在其當權時，僅有零星批評聲音，但宋亡後，抨擊聲浪便排山倒海而來。

賈似道掌權，乃從理宗開慶元年（1259）鄂州保衛戰始，賈似道與蒙古私下議和，後卻上表向理宗告捷，隻字不提求和之事。理宗景定元年（1260），加賈似道少師，封衛國公。景定五年（1264），理宗卒，度宗立，自此開始賈似道權傾朝野。而後村自景定三年（1262）七十六歲便「引年納祿」歸故里，景定五年（1264）左眼盲，到了咸淳三年（1267）後，便完全失明了，以目疾致仕，卒於於咸熙五年（1269），十年後，祥興二年（1279）南宋崖山海戰敗，宋亡。

對於後村晚年與賈似道的關係，前已論述，遂在此提出與劉克莊時間重疊的吳文英，兩人皆處於晚宋最後一段時間，且皆卒於南宋滅亡前十幾年。不同之處乃後村時已高齡八十，且雙眼全盲，夢窗則大約五十餘歲，尚處壯年，因此兩人晚年所見，及所表現出來的風格便不盡相同。葉嘉瑩云吳文英

〔註16〕《劉克莊集箋校》，卷十九，頁1062。
〔註17〕《劉克莊集箋校》，卷十九，頁1063。
〔註18〕《劉克莊集箋校》，卷二十，頁1105。
〔註19〕《劉克莊集箋校》，卷二十，頁1126。
〔註20〕《劉克莊集箋校》，卷二十，頁1137。
〔註21〕《劉克莊集箋校》，卷二十，頁1141。
〔註22〕《劉克莊集箋校》，卷二十，頁1134。
〔註23〕《劉克莊集箋校》，卷二十，頁1127。
〔註24〕《二十二史箚記》，卷二六，〈秦檜史彌遠之攬權〉，頁506。

的詞中「確確實實有一種對國家危亡的感慨，而且這種悲慨相當強烈」〔註25〕在其〈八聲甘州・陪庾幕諸公遊靈岩〉中可觀，詞云：

渺空煙四遠，是何年、青天墜長星？幻蒼崖雲樹，名娃金屋，殘霸宮城。箭徑酸風射眼，膩水染花腥。時靸雙鴛響，廊葉秋聲。宮裏吳王沉醉，倩五湖倦客，獨釣醒醒。問蒼天無語，華髮奈山青。水涵空，闌幹高處，送亂鴉，斜日落漁燈，連呼酒，上琴台去，秋與雲平。〔註26〕

此詞作於理宗紹定中（1228～1233），吳文英入蘇州倉幕時。「庾幕諸公」乃當時管糧倉的官吏，上闋以描述靈岩山的環境起筆，帶出「名娃金屋，殘霸宮城」、「膩水染花腥」歷史興衰的感慨，下闋「宮裏吳王沉醉」斥責夫差因沉溺於歌舞、美色之中，導致亡國，以古諷今，在暗示當權者耽溺於西湖山水之中，又誤信賈似道〔註27〕，詞中既不著痕跡的以景喻國，又深切的表達興亡滄桑之感，既迫於現實的無可奈何，又哀婉無窮。

理宗嘉熙三年（1239）正月，吳文英四十歲時，「吳潛由慶元府改知平江」，吳潛（1195～1262）字毅夫，號履齋，與吳文英過從甚密。平江爲今蘇州，兩人相約滄浪賞梅，夢窗有詞〈金縷歌・陪履齋先生滄浪看梅〉云：

喬木生雲氣。訪中興、英雄陳跡，暗追前事。戰艦東風慳借便，夢斷神州故里。旋小築、吳宮閑地。華表月明歸夜鶴，歎當時、花竹今如此。枝上露，濺清淚。遨頭小簇行春隊。步蒼苔、尋幽別塢，問梅開未？重唱梅邊新度曲，催發寒梢凍蕊。此心與、東君同意。後不如今今非昔，兩無言、相對滄浪水。懷此恨，寄殘醉。〔註28〕

借由賞梅之機，喻情於景，直抒胸懷，通過滄浪著梅，「訪中興、英雄陳跡」歌頌抗金名將韓世忠，表現對「後不如今今非昔」現狀不滿。開篇即以「喬木生雲氣」的開闊場景帶出此地英雄形象，以《詩經・小雅・伐木》：「出自幽谷，遷于喬木」的典故，暗示韓世忠被秦檜排斥打擊後，迫遷居滄浪一事。

〔註25〕參見葉嘉瑩：《南宋名家詞選講》，頁160。

〔註26〕〔宋〕吳文英撰；吳蓓校箋：《夢窗詞彙校箋釋集評》，收入於《浙江文叢》（杭州市：浙江古籍出版社，2012年，第1版）。

〔註27〕參見葉嘉瑩《南宋名家詞選講》，云：「當時南宋的君主，他們整日沉溺於享樂之中，任用奸佞誤國的賈似道。賈似道在前方納重幣向敵人求和，然後向朝廷謊稱他已經消滅了敵人，而國君居然一點都不知道」，頁193。

〔註28〕〔宋〕文天祥：《文信國集杜詩》，收入於王雲五主編：《四庫全書珍本八集》（臺北：台灣商務印書館，1970年）。

並以此地「暗追前事」，帶出黃天蕩之捷中「戰艦東風慳借便，夢斷神州故里。」據《宋史記事本末》載：「兀術刑白馬以祭天，及天霽風止，兀術以小舟出江，世忠絕流擊之。海舟無風不能動，兀術令善射者乘輕舟，以火箭射之，煙焰蔽天，師遂大潰，焚溺死後不可勝數。世忠僅以身免，奔還鎮江。」〔註 29〕韓世忠在黃天蕩以八千人的兵力，抗擊著金兀術的十萬大軍，堅持了四十八日。黃天蕩之役，雖然使兀術「不敢再言渡江」，但韓世忠也因遭受火攻而退回鎮江。「戰艦東風慳借便，夢斷神州故里。」並於詞中表示，當初只欠「東風」，助韓世忠一臂之力，那麼克復神州便很可能實現。最後以「後不如今今非昔」襯托出夢窗與履齋兩人只能「兩無言、相對滄浪水。懷此恨，寄殘醉。」

劉壎（1240～1319）亦有詩，〈嘲賈似道〉云：「三百年余歷數更，東南萬里看升平。黃金臺上麒麟閣，混一元勳是賈生。」〔註 30〕天水一朝三百年歷史，就在偏安東南之中結束，黃金臺與麒麟閣皆有賢臣良將的隱喻，元勳亦指爲建立新的國家或某朝代立大功的人。宋度宗即位後，稱賈似道爲「師臣」，朝中大臣亦附和，稱其爲「周公」。劉壎以誇獎賈似道，諷刺當時朝廷被賈似道欺瞞，當然賈似道亦有開國之功，不過並非於宋朝，而是於元朝，賈似道的誤國導致南宋覆滅，元朝遂取而代之。

第二節　南宋的亡國心態

夏承燾嘗云：「有宋一代詞事之大者，無如南渡及崖山之覆，當時遺民孽子，身丁種族宗社之痛，詞愈隱而志愈哀，實處唐詩人未遘之境，酒邊花間之作，至此激爲西台朱鳥之音，洵天水一朝之文異彩矣。」〔註 31〕宋亡遺民文人，一掃宋季衰敝之氣，面對蒙古鐵騎侵略，文天祥、鄭思肖、汪元量等文人，表現出遺民詩風如鄭思肖〈陷虜歌〉：「痛哉擗胸叫大宋，青青在上寧無聞」激昂悲壯的一面。這部份學者已多有討論，〔註 32〕且超出本文論述範

〔註 29〕《宋史紀事本末》，卷六十四。

〔註 30〕〔宋〕劉塤：《隱居通議》，收入於《叢書集成初編》（北京：中華書局，1985 年，新一版），卷十一，詩歌六〈吟詠誅奸〉條，頁 119。

〔註 31〕夏承燾：《天風閣學詞日記》，收入於《夏承燾集》（五）（杭州：浙江古籍，1998 年，初版），頁 231。

〔註 32〕如方勇：《南宋遺民詩人群體研究》（北京：人民出版社，2000 年 6 月）。

圍，於此想要提出的，是這些宋亡後文人，如何回憶、檢討晚宋這段時期的政治與歷史。

自咸淳十年（1274）起，元軍對南宋發動大規模的全面進攻，南宋將領大多逃亡或投降，南宋降將之多，連忽必烈也感到吃驚。〔註 33〕雖有文天祥〈信云父〉所云：「幾多江左腰金客，便把君王作路人」之輩，或如汪元量〈醉歌十首〉其八：「湧金門外雨晴初，多少紅船上下趨。龍管鳳笙無調韻，卻撾戰鼓下西湖。」詩中所描繪的臨安人，沒有多少亡國之恨，依舊在享樂遊玩之徒。亦有「一大批詩人持節不屈，爲宋之志士遺民，這是之前的時代不曾有過的現象」〔註 34〕這些遺民，在宋亡之前亦多屬於江湖詩人；然「宋垂亡，詩道反振」〔註 35〕，詩歌便在這一場糊塗的泥塘裡綻放光彩。

嚴耕望曾云：「研究一個時代或朝代，最少要懂三個時代或朝代。」〔註 36〕亦即斷代史研究，背後要有三個朝代作爲基礎背景。比較中國歷史上分裂時期，歷史上南方政權亡國的不僅宋室，還有南陳（557～589）與南明，我們可以簡略比較遺民的悲劇性亡國心態不同。

歷史上同爲南方政權的南陳，是南朝的最後一個朝代，陳朝建立之時，已出現南朝轉弱，北朝轉強的局面，最後被隋文帝南征之戰所滅，而魏晉南北朝的長期分裂，於開皇八年（588）至翌年（599），完成統一。

南朝是東晉宋齊梁陳經歷一百多年，且隋朝在顛覆南朝之時，已經歷過漢化，隋文帝楊堅（541～604）亦是漢族，在「文化認同」上，南陳遺民可以較快的接受其「正統」。隋煬帝楊廣本身更一度對江南文學十分沈迷，因此文化撞擊上沒有那麼激烈，然則宋亡，就是眞的亡了，是天崩地解的「亡天下」，標誌著中國歷史上第一次的全面亡國，不僅是一般意義上的朝代更替，而是一個異族徹底征服的過程。

爾後亦有同爲南方政權的南明，明崇禎十七年（1644）正月，李自成在西安稱帝，建國「大順」，三月十九攻克北京，崇禎皇帝朱由檢殉國，明朝宗室及遺留大臣多輾轉南逃，其殘餘勢力據淮河以南。明朝一開始並非是亡於異族，而是亡於流寇，而明朝最好的軍隊在北方，結果吳三桂卻引清兵入關。

〔註 33〕《南宋政治史》，第八章〈南宋的滅亡〉，頁 432。
〔註 34〕王水照、熊海英：《南宋文學史》，第四章〈王朝終局與文學餘響〉，頁 322。
〔註 35〕〔清〕賀裳：《載酒園詩話》，林景熙條。
〔註 36〕嚴耕望：《治史經驗談》（臺北：臺灣商務印書館，民國 74 年第 4 版，頁 12）。

清康熙二十二年（1683），寧靖王朱術桂自殺殉國，南明最後一個政權的覆滅，滿清統一中國。

但南明的滅亡，有其緩衝時期，崇禎十七年（1644）至朱由榔永曆十六年（1662），中間有十八年的緩衝期，且南明宗室奔波在江南，十八年間士大夫常常覺得有希望復興，鄭成功更一度沿著長江打到南京。

歷史上南明與南朝有些類似，都是經歷很長一段時間「慢性自殺」後，才亡國。晚宋覆滅，卻是天崩地滅的異族改革，元兵於咸淳十年（1274）發動全面進攻，短短兩年時間，德佑二年（1276）元兵就攻入臨安，爾後雖苟延殘喘到祥興二年（1279）南宋正式結束，至多不過四年的時間。且南宋與南朝、南明不同，是直接亡於異族蒙古，且南宋滅亡太快，士大夫心中沒有任何準備，因此在文人心境上，南宋之亡或許最為痛楚，也更為激烈。

明遺民常以南宋滅亡之事借代，如錢謙益（1582～1664）在其〈後秋興之十三〉云：

海角崖山一線斜，從今也不屬中華。
更無魚腹捐軀地，況有龍涎泛海槎？
望斷關河非漢幟，吹殘日月是胡笳。
嫦娥老大無歸處，獨倚銀輪哭桂花。

錢謙益此詩以崖山海戰，南宋政權的顛覆，來比喻南明敗亡；南明遺民常用南宋的滅亡來借替南明的滅亡，崖山亦常出現在其詩作中。明人胡翰（1301～1387）〈臥龍崗觀賈丘壑故第〉開頭云：「宋祚移東南，會稽國內地。」詩後如此描述魯港之敗：「祝栗風南厲，魯港十萬師。開征一聲潰，木披本先蠹。」〔註37〕

而南宋遺民，又如何在詩文中表現崖山之敗？劉因（1249～1293）〈白雁行〉云：

北風初起易水寒，北風再起吹江干。
北風三起白雁來，寒氣直薄朱崖山。
乾坤噫氣三百年。一風掃地無留錢。
萬里江湖想瀟洒，佇看春水雁來還。〔註38〕

劉因是北方元朝漢人，雖非南宋人，且於元世祖中統年間曾任武邑縣令，然

〔註37〕〔明〕胡翰：《胡仲子集》，收入於《叢書百部集成》（臺北：藝文出版社，1968年），卷十。

〔註38〕〔元〕劉因：《靜修先生文集》，收入於《叢書集成初編》（北京：中華書局，1985年，新一版），卷七，頁128。

其心依舊牽掛宋室，至元十一年（1274），元朝下詔伐宋；大軍浮漢入江，水陸并進，順流而下。不到兩年，宋亡。劉因頗傷宋朝爲奸臣所誤，拘留元朝國使以挑兵釁，終致國亡，遂作《渡江賦》以哀之。據元人蘇天爵（1294～1352）〈靜脩先生劉公墓表〉云：「獨好長嘯。嘗遊西山，當秋風木落時，作一曲而感慨係之。王師伐宋，先生作〈渡江賦〉以哀之。」〔註 39〕劉因〈白雁行〉詩中，以北風喻蒙古元兵，從「易水寒」「吹江干」「白雁來」，最後導致「直薄朱崖山」，杜甫〈九日〉有「舊國霜前白雁來」之句，白雁至則霜降，藉以形容元軍帶來的侵略，「乾坤噫氣三百年。一風掃地無留錢」三百年天水一朝毀於蒙古鐵蹄之下。

侯克中（生卒年不詳）〈題陸君實死節卷後〉：

宣公苗裔有餘馨，耿耿丹心醉六經。

獨力生難扶社稷，全家死不負朝廷。

世間民聽猶天聽，海底台星拱帝星。

歲月不消忠義氣，崖山十倍向時青。〔註 40〕

詩中描繪陸秀夫背幼帝蹈海的情形，一人支撐著宋室，至死不負宋廷的忠義形象。又吳澄（1249～1333）〈文信公崖山贈歐陽伯雲詩〉云：「主亡國滅此何時，贈別從容尚有詩。心畫心聲俱歆羨，心如鐵石只心知。」〔註 41〕描寫文天祥從容就義的氣概。

第三節　宋亡前後文人的反思

在時代的「今衰」之下，更能映托出「昔盛」，唐末如此，宋季亦然，在強烈的不穩定因素下，這種末世的感受、大時代的社會經驗，表現在文人的書寫之中，將自身的遭遇與時代的整體性，由眼前景象回溯歷史而產生亡國之憂、離黍之悲的意象。

晚宋遺民汪元量，四庫館臣謂其：「其詩多慷慨悲歌，有故宮離黍之感。

〔註 39〕〔元〕蘇天爵：《滋溪文稿》（北京：中華書局，1997 年，第一版），卷八，頁 112。

〔註 40〕〔元〕侯克中：《艮齋詩集》，收入於王雲五主編：《四庫全書珍本初集》（臺北：台灣商務印書館，1970 年），卷三。

〔註 41〕〔元〕吳澄：《吳文正集》，收入於王雲五主編：《四庫全書珍本二集》（臺北：台灣商務印書館，1970 年），卷九十二。

於宋末諸事，皆可據以徵信。」〔註 42〕經歷國家覆滅的亂世前後，創作了大量的詩史作品，其中有對賈似道的批評，如〈越州歌〉之六云：「師相平章誤我朝，千秋萬古恨難消。蕭牆禍起非今日，不賞軍功在斷橋！」也有紀錄賈似道一連串的情況，從〈賈魏公雪中下湖〉：「凍木號風雪滿天，平章猶放下湖船。獸爐金帳羔兒美，不念襄陽已六年。」〔註 43〕為紀錄咸淳八年（1274）襄陽府降元前的情形，又〈賈魏公出師〉：「奏罷出師表，翻然辭廟堂。千艘空寶玉，萬馬下錢塘。□許命貞主，欺孤欲假王。可能清海岱，宗社再昌唐。」〔註 44〕此詩描述德佑元年（1275）賈似道出師建督的情形，同年又作〈孫殿帥從魏公出師〉：「我宋麒麟閣，公當向上名。出師休背主，誓死莫偷生。社稷逢今日，英雄在此行。忽為兒女態，一笑欲傾城。」〔註 45〕孫殿帥為孫虎臣，蒙古陷池州時，賈似道令其率軍往截，至丁家洲，與敵相接，虎臣臨陣先遁，宋軍遂魯港大敗。這一系列的詩作，沒有正面批評，但句句諷刺之極，藉由讚揚賈似道及孫虎臣，來反諷其無能導致亡國。

劉辰翁之子劉將孫（1257～？），於元成宗元貞二年（1296），南宋已亡二十餘年時，過樟鎮（今江西清江縣）清江橋作了一首〈沁園春〉，詞云：

> 流水斷橋，壞壁春風，一曲韋娘。記宰相開元，弄權瘡痏，全家駱穀，追騎倉皇。彩鳳隨鴉，瓊奴失意，可似人間白麵郎。知他是：燕南牧馬，塞北驅羊。啼痕自訴衷腸，尚把筆低徊愧下堂。歎國手無棋，危途何策，書窗如夢，世路方長。青塚琵琶，穹廬笳拍，未比渠儂淚萬行。二十載，竟何時委玉，何地埋香。

整首詞以唐時安史之亂來借古諷今，「記宰相開元，弄權瘡痏，全家駱穀，追騎倉皇。」借楊國忠弄權誤國，導致安史之亂之事，來影射賈似道誤國，導致當年元軍攻破臨安擄掠、蹂躪的情形，「燕南牧馬，塞北驅羊」之句，表示異族南下牧馬對於百姓生活帶來的巨大轉變，然而「歎國手無棋，危途何策」自己空有報復卻不在其位，無能為力，「書窗如夢，世路方長」劉將孫以一介書生立身於亂世，瞻望前程不禁慨然以悲。以下便整理文人對於賈似道的檢討作品。

〔註 42〕《四庫全書總目提要・湖山類稿》，頁 2189。

〔註 43〕《增訂湖山類稿》，卷一，頁 5。

〔註 44〕同前註。

〔註 45〕《增訂湖山類稿》，卷一，頁 6。

壹、對於賈似道的批評

宋亡之際出現許多檢討賈似道得失的聲音，將南宋亡國責任皆歸咎於賈似道誤國，劉塤嘗云：「宋之失國，賈似道爲之也。」〔註46〕周密亦云：「似道誤國之罪，上通於天，不可悉數。」〔註47〕皆可視爲文人對於前朝覆亡的檢討。

文天祥〈讀杜詩〉嘗云：「耳想杜鵑心事苦，眼看胡馬淚痕多。」〔註48〕到了國家滅亡之際，詩人將自身的遭遇與杜甫重疊，表現在其《集杜詩》〔註49〕中，〈社稷・第一〉詩前小序云：「三百年宗廟社稷，爲賈似道一人所破壞，哀哉。」詩云：「南極連銅柱，煌煌太宗業。始謀誰其間？風雨秋一葉。」中國古代集句詩多以寫景抒情爲主，文天祥的集句詩乃以敘事爲主，其序言即云：「昔人評杜詩爲詩史，蓋以其詠歌之辭，寓記載之實，而抑揚褒貶之意，燦然於其中，雖謂之史可也。予所集杜詩，自余顛沛以來，世變人事，概見於此矣。」可知文天祥有意以詩存史。〈社稷第一〉詩中開頭稱讚宋太宗開國的輝煌事蹟，後兩句提問「始謀誰其間？」由一葉便可知秋，與詩前小序賈似道誤國相呼應。

又〈誤國權臣・第三〉詩前小序云：「似道尚邦之政不一而足，其覊敵始開邊釁，則兵連禍結之始也，哀哉。」詩云：「蒼生倚大臣，北風破南極。開邊一何多，至死難塞責。」所集杜詩之句與前序所云天衣無縫，道盡賈似道權臣誤國之罪。

釋文珦（1210～？）亦有〈過賈似道葛嶺舊居〉：

> 順逆人獸心，成敗翻覆手。鬼神不相容，子孫豈能守。
> 昔者過此門，歌鐘會群醜。今者過此門，闃然已豐蔀。
> 羞死滿庭花，顰殘數株柳。空室走鼪鼯，荒池長蝌蚪。

〔註46〕〔宋〕劉壎：《隱居通議》（北京：中華書局，1985年，新一版），卷十一〈吟詠誅奸〉條，頁120。

〔註47〕〔宋〕周密：《癸辛雜識》，收入於《歷代史料筆記叢刊》（北京：中華書局，1988年，第一版），後集，〈賈相制外戚抑北司戢學校〉條。

〔註48〕〔宋〕文天祥：《文山先生全集》，收入於王雲五主編：《萬有文庫第二集，七百種國學基本叢書》（上海：商務印書館，1935年9月，第一版），卷十四，頁527。

〔註49〕〔宋〕文天祥：《文信國集杜詩》，收入於王雲五主持：《四庫全書珍本八集》（臺北：台灣商務印書館，1960年，初版。）以下文天祥集杜詩皆出於此，不另著出處。

轉眼即淒涼，況復百年後。積釁多自戕，盛德斯可久。

富貴如浮埃，於身竟何有。爲謝高明人，非義甚勿取。〔註 50〕

據此詩可知釋文珦亦是由宋入元的遺民，德佑元年（1275）賈似道魯港兵敗後，罷官、貶逐，途中被監送官鄭虎臣擅殺於漳州。賈似道葛嶺舊居，乃度宗爲其所建，賈似道每日在其中享樂，朝中大事的商議，官員皆需到其宅邸商議，詩中對賈似道批評至極，形容其「順逆人獸心，成敗翻覆手。」所做之事「鬼神不相容」，用形容賈宅的沒落、淒涼，來警惕世人「積釁多自戕，盛德斯可久。」汪元量亦有〈賈魏公府三首〉其一云：

葛嶺當年宰相家，游人不敢此行過。

柳陰夾道鶯成市，花影壓闌蜂鬧衙。

六載襄陽圍已解，三更魯港事如何。

棟樑今日皆焦土，新有園丁種火麻。〔註 51〕

同樣藉由賈似道宅邸的形象來對照宋朝的覆滅，當初「柳陰夾道鶯成市，花影壓闌蜂鬧衙。」如今卻「棟樑今日皆焦土，新有園丁種火麻。」而這一切又要歸咎於其魯港之敗，可知宋亡前後文人對於賈似道的諸多批評，多從其「魯港之敗」而發，以下爬梳文人作品以資說明。

貳、魯港之敗

魯港之敗，是導致宋亡的關鍵，據《續資治通鑑》載：

賈似道以精稅七萬餘人盡屬孫虎臣，軍于池州之下流丁家洲，夏貴以戰艦二千五百艘橫亙江中，似道自將後軍軍魯港。貴失利于鄂，恐督府成功，無所逃罪，又恐虎臣新進出己上，殊無鬥志。……虎臣先鋒將姜才方接戰，虎臣遽過其妾所乘舟，眾見之，讙曰：「步帥遁矣！」軍遂亂。夏貴不戰而走，以扁舟掠似道船，呼曰：「彼眾我寡，勢不支矣！」似道聞之，錯愕失措，遽鳴鉦收軍，舳艫簸蕩，乍分乍合。阿珠與鎮撫何瑋、李庭等，以小旗麾將校，左右掎之，殺溺死者不可勝計，軍資器械盡爲元所獲。〔註 52〕

〔註 50〕〔宋〕釋文珦：《潛山集》，收入於王雲五主持：《四庫全書珍本初集》（臺北：台灣商務印書館，1960 年，初版），卷三。

〔註 51〕〔宋〕汪元量撰；孔凡禮輯校：《增訂湖山類稿》（北京，中華書局，1984 年 6 月，第一版），卷一，頁 16。

〔註 52〕《續資治通鑑》，卷一八一。

賈似道與孫虎臣二人，見蒙古兵就聞風喪膽，不戰而逃，造成南宋軍隊死傷慘重，也奠定了宋亡的前因。劉辰翁（1232～1297）與後村同爲辛派詞人「三劉」之一，是由宋入元的遺民文人。其〈六州歌頭〉云：

向來人道，眞個勝周公。燕然眇，浯溪小，萬世功，再建隆。十五年宇宙，宮中羼，堂中伴，翻虎鼠，搏鵰雀，覆蛇龍。鶴發龐眉，憔悴空山久，來上東封。便一朝符瑞，四十萬人同。說甚東風，怕西風。甚邊塵起，漁陽慘，霓裳斷，廣寒宮。青樓杳，朱門悄，鏡湖空，裏湖通。大纛高牙去，人不見，港重重。斜陽外，芳草碧，落花紅。拋盡黃金無計，方知道、前此和戎。但千年傳說，夜半一聲銅。何面江東。〔註 53〕

詞前有小序云：「乙亥二月，賈平章似道督師至太平州魯港，未見敵，鳴鑼而潰。後半月聞報，賦此。」可知這首詞係作於德祐元年（1275），賈似道魯港之敗後半個月，1274 年，蒙古軍破鄂州，國家處於危殆境地，迫於朝野輿論壓力，賈似道率軍到前線督戰。他故伎又施，百般求和，但卻遭拒絕。元軍攻來，賈似道軍不戰自潰，倉皇遁逃。西元 1276 年，元軍攻破臨安，南宋滅亡。

詞的上片重在揭露賈似道魯港兵敗前飛揚跋扈的醜態。開篇即以「向來人道，眞個勝周公」來諷刺賈似道，人們以周公比賈似道，希望其能創不朽之功業，「十五年宇宙，宮中，堂中伴，翻虎鼠，搏鵰雀，覆蛇龍」描述自景定元年進賈似道少師，封衛國公，到德佑元年魯港軍敗，十五年中，南宋朝局賈似道玩弄於股掌之間。「拋盡黃金無計，方知道、前此和戎」面對危局，賈似道又打算私下求和，無奈「拋盡黃金」也和議不成，揭露從前的承平的假象，不過是乞和的結果。王奕亦有〈水調歌頭〉云：

長江衣帶水，歷代鼎彝功。服定衣冠禮樂，聊爾就江東。追憶金戈鐵馬，保以油幢玉壘，烽燧幾秋風。更有當頭著，全局倚元戎。攢萬舸，開一棹，散無蹤。到了書生死節，蜂蟻愧諸公。上有皇天白日，下有人心青史，未必竟朦朧。停棹撫遺跡，往恨逐冥鴻。

詞下有小序云：「過魯港丁家州，乃德佑渡江之地，有感」詞人在此地「停棹撫遺跡，往恨逐冥鴻」感嘆當時魯港的恥辱，當時人們寄盼賈似道能抵抗元軍，沒想到賈似道卻「攢萬舸，開一棹，散無蹤」據《癸辛雜識・魯港風禍》載：

〔註 53〕《全宋詞》，頁 1099。

或謂賈平章魯港之師，嘗與北軍議定歲幣，講解約於來日各退師一舍，以示信。既而西風大作，北軍之退西者旗幟皆東指。南軍都撥發孫虎臣意以爲北軍順風進師，遂倉忙告急于賈，賈以爲北軍失信而相紿，遂鳴鑼退師。及知其悮，則軍潰已不可止矣。是南軍既退之後，越一宿而北軍始進，蓋以此也。嗚呼！天乎！〔註 54〕

面對強大的元軍，賈似道已心懾膽破根本不敢應戰，時元軍調動軍隊，因西風大作，旗幟指向東方，孫虎臣以爲北軍順風進攻，倉卒向賈似道告急，賈不辨虛實，鳴鑼退師，以至一退而不可收拾，終至大潰。

汪元量亦有〈魯港〉一詩云：

博徒無計解其紛，夜半鳴鉦潰萬軍。

魯港朔風掀惡浪，吳山寒日翳愁雲。

周褒媚已終亡國，孟德斯孤忍負君。

大木已顛天柱折，錢塘江上雁成群。〔註 55〕

「夜半鳴鉦潰萬軍」形容宋軍的不堪一擊，以「周褒媚已終亡國」來暗指賈似道，又〈魯港敗北〉云：

夜半槌金鼓，南邊事已休。三軍坑魯港，一舸走揚州。

星殞天應泣，江喧地欲流。欺孤生異志，回首媿巢由。〔註 56〕

「三軍坑魯港，一舸走揚州。」將士死傷無數，只有一艘船逃回了揚州〈越州歌二十首〉亦云：「魯港當年傀儡場，六軍盡笑賈平章。三聲鑼響三更後，不見人呼大魏王。」揭露了權奸敗政誤國的眞面貌。

文天祥亦有〈魯港〉：「方誇金塢築，豈料玉床搖。國體眞三代，江流舊六朝。鞭投能幾日，麗解不崇朝。千古燕山恨，西風卷怒潮。」〔註 57〕又其〈魯港之遁第十四〉詩下小序云：「已未鄂渚之戰何勇也，魯港之遁何衰也。人心已去，國事瓦解，當是時須豪傑拔起，首禍知權奸無救禍之理，哀哉。」詩云：「出師亦多門，水陸迷畏途。蹭蹬麒麟老，危檣逐夜烏。」點出了魯港之遁造成人心的喪失，導致國事瓦解。又方回有〈送男存心如燕，二月二十五日夜，走筆古體〉云：

〔註 54〕〔宋〕周密：《癸辛雜識》，續集下。

〔註 55〕《增訂湖山類稿》，卷四，頁 117。

〔註 56〕《增訂湖山類稿》，卷一，頁 6。

〔註 57〕《文山先生全集》，卷十四，《指南後錄》，頁 494。

魯港出師敗，嶘臣叫九蒼。數其十可斬，乃先竄炎荒。

珠之木棉庵，身死國亦亡。爲相亡人國，自合以命償。〔註58〕

參、金陵意象

早在東晉之時，金陵便已成爲重建江左政權的象徵，對於魏晉時期的金陵意象，鄭毓瑜指出是一種地域與權力關係的游移，以及「正統」的想像，〔註59〕也可說是從洛陽到建康，權力轉移的過程，南朝時金陵還是一種帝王權力的表徵，如謝朓（464～499）〈隋王鼓吹曲・入朝曲〉：「江南佳麗地，金陵帝王州。逶迤帶綠水，迢遞起朱樓。飛甍夾馳道，垂楊廕御溝。凝笳翼高蓋，疊鼓送華輈。獻納雲台表，功名良可收。」〔註60〕此詩描寫鎮西隨王入朝面君時所睹的帝國風光，及因功受賞的榮耀，這時的金陵，從三國孫吳到當時的蕭齊，已有四朝建都於此，所以稱其爲「帝王都」。

唐代之時，經過李白（701～762）的歌詠，其所作〈鼓吹入朝曲〉即是直接仿效謝朓詩，章法與風格都極其相近：

金陵控海浦，淥水帶吳京。鐃歌列騎吹，颯沓引公卿。

槌鐘速嚴妝，伐鼓啓重城。天子憑玉几，劍履若雲行。

日出照萬户，簪裾爛明星。朝罷沐浴閒，遨遊閬風亭。〔註61〕

又如〈月夜金陵懷古〉：「蒼蒼金陵月，空懸帝王州」〔註62〕、〈金陵新亭〉：「舉目山河異，偏傷周顗情」〔註63〕，但此時唐帝國正盛，詩中所表現出的只是詩人對於前朝的遙想，感嘆帝國興衰的歷史，到了劉禹錫（772～842）〈金陵五題〉，其奠定的「金陵意象」更加明確，此地遂成爲「一個令人愉快的詩的廢墟之城」〔註64〕。

〔註58〕《桐江續集》，卷二十五。

〔註59〕參鄭毓瑜：《文本風景》，頁33～58。

〔註60〕〔宋〕郭茂倩輯：《樂府詩集》（上海：上海古籍社，1998年11月），卷二十，〔鼓吹曲辭〕，頁248。

〔註61〕〔唐〕李白著；瞿蜕園、朱金城校注：《李白集校注》（上海：上海古籍出版社，1980年12月），卷五，〔樂府〕，頁394。以下唐宋文人作品，有集子者以其爲主，其餘以《全唐詩》、《全宋詩》、《全宋詞》爲主。

〔註62〕〔唐〕李白著；瞿蜕園、朱金城校注：《李白集校注》（上海：上海古籍出版社，1980年12月），卷三十，〔詩文遺補〕，頁1696。

〔註63〕同上註，卷三十，〔詩文遺補〕，頁1697。

〔註64〕〔美〕宇文所安：〈地：金陵懷古〉，收入於樂黛雲、陳珏編選：《北美中國古典文學研究名家十年文選》（南京：江蘇人民出版社，1996年），頁139。

然到了南宋，此六朝古都遂成爲抗金前線，成爲文人心中的北伐據點；前面章節曾提到南渡之初，文人對於定都金陵的渴望，但到了宋末，眼看北伐無望，大部分的文人選擇消極的陷溺於和平的假象，而有志之士只能感嘆朝廷的不濟與遙想舊時的榮景，宋季的文人，表面上對於南宋的政局已不再關心，不再身預國家大事，對於社會的責任感大大地降低，在濟世的理想破滅後轉入了對身邊事物、對生命意義的思考，表現出淡泊的生活態度。〔註 65〕周密（1232～1298）〈金陵懷古〉:「遠岸商歌不忍聽，恨隨纖草滿沙汀。春歸王謝空堂燕，風散齊梁廢苑螢。紫蓋黃旗人寂寞，瓊枝璧月事飄零。新亭風景時時異，惟有垂楊似舊青。」詩中的「不忍聽」，道出時代的悲哀。

汪元量（1241～1317）詩中，亦可見戰火烽煙景象，如《湖州歌・九十八首》其十三:「金陵昨夜有降書，更說揚州一戰輸。淮北淮南淸未了，又添軍馬下東吳。」〔註 66〕將南宋時空，與三國時空錯置，藉由舊時戰亂，來反應現實情況，南歸重遊金陵後作〈鶯啼序・重過金陵〉:

> 金陵故都最好，有朱樓迢遞。嗟倦客、又此憑高，檻外已少佳致。更落盡梨花，飛盡楊花，春也成憔悴。問青山、三國英雄，六朝奇偉。
>
> 麥甸葵丘，荒台敗壘。鹿豕銜枯薺。正朝打孤城，寂寞斜陽影裏。聽樓頭、哀笳怨角，未把酒、愁心先醉。漸夜深，月滿秦淮，煙籠寒水。
>
> 淒淒慘慘，冷冷清清，燈火渡頭市。慨商女不知興廢。隔江猶唱庭花，餘音亹亹。傷心千古，淚痕如洗。烏衣巷口青蕪路，認依稀、王謝舊鄰里。臨春結綺。可憐紅粉成灰，蕭索白楊風起。
>
> 因思疇昔，鐵索千尋，謾沈江底。揮羽扇、障西塵，便好角巾私第。清談到底成何事。回首新亭，風景今如此。楚囚對泣何時已。歎人間、今古眞兒戲。東風歲歲還來，吹入鐘山，幾重蒼翠。〔註 67〕

描寫金陵逝去美好，如今「更落盡梨花，飛盡楊花，春也成憔悴。問青山，三國英雄，六朝奇偉？」原本應該「當共戮力王室，克復神州」無奈士大夫

〔註 65〕參劉婷婷：〈宋季士風與文學〉（浙江大學：博士學位論文，2007 年 6 月），頁 46。

〔註 66〕《增訂湖山類稿》，卷二，頁 32。

〔註 67〕《增訂湖山類稿》，卷五，頁 180。

對時局危難束手無策，導致「作楚囚相對」，最後只能「歎人間、今古眞兒戲！」又其〈石頭城〉亦云：「一片降帆千古淚，前人留與後人哀。」〔註 68〕皆是無限感慨。

而丹心報國的文天祥（1236～1282）在〈金陵驛二首〉其一云：「滿地蘆花和我老，舊家燕子傍誰飛？從今別卻江南路，化作啼鵑帶血歸。」〔註 69〕又〈建康〉詩：「山勢猶盤礡，江流以變更。健兒徒幽土，新鬼哭台城。」〔註 70〕在被伏北去之時，眼見的金陵王氣已不復在，面對殘山剩水，六朝興廢枯榮的歷史內涵，與亡國悲痛精神契合，表現出委婉而含蓄，但又悲壯誠懇，使人讀之慨然。也就因此種複雜心境，使得宋季金陵有更深層、沉痛的意涵。

到了明遺民，金陵不僅是眞正國都更是歷史的嚮往，這種空間的變化表現在文人的書寫之中，如陳子龍（1608～1647）於南明覆亡後，有〈秋日雜感〉十首，其一云：「滿目山川極望哀，周原禾黍重徘徊。丹楓錦樹三秋雨，白雁黃雲萬里來。夜雨荊榛連茂苑，夕陽麋鹿下胥臺。振衣獨上要離墓，痛哭新亭一舉杯。」〔註 71〕又龔鼎孳（1615～1673）〈上巳將過金陵〉云：「倚檻春愁玉樹飄，空江鐵鎖野雲銷。興懷何限蘭亭感，流水青山送六朝。」〔註 72〕此時金陵意象與南宋時又有更深一層的內含。

詩人所賦予的「金陵意象」，除了金陵本地所背載的歷史，更與當時國家的興盛、時局的安定與否，有著密切的關係，但是放諸中國懷古傳統，詩人對於這一個記憶中的地景進行再創造，並賦予它意義的同時，通常已經不是一種純粹的文學活動，而是一種自古流傳下來的「詩言志」傳統，總是希望在感懷的同時，能有所寄託，亦即「價値並非地點本身所故有的而是被賦予的感知地點」〔註 73〕；而對比於唐代，南宋的政治局勢，以及東南半壁、殘山半水的局勢，都與這些六朝的江左政權，有著相同的背景，也就是在這種情況之下，南宋文人不管是在詩，或是詞的創作上，「金陵意象」這一個主題，自然成爲一個熱門的創作題材。

〔註 68〕《增訂湖山類稿》，卷四，頁 116。
〔註 69〕《文山先生全集》，卷十四，《指南後錄》，頁 495。
〔註 70〕同前註。
〔註 71〕〔清〕陳子龍：《安雅堂集》（台北：偉文圖書公司 1977 年），卷十六，頁 916。
〔註 72〕〔清〕龔鼎孳：〈上巳將過金陵〉，收入於錢仲聯主編《清詩紀事》（南京：鳳凰出版社，2004 年），頁 1391。
〔註 73〕〔美〕宇文所安〈地：金陵懷古〉，頁 141。

而金陵的形象，從六朝時期象徵帝王政權的標的物，到後來轉化成爲詩人寄託情志的對象，這整個轉變是很有趣的，同樣的一個地景，在不同的朝代，文人的感觸亦不盡相同，Milk Crang 談到文學地景時云：

> 地理學和文學都是有關地方與空間的書寫。兩者都是表意作（signification）的過程，也就是在社會媒介中賦予地方意義的過程。〔註 74〕

藉由以上初步整理其嬗變過程，我們可以發現歷代文人所賦予的地方意義與形象，對於金陵這個空間的共通感知所進行得再創造與建構，可使我們對於金陵此一文學地景，有更深一層的認識。

〔註 74〕〔美〕Milk Crang 著；王志弘、余佳玲、方淑惠譯：《文化地理學》（臺北市：巨流，2003 年），頁 59。

第七章　結　論

北宋末與南宋末，國家顛覆、滅亡之際，使文人眞正經歷離黍之悲與亡國之痛，於是寄託於詩詞，慷慨激昂的唱出時代悲歌，然本文所討論，就是在這兩個天翻地覆的時代巨變中間，那一段偏安的過程。文人雖能隱隱感受到世道衰頹，但卻囿於時代侷限，所反映出末世感受，卻是很淡的。

傅璇琮在《江湖詩派研究》序裡嘗言：「過去的一些論著，往往說他們只管個人瑣細的眼前利益，而不關心國家大事，實際上評論者沒有看到當時的國家所給予這些詩人的是怎樣一種重壓，江湖派詩人的心靈創傷不僅來自於生活貧困所受到的世人白眼，而更主要的是來自於這一時期和社會的令人窒息的壓力。」〔註 1〕而這個「令人窒息的壓力」，便是源於社會政治腐敗所帶來的憂慮感，使其不得不冷漠以求自保。

文學批評若不置於文人所處的社會環境與語境當中，往往會囿於己見，歷來對於晚宋文人諸多批評，卻沒有全面瞭解當時的社會狀態，面對江河日下的國勢，文人並非毫無感受，只是表現出來的手法有所差異，詹安泰在〈論寄託〉一文曾指出：「及至南宋，則國勢陵夷，金元繼迫，憂時之士悲憤交集，隨時隨地，不遑寧處；而時主昏庸，權奸當道，每一命筆動遭大僇，逐客放臣，項背相望，雖卻不掩抑其辭，不可得矣。故詞至南宋最多寄託，寄託亦最深婉。」〔註 2〕這裡的「寄託」，就是文人不敢直言之下的產物。

本文的論述，主要透過劉克莊將晚宋國勢與文壇做一連結，如同緒論中所言，歷來對於劉克莊的研究，多注重在其詩詞的創作上，有學者亦提出劉

〔註 1〕參見傅璇琮：《江湖詩派研究・序》，頁 3～4。
〔註 2〕參見詹安泰：〈論寄託〉，收入《詹安泰詞學論集》，頁 222。

克莊生命歷程的兩種面相，其一自是以愛國文人的身份，其二是歸隱故里的地方精英。然光是愛國文人的形象，歷來的討論亦是片面的，多由辛派詞人爲出發點切入，零星的與史料做串連。本文在前人基礎上，力求還原晚宋時代脈動與文人心態變遷。因此有了「南渡初期政治環境與文人心態」、「劉克莊眼中的南宋前期文人」、「晚宋時代巨變與文人心態」、「晚宋時代巨變與文人心態」、「從劉克莊看當代文人心態」、「宋亡前後的文人心態反撥」等六個議題討論。

第二章，「南渡初期政治環境與文人心態」的討論，首先透過整理南宋詩詞中的「北伐」、「北征」、「中興」、「恢復」等詞彙的運用，藉以分析文人心中對於這些不同程度想像的取捨；接著由「金陵」意象，論述南宋朝野的政治選擇，並透過劉克莊，連繫南渡初期及晚宋對於定都金陵的看法；最後分析南渡初期和戰議題及語言箝制與奉祠制度等因素，影響晚宋政壇與文人政治地位，最後導致其心態轉變的因果。晚宋文人此時「令人窒息的壓力」，一部分是對南渡初政治風氣的延續與繼承，南渡初期，高宗爲了鞏固政權，一方面不想北伐，一方面又必須顧及朝野主戰人士的聲音，遂多次重用主戰派大臣，卻又借秦檜、汪彥博、黃潛善等人之手，賦予其權力加以制肘，並藉由政治鬥爭手法來剷除異己。衍生而出就是「文禁」與「語禁」，大興文字獄，用語言箝制思想，造成文人心裡上莫大的壓力，使文人在創作題材、主旨上格外謹慎，那種直接諷刺朝政的詩作，自然不會出現。

且晚宋與日俱增的財政危機與日趨敗壞的士風，亦是源於南渡初期「三冗」生態的延續，冗官、冗兵、冗費導致了晚宋文人政治地位降低，造成文人對朝廷失望，也使得憂患意識在文人詩作裡不常出現。即便南渡後「民日以窮，兵日以弱，財日以匱，士大夫日以無恥。」〔註3〕這種國將不國的末世氣氛，文人不可能沒有察覺，但是「不在其位，不謀其政」，大多數文人選擇眼前偏安景象，耽溺於西湖山水之中。

高宗朝所確立的基本格局，就是放棄了華北、中原的民族保衛戰，而成爲保全宗室的江南政權，進而確定了南北均衡共存的狀態。從南宋定都的爭議，可以看出南渡之初，文人對於北伐想像的寄託，而這種寄託到了後村之後，已經鮮少出現；當然，爾後到了南宋即將滅亡之際，詩人又重新對於當初定都的選擇開始反省。

〔註3〕〔宋〕黃震：〈戊辰輪對札子〉，《黃氏日抄》，卷六十九，頁671。

第三章，「劉克莊眼中的南宋前期文人」的討論，由劉克莊的詩文當中，爬梳其對於前輩詩人的學習及嚮往，文人風格的學習，除非自身有明確提過，否則便十分難以界定，提出後村《詩話》以及《選本》中的序言，來詮釋後村的想法，並提出後村藉由「詠史」、及「愛用本朝事」的特色與手法，來紀錄當代。

第四章，「晚宋時代巨變與文人心態」的討論，南宋國勢的分水嶺，表現在開禧北伐的失敗上，政治上代表著南宋主戰派「中興」渴望的幻滅，以及主和派重新掌握政權，北伐中原的願望，就在稼軒及放翁不斷的失望之中結束。文學上代表一個明顯轉折，自紹熙四年（1193）范成大始，終於嘉定三年（1210）陸游止，一連串文星隕落，宣告南宋文壇大詩人時代終結，繼起的文壇主體，便轉由無數小詩人所組成，南宋便由中興走向衰弱。也由於新勢力蒙古的介入，打破了宋金的和議簽署，也使得宋金關係急速惡化，並進而影響到文士的命運。並於此討論陸游、辛棄疾與韓侂胄的關係，藉以觀照劉克莊與賈似道的關係。

第五章，「從劉克莊看當代文人心態」的討論，透過劉克莊這位晚宋文壇巨擘，可以瞭解葉適、四靈以及江湖派，這浩浩蕩蕩的一大票文人，在這個南宋各方面惡化乃至崩潰的分水嶺上，是如何在矛盾中找到理想歸宿，又是如何在黨爭及經濟壓力的夾縫中求生存。而劉克莊，身處其中就越發奇特，或許是由於其政治地位較高、文學成就較廣，藉由觀察後村對於時代風氣的反動，亦可幫助我們瞭解當時的社會、文化現象是如何；劉克莊早年出入四靈之間，又遊走江湖，到了晚年復歸江西，對於兩者的弊病作了檢討，而後村本身的心態轉變，也是可以觀察的地方，然後村晚年，由於個人身體健康因素，對於政事不再那麼熱衷，對於南宋難得一見的「大捷」自然是歡欣鼓舞的大力讚揚，不論他的政治判斷是否正確，這種「喜悅」不正是後村自始至終，一心渴望恢復的證明嗎？

處於文人對於國家大事冷漠之際，僅有零星的有識之士，不斷於詩文之中，展現抱負及對國家的擔憂，其中代表，便是劉克莊。前述已整理大部分的後村現實主義詩作，今舉一首尚未使用的，〈賀新郎・杜子昕凱歌〉：

> 盡說番和漢。這琵琶、依稀似曲，驀然弦斷。作麼一年來一度，欺得南人技短。嘆幾處城危如卵。元凱後身居玉帳，報胡兒休作尋常看。布嚴令，運奇算。開門決鬥雌雄判。笑中宵奚車氈屋，獸驚禽

> 散。個個巍冠橫塵柄，誰了君王此段。也莫靠長江能限。不論周郎並幼度，便仲尼、復起嗟微管。馳露布，築京觀。〔註4〕

此闋詞描述嘉禧二年（1238）九月的廬州大捷，杜子昕乃杜杲，「盡說番和漢。這琵琶、依稀似曲，驀然弦斷。」乃敘說蒙古言和不可信，不然怎麼會「作麼一年來一度，欺得南人技短。嘆幾處城危如卵？」蒙古軍每年都興兵南侵，這不是欲滅宋而後已嗎？「元凱後身居玉帳，報胡兒休作尋常看。布嚴令，運奇算。」以其祖晉杜元凱來借代，杜元凱即為杜預，表示杜子昕與其祖一般，身居玉帳之中，胡人便不敢來攻。更稱之「不論周郎並幼度，便仲尼、復起嗟微管」以周瑜破曹操於赤壁，謝玄破苻堅於淝水，來形容杜子昕此次的勝利。

第六章，「宋亡前後的文人心態反撥」的討論，提出後村晚年至南宋顛覆後，文人的處境及心態。透過遺民文人對於前朝的檢討，可以描繪拼湊出當時不敢言之事，並分析歷史上同為南方政權的南朝與南明，相較於南宋的處境及亡國心態的不同之處。

最後經由本論文的整理，以劉克莊為考察中心，透過後村與時代文人的異同，來觀照文人心態的轉變，文人的心境是與時代脈搏緊緊聯繫的，晚宋文人之所以對於政治表現漠然，實非不為，乃不能為也。即便如劉克莊，亦只能透過詩文對於前輩詩人的緬懷、學習，力求能比肩，但是時代環境的不允許，表現出來的依舊無法如南渡初，亦或宋亡後文人般，如此慷慨激昂的作品。

錢鍾書在《宋詩選注》汪元量小傳云：「從全部的作品看來，他也是學江湖派的，雖然有時借用些黃庭堅陳師道的成句。」〔註5〕但由於其「亡國之苦、去國之戚」，造就了深切極痛的感受，晚宋這段時間，介於金人滅北宋、南宋渡江之初與蒙古軍滅南宋之間，這兩個天翻地覆的時期，文人所受的苦難激發出文學的光輝。然則，劉克莊所處這相對穩定的偏安時期，文人對於國之將亡的感受，並非沒有，而是不敢強烈的表現出來，再加上政治黨爭的文禁、語禁，上層文人動輒被貶被逐，但居家奉祠，至少可領半薪。下層文人，由於經濟壓力，則需干謁公卿，賣詩維生，作品取向自然以唱酬詠物為主。

劉克莊在其中，是最特別的一個人物，藉由觀察後村的獨特性，可反應

〔註4〕《劉克莊集箋校》，卷一九〇，頁7349。

〔註5〕《宋詩選注》，頁462。

出時代的普遍性。後村的積極愛國，正是晚宋文人所遺忘的，或者說是刻意遺忘的，文人經由南渡初慷慨激昂，不斷提出迎回二帝、北伐中原的渴望，然則就在高宗的授意下，藉由秦檜等共犯結構，打壓主戰派文人，因此造就了晚宋文人的沉默。

時代文人心態，若抽離來觀便很難準確的給予評價；晚宋文人心態的轉變，便是由於南渡初的種種政治因素所導致，造成文人不敢言，甚至不敢論「北伐」的現象。歷來對於晚宋士風與文風的評價，皆在於日趨敗壞的士風，以及江湖派文人格局狹隘的創作之上。但其源頭正是執政者所造成的。若沒有安史之亂，不會有杜甫三吏、三別；若沒有靖康之難，不會有陳與義、李清照的詩歌轉變；若沒有崖山之敗，不會有文天祥、陸秀夫、汪元量等憾動人心的作品。待南宋覆滅之際，同一批江湖文人，不正表現出如南渡初的慷慨激昂嗎？

附 錄

附錄一、簡譜

	帝王紀年	西元	年紀	後村重要事件	史 事	人物生卒
北宋 徽宗						
	宣和六年	1124		祖劉夙生		
北宋 欽宗						
	靖康元年	1126			金兵渡河攻東京，宋割地賠款請和	范成大生 周必大生
南宋 高宗						
	建炎元年	1127			金立張邦昌爲楚帝，虜徽、欽二帝北行。 康王構於南京即位，是爲高宗	王質生 尤袤生 楊萬里生
	建炎三年	1129			高宗渡江開始南逃。	
	建炎四年	1130			金取東京	朱熹生
	紹興九年	1139			【紹興和議】	
	紹興十年	1140			金毀和議，復取河南、陝西，又分兵攻宋，受挫。	辛棄疾生 李綱卒
	紹興十一年	1141			宋解除張浚、韓士忠、岳飛兵權。岳飛被誣下獄。 和議復成	

	帝王紀年	西元	年紀	後村重要事件	史　事	人物生卒
	紹興十二年	1142			宋以秦檜爲太師、魏國公	岳飛卒
	紹興二十七年	1157		父彌正出生		
南宋 孝宗						
	隆興元年	1163			【隆興北伐】 宋逐附秦檜者，用張浚意，出兵伐金，先勝後敗，復議和。	
	乾道元年	1165			【隆興和議】成立 辛棄疾上〈美芹十論〉反對。	
	淳熙十四年	1187	1	劉克莊生，初名灼，後經更名，字潛夫，號後村。出生於興化軍莆田。（今福建）	北宋已亡六十年	宋高宗卒 韓元吉卒
	紹熙四年	1193				范成大卒
	紹熙五年	1194				宋孝宗卒 尤袤卒 陳亮卒
宋寧宗						
	慶元二年	1196			【慶元黨禁】	
	慶元五年	1199			陸游爲韓侂冑作〈南園記〉	
	慶元六年	1200			【慶元黨禁解除】	朱熹卒
	嘉泰四年	1204				周必大卒
	開禧二年	1206	19		【開禧北伐】	楊萬里卒 劉過卒
	嘉定元年	1208	23		眞德秀升任太學博士，侍奉經筵。	
	嘉定二年	1209	24	改名克莊，以「郊」恩補將士郎（以蔭功補官）		姜夔卒

	帝王紀年	西元	年紀	後村重要事件	史 事	人物生卒
	嘉定三年	1210	25	調靖安縣主簿		陸游卒 至此范、楊、尤、陸四大中興詩人皆已辭世
	嘉定四年	1211				徐照卒
	嘉定七年	1214				徐璣卒
	嘉定十年	1217	31	春，赴眞州錄事參軍。 五月，爲金陵制帥李珏辟爲幕府參軍		
	嘉定十二年	1219	33	三月請南嶽祠，夏歸里奉祠〔註1〕 《後村先生大全集》卷一「詩」題下注：「公少作幾千首。嘉定乙卯自江上奉祠歸，發故篋盡而焚之，僅存百首，是爲《南嶽舊稿》」趙師秀卒。		趙師秀卒
	嘉定十四年	1221	35			
	嘉定十六年	1223	37	冬，克莊帶著《南嶽稿》、《油幕箋奏》入京進卷，在寧安受到葉適的高度評價推薦，並與陳起、翁卷結識，並付《南嶽稿》		葉適卒

〔註 1〕〈行狀〉：「李珏因謀進取，公有異議，主謀者忌之，公求南嶽廟去。」

	帝王紀年	西元	年紀	後村重要事件	史　事	人物生卒
				與陳起刊入《江湖集》。〔註 2〕葉適卒		
宋理宗						
落梅詩禍	寶慶元年	1225	39	因他的〈落梅〉詩有「東風謬掌花權柄，卻忌孤高不主張」之句，監察御史李知孝、梁成大誣其謗訕時政。幸得鄭清之極力辯護而得釋	眞德秀被召回，任中書舍人，後升任禮部侍郎，負責領導學士院，但不久後仍然因爲不能容於史彌遠而去職。	
	寶慶三年	1227	41		理宗封朱熹爲信國公。	
	紹定元年	1228	42	此年七月妻林節卒。 九月，建陽縣任滿。因〈落梅〉詩案影響仍在，自此至紹定五年，奉仙都官祠。		
詩禁解除	紹定五年	1232	46			史彌遠卒
	紹定六年	1233	47	通判潮州，改吉州。		
端平更化	端平元年	1234	48	時眞德秀帥閩，克莊以將作簿應辟兼閔幕帥司參議官。	【宋蒙聯合滅金】 金亡。 理宗以鄭清之爲右相兼樞秘使、薛極爲樞密使，組成了以史彌遠親信爲主的中樞集團。	

〔註 2〕方回《瀛奎律髓》卷二十云：「當寶慶初，史彌遠廢立之際，錢塘書肆陳宗之能詩，凡江湖詩人皆與之善。宗之刊《江湖集》以售，《南嶽稿》與焉。」此記可信，但《簡編》考非寶慶初而爲嘉定末。

	帝王紀年	西元	年紀	後村重要事件	史　事	人物生卒
一立朝期48～59宦遊地方時期	端平二年	1235	49	任樞密院編修官，兼權侍右郎官	監察御史杜范，劾右丞鄭清之，理宗不敢得罪鄭黨，嫌杜范多事，改起居郎	眞德秀卒
	端平三年	1236	50	三年春，被吳昌裔彈劾罷官，主管玉局觀祠。〔註3〕		文天祥生
	嘉熙元年	1237	51	春，由漳州改知袁州，赴任才月數月，又坐前言濟王事被御史蔣峴劾，而與方大琮、王邁、潘昉三人同日罷官，九月歸主雲臺觀。		魏了翁卒
	淳祐元年	1241	55	六月二十四日，召克莊赴行在奏事。侍御史金淵誣克莊「自擬清望」，寢召命。	理宗封周敦頤爲汝南伯、程顥爲河南伯、程頤爲伊陽伯、張載爲嚛伯。	鄭思肖生
	淳祐四年	1244	59		史嵩之遭父喪，在理宗「累賜手召，遣中使趣行」的情況下，起復爲右相兼樞密使。太學、武學、京學、宗學四學學生共 339 人，分別聯名上書，群起而攻之。〔註4〕 杜范官右丞相兼樞密使。	

〔註 3〕克莊被黜的原因是在其〈輪對箚子・端平二年七月十一日〉中「在端平初妄論倫紀」，說了濟王竑冤抑這一敏感話題，引起理宗不快。

〔註 4〕參何忠禮：《南宋政治史》，頁 331。

	帝王紀年	西元	年紀	後村重要事件	史　事	人物生卒
二立朝期60～64	淳祐六年	1246	60	四月，令赴行在，道除大府少卿。 八月理宗以其「文名久著，史學尤精」，賜同進士出身，除秘書少監，兼國史院編修、實錄院檢討官、崇政殿說書。 因史嵩之（相）服闋除職予祠，克莊不肯草制〔註5〕，爲侍御史章琰劾以「不合奏審，賣直欺君」之罪，十二月二十四日去國，在省僅八十日，草七十制。		
	淳祐七年	1247	61	四月，除直龍圖閣，主明道宮。		
	淳祐八年	1248	62	拜宗正少卿，依歸職知漳州。		後村母魏國夫人卒。
	淳祐九年	1249	63	守制在籍。 十月仲妹卒。同時瘡疾轉甚〔註6〕，隔年在徐潭西樓修生墓。		

〔註 5〕孟祀時御筆命暫兼中書舍人，負責起草詔令。

〔註 6〕〈目疾〉:「疾起自肝家，眵昏認物差。昔如虹冠日，今隔霧看花。瞑鵲驚飛匝，涼蟾瞥露些。廟堂聞奏章，應笑」。

	帝王紀年	西元	年紀	後村重要事件	史　事	人物生卒
三立朝期65～73	淳祐十一年	1251	65	被召至京，兼太常少卿，直學士院。		
	淳祐十二年	1252	66	十二年至開慶元年（1257），提舉明道宮。 《詩話》前、後集四卷，從60歲到70歲閑居期間完稿。		
	寶佑五年	1257	71		蒙古大舉攻宋，破西川等地	
	開慶元年	1259	73		【鄂州之戰】	
四立朝期74～78	景定元年	1260	74	六月拜秘書監，八月任起居郎，十一月權兵部侍郎、兼直院士院、兼中樞舍人	宋加賈似道少師，封衛國公，又進太子少師。 蒙古忽必烈稱汗於開平。	
	景定三年	1262	76	拜權工部尚書兼侍講。劉克莊身兼兩職，論事不休，言無不盡。 八月，除寶章閣學士，知建寧府。 八月八日有〈賀新郎‧傅相生日壬戌〉為賈似道祝壽，以後數年皆有詞為賈似道祝壽。		方岳卒
	景定五年	1264	78	以目疾致仕		理宗卒

	帝王紀年	西元	年紀	後村重要事件	史　事	人物生卒
宋度宗						
	咸熙元年	1265			宋加賈似道太師，封魏國公。	
	咸熙五年	1269	83	後村此年卒		
		1274			蒙古忽必烈的遠征軍南下	
宋恭帝						
		1275			賈似道魯港之敗。 宋求和被拒。	
宋端宗						
		1276			元軍破揚州、潭州。 汪元量隨六宮被擄往燕京	
		1278			文天祥在五坡嶺被俘	
宋帝昺						
	祥興二年	1279			宋亡	

附錄二、南宋詩詞中含有「中興」者

姓名／集子	卷次	題　目	內　容
李綱 《梁谿集》	17	〈次韻季弟善權阻雪古風〉	中興之運我期皇，江漢更灑累臣血
	19	〈唐工部員外郎杜甫〉	中興做諫臣，戎馬方踐蹂。
	20	〈教授鄭昌齡詩〉	中興眞主須眞相，未雪雙鑾恥未休。
	23	〈伏讀三月六日內禪詔書及傳將士榜檄，慨王室之艱危，憫生靈之塗炭，悼前策之不從，恨奸回之不從，恨奸回之誤國，感憤有作，聊以述懷〉	靈武中興形勢變，江都巡幸士心違。
	25	〈道勾漏山靈寶觀竊覩兩朝御書謹成古〉風	源流此中來，基本中興宋。

姓名／集子	卷次	題　目	內　容
	25	〈元結嘗經累容館王守作次山堂以思其人爲賦此詩〉	客來臨道里，遭聖主中興。
	26	〈次韻士特見懷古風〉	※力枕中興業
	28	〈次韻陳中玉大卿二首〉	舊國故鄉休悵望，中興恢復佇旋歸。
	29	八月十一日次茶陵縣入湖南界有感	中興之運期有在，庶以涓微助溟渤。
	30	〈有詔舉賢良方正作詩勉錢申伯使繼世科〉	中興天子開賢科，籠絡英俊歸網羅。
	31	〈諸公復以喜雨詩來勉強再賦一篇見鄙意〉	憂替中興萬靈集，願將人績屬群公。
	32	〈再賀趙正之都運觀水戰三首〉	北伐正須猷克壯，中興方與物無春。
洪炎《西渡集》	卷下	〈聞師川諫議至漳州作建除字詩十二韻迓之〉	平生相期心，中興爾乎取。
葛勝《仲丹陽集》	17	〈明日元舉赴召見用前韻〉	翅摩空闊相期扶，中興何止得官熱。
	21	〈次韻大資節使薛公見貽二首〉	敢請中興重作頌，袞衣不日見歸公。
汪藻《浮溪集》	30	〈次韻桂林經略李尚書投贈之句三首〉	聞道中興師，今除第一流。
	31	〈致政王參政輓詩二首〉	早爲勇退山林士，晚做中興社稷臣。
李光《莊簡集》	4	〈幹譽舍人將赴詔前一日，錄示左丞公，昔年見寄桂什輒用韻奉送〉	中興事業須耆傑，炯炯何妨兩鬢斑。
張擴《東窗集》	1	〈周秀實監丞聞嘉禾兵亂，請急歸唁請親朋還朝有作因次其韻〉	誰扶中興舉，康濟須十亂。
	3	〈挽懿節皇后詞五首〉	作合神明王，中興欲佐周。
	4	〈次韻晁侍制喜富季申遷校書〉	坐廢衣冠誰論薦，中興文字亦生光。
曹勛	12	〈會慶聖節〉	帝出乘時葉小春，中興復古付曾孫。

姓名／集子	卷次	題　目	內　容
《松隱集》	13	〈送鄭吏部出使〉	艱壘師行遂坦夷，中興乃待老文辭。
	15	〈再賀呈李提舉〉	中興文物須名世，會見金珂下直廬。
	16	〈台城雜詩〉	周宣懋建中興政，上帝潛符至治香。
	16	〈台城雜詩〉	會見紫泥傳詔札，中興事業屬清郎。
	17	〈宮詞〉	中興仁澤浹昌期，則百斯男自可知。
	17	〈宮詞〉	頂相如山知美讖，紹隆火德即中興。
	18	〈政府生日〉	中興光啓自元鈞，比德褒功禮意新。
	19	〈仲冬再到和前韻〉	行見中興聖天子，一戎大定復神州。
	20	〈紹興癸丑上巳日〉	中興樂事雖無相，甲子先同晉永和。
	38	〈一寸金・太母生辰〉	上聖中興，嚴恭問寢，宮庭正和悅。
	39	〈六花飛・冊寶〉	中興明天子，舜心溫凊，示未嘗閑燕。
	40	〈水龍吟・曾相生日〉	輔中興大業，折沖鄰壤，扶紅日、上霄漢。
葉夢得 《健康集》	2	〈次韻程伯禹用時字韻見寄二首〉	漢道中興此一時，虜亡不臘爾何知。
陳與義 《簡齋集》	10	〈劉大資挽詞〉二首之二	煌煌中興業，公合冠麒麟。
	14	〈題繼祖蟠室〉三首之三	中興天子要人才，當使生擒頡利來。
程俱 《北山集》	10	〈衰顏聊自哂〉	餘年倘窮健，猶及中興朝。
	11	〈避寇儀眞六絕句〉	東巡百萬臨瓜步，拭目中興忘我皇。

姓名／集子	卷次	題　目	內　容
劉才邵《檆溪居士集》	1	〈次韻劉克強寄劉齊莊並見寄〉	歸來頌中興，富才勿吾欺。
	2	〈慈寧壽慶曲〉	當時歌頌中興事，已至矜夸稱至難
	3	〈早朝行宮奉呈諸同舍〉	共說中興似光武，南都賦合寄東京。
張綱《華陽集》	35	〈次韻蘇養直破虜謠〉	何當更獻中興頌，坐看萬國朝神京。
張嵲《紫薇集》	3	〈寄題趙丞相獨往亭〉	畢輔中興業，終回西北轅。
	7	〈賀師垣賜御書一德格天之閣牌並鍍金器皿青羅涼繖從人紫羅衫鍍金腰帶儀物等〉	中興如問君臣美，萬世詔時六字傳。
	8	〈挽張泉眞詩二首〉	作鎭方甘建鄴水，惜賢尤在中興時。
	10	〈劉少師妻獻園宅爲景靈宮基〉	中興禮物事彌惇，獻宅哪知故事存。
張元幹《蘆川歸來集》	1	〈紫巖九章章八句上壽張丞相，九首之二〉	時方中興，勳冠今昔。
	1	〈奉送李叔易博士被召赴行在所〉	公家自有中興相，雅意泰階光六符。
	2	〈叔易自三歸吳同赴竹菴荔子之集〉二首之二	直須陪叔季，急佐中興年。
	2	〈次韻劉希顏感懷〉二首之一	擬頌中興業，孤忠只自知。
	2	〈上張丞相〉十首之八	知音何日報，願見中興年。
	2	〈代上張丞相生朝〉四首之一	上相生坤位，中興運泰開。
	2	〈代上張丞相生朝〉四首之三	中興眞有相，命世必逢辰。
	2	〈李丞相生朝〉	再造邦基固，中興大運隆。
	3	〈代上折樞彥質生朝〉二首之一	天扶王室挺生申，瑞啓中興社稷臣。
	5	〈水調歌頭・送呂居人召赴行在所〉	萬里兩宮無路，政仰君王神武，願數中興年。
	6	〈青玉案・生朝〉	看取明年人總道，中興賢相，太平時世，分外風光好。

姓名／集子	卷次	題　目	內　容
	7	〈滿庭芳・壽富樞密〉	中興萬慶會，再逢甲子，重數天元。
	7	〈望海朝・爲富樞密壽〉	早梅長芳醉樽，況中興盛際，有祕宗臣。
	7	〈感皇恩・壽〉	安養老成，十年蕭散，天要中興相公健。
陸游〈劍南詩稿〉	1	〈聞武均州報已復西京〉	列聖仁恩身雨露，中興赦令疾風雷。
	4	〈胡無人〉	群陰伏太陽升，胡無人宋中興。
	9	〈嘆息〉	國家圖籙合中興，歎息吾寧粥飯僧。
	13	〈酬莊器之賢良見贈〉	中興思賢形夢想，屢詔自是朝廷美。
	13	〈謝張時可通判贈詩編〉	南宋聖朝中興六十年，君家文武何聯翩！
	16	〈聞邊酋遁歸漠北〉	陛下中興天所命，築壇授鉞皆雄才。
	18	〈水亭獨酌十二韻〉	中興望聖時，未死得見否？
	20	〈有懷青城霧中道友〉	共看王室中興後，更約長安一醉眠。
	23	〈覽鏡〉	未頌中興吾未死，插江崖石竟須磨
	42	〈得建業倅鄭覺民書言虜亂自淮以北民苦徵調皆望王師之至〉	邦命中興漢，天心大討曹。
	57	〈題北窗〉二首之二	不嗔人作腐儒看，斷簡堆中興未闌。
	65	〈望永思陵〉	高帝中興萬物春，青衫曾忝綴廷紳。
范成大《石湖詩集》	10	〈太師陳文恭公輓詞〉四首之一	舉國材眞相，他年了中興。
	12	〈呼沱河〉	聞道河神解造冰，曾扶陽九見中興。

姓名／集子	卷次	題　目	內　容
	13	〈謁南嶽〉	炎符撫中興，南正實司天。
	24	〈東宮壽詩〉	君親重慶日，家國中興年。
	24	〈東宮壽詩〉	中興歸濬哲，重慶啓元良。
		〈題磨崖碑〉	浯溪一峰插天齊，上有李唐中興碑。
楊萬里《誠齋集》	8	〈讀嚴子陵傳〉	客星何補漢中興，空有清風冷似冰。
	16	〈寄賀建康留守范參政端明〉二首之一	天與中興開日月，帝分萬乘半旌旗。
	23	〈題薰陝中興慶壽頌〉	誰將臣陝中興慶壽篇，刻之玉版藏名山。
	39	〈蕭照鄰參政大資挽詩〉二首之一	父子雙晁董，中興只一家。
		〈古風敬餞都運煥章雷吏部祗召入覲〉	高皇中興社稷臣，紫巖先生弟一人。
	23	〈高宗聖神武文憲孝皇帝挽詩，二首之二〉	更造今光武，中興昔武丁。
	30	〈張幾仲侍郎挽詞〉三首之二	烈考同心德，中興異姓王。
	40	〈近故太師左丞相魏國文忠京公挽歌辭〉三首之二	中興賢相傳，日月奪光精。
張孝祥《于湖集》	2	〈讀中興碑〉	樓前拜舞作奇祟，中興之功不贖罪。
	3	〈題朱元順浯溪圖〉	平生中興碑，夢入紫翠屏。
	10	〈豐城觀音院有胡明仲范伯達汪彥章諸公題字〉	中興人物數諸公，遺墨凄然野寺中。
姜夔		〈句〉四首之四	中興無限艱難意，日暮湖平力士歸。
劉克莊《後村先生大全集》	29	〈蒙仲以二畫壽予生朝各題一詩：二疎圖〉	□漢七葉主，勵精致中興。
	30	〈小飲〉	暮年衰老讀書慵，惟有杯中興尚濃。
	31	〈七十四吟〉十首之八	群盜忍殘勝業柏，六丁應護中興碑。

姓名／集子	卷次	題　目	內　容
	31	〈景定初元即事〉十首之五	臣緜賀捷表，臣結中興碑。
	32	〈恭和御製進讀唐鑑徹章詩〉	度贊元和中興業，徵開貞觀太平基。
	45	〈題近稿〉	老矣終身作傖父，諸公努力佐中興。
鄭思肖		〈孔明成都八陣圖〉	孔明抱義恥偏安，不道中興事業難。
		〈寫憤〉四首之三	蒼蒼今悔禍，讖應兩中興。
		〈南望〉	鬱鬱葱葱有佳氣，漢家天子必中興。
		〈自題大義集後〉	中興車馬修攘在，變雅君臣廢缺多。
		〈勵志〉二首之一	先王澤未泯，中興斷可冀。
		〈春日偶成五絕〉五首之五	我非辦得中興事，一點英靈死不消。

附錄三

今爬梳後村詩話後，將其提到陸游及楊萬里的條目列出如下：

陸　游	楊萬里
一一二 趙宗簡當國，以近臣薦，起處士劉致中，至則趙去，秦代之矣。劉報罷歸。尹少稷柬之云：「突然五律從，不辯一書生。」史臣力薦放翁，賜第。其去國自是臺評然。王景文乃云：「眞翁自了平生事，不了山陰陸務觀。」放翁見詩亦笑云：「我字務觀，乃去聲，如何把作平聲押了。」	一一六 舊讀楊誠齋絕句云：「飽喜饑嗔笑殺儂，鳳凰未可笑狙公，盡逃暮四朝三外，猶在桐花竹實中。」不曉所謂，晚始悟其微意。此自江東漕奉祠歸之作也。鳳雖不聽命於狙公，然猶待桐花竹實而飽，以花實況祠廩也，欲併祠廩掃空之爾。未幾，遂請挂冠。（174.6742～6743）
一一三 陸放翁少時調官臨安，得句云：「小樓一夜聽春雨，深巷明朝賣杏花。」傳入禁中，思陵稱賞，由是知名。（174.6741）	一一七 誠齋〈挽張魏公〉云：「出晝民猶望，回軍敵尚疑。」只十個字，而道魏公一生。其得人心且爲虜所畏，與夫罷相、解都督時事，皆在裏許，然讀者都草草看了。（174.6742）

陸　游	楊萬里
一一四 古人好對偶，被放翁用盡：「籍紙尾」，「摸床棱」；「烈士壯心」，「狂奴故態」；……《劍南稿》八十五卷，八千五百首，別集七卷，不預焉，似此者不可殫舉，姑記一、二於此。（174.6741～6742）	一一八 今人不能道語，被誠齋道盡。「宿草春風又，新阡去歲無。」「江水夜韶樂，海棠春貴妃。」「橘中招綺夏，瓜處屏伾文。」〈東宮生日〉……。（174.6743～6744）
一一五 近歲詩人，雜博者堆隊仗，空疏者窘材料，出奇者費搜索，縛律者少變化。惟放翁記問足以貫通，力量足以驅使，才思足以發越，氣魄足以陵暴。南渡而後，故當爲一大宗。末年云：「客從謝事歸時散，詩到無人愛處工。」又云：「外物不移方是學，俗人尤愛未爲詩。」則皮毛盡落矣。（174.6742）	一二七 蕭千巖機杼與誠齋同，但才慳于誠齋，而思加苦，亦一生屯蹇之驗。同時獨誠齋獎重，以配范石湖、尤遂初、陸放翁，而放翁絕無一字及之。今摘其律帖精詣不甚費研尋於此。「著語能奇怪，呼天與倡酬。」〈中秋〉「捷走建德國，乃爲淵明先。失腳墜榛莽，劉伶扶我還。」〈和陶〉「乾坤生長我，貧病怨尤誰。」……眞誠齋敵手也。（174.6747～6748）
一一九放翁，學力也，似杜甫；誠齋，天份也，似李白。174.6744	
一二〇 放翁云：「膽薄沽官釀，瞳昏讀監書。」杜荀鶴云：「欺春祇愛和醅酒，諱老猶看夾注書。」二聯皆佳。（174.6744）	
三一九 放翁少時，二親教督甚嚴。初婚某氏，伉儷相得，二親恐其墮於學也，數譴婦。放翁不敢逆尊者意，與婦訣。某婦改事某官，與陸氏有中外。一日通家於沈園，坐間目成而已。翁得年最高，晚有二絕云：「腸斷城頭畫角哀，園非復舊池台。傷心橋下春波綠，曾見驚鴻照影來。」「夢斷香銷四十年，沈園柳老不吹綿。此身行作稽山上，猶弔遺蹤一泫然。」舊讀此詩，不解其意，後見曾溫伯，言其詳。溫伯名黯，受學於放翁。	
三五一 放翁詩云：「藥來賊境靈何益，米出胡奴死不炊。」上句用柳公綽事，公綽節度山南東道，有道士獻丹藥，問所從來，曰自	

陸　游	楊萬里
薊門。時朱克融方叛，公綽曰：「藥自賊境來，雖驗何益？」棄藥而逐道士。殆天爲下句設此其對。甲子七月讀《唐書》記，時年七十八。（179.6897）	
四一三 放翁長短句云：「元知造物心腸別，老卻英雄似等閒。」「秘傳一字神仙訣，說與君知只是頑。」「一句丁寧君記取，神仙須是閒人做。」……其激昂感慨者，稼軒不能過；飄逸高妙者，與陳簡齋、朱希眞相頡頏；流麗綿密者，欲出晏叔原、賀方回之上。	

參考文獻

一、典籍（按照時代先後）

史傳類

1. 〔宋〕熊克：《中興小記》，收入於王雲五主編《百部叢書集成》（板橋：藝文，1966年，初版）。
2. 〔宋〕滄州樵叟：《慶元黨禁》，收入於王雲五主編《百部叢書集成》（板橋：藝文，1966年，初版）。
3. 〔宋〕朱熹：《三朝名臣言行錄》，收入於王雲五主編《四部叢刊正編》（臺北：台灣商務，1979年，初版）。
4. 〔宋〕李燾：《續資治通鑑長編》（北京：中華書局，2004年，第二版）。
5. 〔元〕佚名編：《靖康要錄》，收入於王雲五主編《四庫全書珍本》（臺北：台灣商務，1970年，初版）。
6. 〔元〕佚名撰：《宋季三朝政要》，收入於王雲五主編《百部叢書集成》（板橋：藝文，1968年，初版）。
7. 〔元〕佚名撰：《宋季三朝政要箋證》（北京：中華書局，2010年8月）。
8. 〔元〕趙汝愚：《宋大事記講義》，收入於王雲五主編《四庫全書珍本》（臺北：台灣商務，1970年，初版）。
9. 〔元〕脫脫等撰：《宋史》，（北京：中華書局，1977年，初版）。
10. 〔明〕馮琦原：《宋史紀事本末》，收入於王雲五主編：《國學基本叢書》（臺北：台灣商務印書館，1968年，臺一版）。
11. 〔明〕黃宗羲：《宋元學案》（臺北：世界，1991年，五版）。
12. 〔明〕馮琦：《經濟類編》（臺北市：成文出版社，1968年，臺一版）。

13. 〔清〕徐松：《宋會要》，收入於《續修四庫全書》（上海市：上海古籍，1995年）。

14. 〔清〕畢沅：《續資治通鑑》，收入於《續修四庫全書》（上海市：上海古籍，1995年）。

15. 〔清〕趙翼：《二十二史劄記》（上海：上海古籍出版社，2011年12月，第一次印刷）。

16. 〔清〕永瑢等：《四庫全書總目提要》（北京：中華書局，1987年7月，第四次印刷）。

詩文評類

1. 〔宋〕魏慶之著，王仲聞點校：《詩人玉屑》（北京：中華書局，2007年11月，第一次印刷）。
2. 〔宋〕嚴羽著；郭紹虞校譯：《滄浪詩話校譯》（北京：人民文學出版社，1961年5月，第一版）。
3. 〔明〕胡應麟：《詩藪》（上海：上海古籍出版社，1958年10月，第一版）。
4. 〔清〕謝章鋌撰：《賭棋山莊全集・詞話十二卷》，收入於《近代中國史料叢刊》（永和市：學海出版社，1974年）。
5. 〔清〕鄭方坤編輯：《全閔詩話》（福州：福建人民出版社，2006年11月）。

詩文集

〔劉克莊〕

1. 〔宋〕劉克莊著，嚴一萍選輯：《後村先生題跋》，收入於《叢書集成續編》（臺北：藝文，1964年）。
2. 〔宋〕劉克莊著，嚴一萍選輯，《江西詩派小序》，收入於《百部叢書集成》（臺北：藝文，1966年）。
3. 〔宋〕劉克莊：《後村先生大全集》，（臺北：台灣商務，1979年，初版）。
4. 〔宋〕劉克莊：《後村先生大全集》，收入於舒大剛主編：《宋集珍本叢刊》（北京：線裝書局，2004年）。
5. 〔宋〕劉克莊著，王蓉貴、向以鮮校點，刁忠民審訂：《後村先生大全集》，（成都市：四川大學出版社，2008年）。
6. 〔宋〕劉克莊著，辛更儒箋校：《劉克莊集箋校》（北京：中華書局，2011年11月）。

〔其他〕

1. 〔宋〕眞德秀編：《文章正宗》，收入於王雲五主編：《四庫全書珍本初集》（臺北：台灣商務印書館，1970年）。

2. 〔宋〕陳起撰：《江湖後集》，收入於王雲五主編：《四庫全書珍本初集》（臺北：台灣商務印書館，1970 年）。
3. 〔宋〕戴復古撰，金芝山點校：《戴復古詩集》（浙江：浙江古籍出版社，1992 年 8 月，第一次印刷）。
4. 〔宋〕仲并撰：《浮山集》，收入於王雲五主編：《四庫全書珍本初集》（臺北：台灣商務印書館，1970 年）。
5. 〔宋〕李綱撰：《梁谿遺稿》，收入於王雲五主編：《四庫全書珍本三集》（臺北：台灣商務印書館，1970 年）。
6. 〔宋〕馮時行撰：《縉雲文集》，收入於王雲五主編：《四庫全書珍本初集》（臺北：台灣商務印書館，1970 年）。
7. 〔宋〕史浩撰：《鄮峰眞隱漫錄》，收入於王雲五主編：《四庫全書珍本二集》（臺北：台灣商務印書館，1970 年）。
8. 〔宋〕王十朋撰：《王十朋全集》，（上海：上海古籍出版社，1998，第 1 版）。
9. 〔宋〕王炎撰：《雙溪類稿》，收入於王雲五主編：《四庫全書珍本三集》（臺北：台灣商務印書館，1970 年）。
10. 〔宋〕陸游撰，錢仲聯校注：《劍南詩稿校注》（上海市：上海古籍；，2005，第 1 版）。
11. 〔宋〕吳文英撰；吳蓓校箋：《夢窗詞彙校箋釋集評》，收入於《浙江文叢》（杭州市：浙江古籍出版社，2012，第 1 版）。
12. 〔宋〕文天祥：《文信國集杜詩》，收入於王雲五主編：《四庫全書珍本八集》（臺北：台灣商務印書館，1970 年）。
13. 〔宋〕文天祥：《文山先生全集》，收入於王雲五主編：《萬有文庫第二集，七百種國學基本叢書》（上海：商務印書館，1935 年 9 月，第一版）。
14. 〔宋〕劉塤：《隱居通議》，收入於《叢書集成初編》（北京：中華書局，1985 年，新一版）。
15. 〔宋〕陳振孫著，徐小蠻、顧美華點校：《直齋書錄解題》（上海：上海古籍出版社，1987 年 12 月，第一版）。
16. 〔元〕林景熙撰；章祖程、陳增傑補注：《林景熙集補注》，收入於《浙江文叢》（杭州市：浙江古籍出版社，2012 年，第 1 版）。
17. 〔元〕佚名撰：《詩家鼎臠》，收入於王雲五主編：《四庫全書珍本初集》（臺北：台灣商務印書館，1970 年）。
18. 〔元〕蘇天爵：《滋溪文稿》（北京：中華書局，1997 年，第一版）。
19. 〔元〕侯克中：《艮齋詩集》，收入於王雲五主編：《四庫全書珍本初集》（臺北：台灣商務印書館，1970 年）。

20. 〔元〕劉因：《靜修先生文集》收入於《叢書集成初編》（北京：中華書局，1985 年，新一版）。
21. 〔元〕蘇天爵著；陳高華、孟繁清點校：《滋溪文稿》（北京：中華書局，1997 年 1 月，第一版）。
22. 〔明〕胡翰：《胡仲子集》，收入於《叢書百部集成》（臺北：藝文出版社，1968 年）。
23. 〔清〕王夫之著；王嘉川譯注：《宋論》，收入於《中華經典史評叢書》（北京：中華書局，2008 年 9 月，第一版）。
24. 〔清〕全祖望：《宋元學案》（北京：中華書局，1986 年，第一版）。

史料筆記

1. 〔宋〕李心傳撰，徐規點校：《建炎以來朝野雜記》（北京：中華書局，2000 年，7 月，第一次印刷。）
2. 〔宋〕周密撰；張茂鵬點校：《齊東野語》（北京：中華書局，1997 年，12 月，第二次印刷）。
3. 〔宋〕張綽撰；蕭魯陽點校：《雞肋編》（北京：中華書局，2010 年 10 月，第四次印刷。
4. 〔宋〕葉紹翁撰，沈錫麟、馮惠民點校：《四朝聞見錄》（北京：中華書局，1997 年，12 月，第二次印刷）。
5. 〔宋〕羅大經撰；王瑞來點校：《鶴林玉露》（北京：中華書局，2005 年，重印）。

二、現代研究專書（按照出版時間先後）

年　譜

1. 李國庭：〈劉克莊年譜簡編〉，據《福建圖書館學刊》1990 年第一、二其增訂，收入於吳宏澤、尹波主編：《宋人年譜叢刊》（四川：四川大學出版社，2002 年），頁 7747～7600。
2. 程章燦：《劉克莊年譜》（貴陽：貴州人民出版社，1993 年 2 月，第一版）。

劉克莊研究專書

1. 向以鮮：《超越江湖的詩人——後村研究》（四川：巴蜀書社，1995 年 11 月，第一版）。
2. 王明見：《劉克莊與中國詩學》（成都：巴蜀書社，2004 年 2 月，第一版）。
3. 王述堯：《劉克莊與南宋後期文學研究》（上海：東方出版中心，2008 年 2 月，第一版）。
4. 王錫九：《劉克莊詩學研究》（合肥市：黃山書社，2007 年 9 月，第一版）。

5. 王宇：《劉克莊與南宋學術》（北京：中華書局，2007 年 10 月，第一版）。
6. 景紅錄：《劉克莊詩歌研究》（上海：上海古籍出版社，2007 年 12 月，第一版）。
7. 侯體健：《劉克莊的文學世界——晚宋文學生態的一種考察》（上海：復旦大學出版社，2013 年 3 月，第一版）。

南宋研究專書

1. 胡雲翼：《宋詩研究》，（上海：商務印書館，1936 年）。
2. 黃寬重：《晚宋朝臣對國是的爭議》，（臺北：國立台灣大學文學院，1978 年，初版）。
3. 張健：《中國文學批評資料彙編——南宋篇》（臺北：國立編譯館，1979 年，初版）。
4. 梁昆：《宋詩派別論》（臺北：東昇出版事業有限公司，1980 年 5 月，初版）。
5. 黃文吉：《宋南渡詞人》（臺北：學生書局，1985 年 5 月，初版）。
6. 黃啓方：《兩宋文史論叢》（臺北：學海出版社，1985 年 10 月，初版）。
7. 劉子健：《兩宋史研究彙編》，（臺北市：聯經出版社，1987 年，11 月）。
8.〔日〕吉川幸次郎著，鄭清茂譯：《宋詩概說》（臺北：聯經，1988 年 9 月，第四次印行）。
9. 黃寬重：《南宋軍政與文獻探索》（臺北：新文豐，1990 年，第一版）。
10. 胡明：《南宋詩人論》（臺北：學生書局，1990 年 6 月，初版）。
11. 王兆鵬：《宋南渡詞人群體研究》，收入於《大陸地區博士論文叢刊》（臺北市：文津出版社，1992 年，初版）。
12. 黃寬重：《宋史叢論》（臺北市：新文豐出版公司，1993 年 10 月，台一版）。
13. 陶爾夫、劉敬圻著：《南宋詞史》（哈爾濱：黑龍江人民出版社，1994 年 9 月，第二次印刷）。
14. 張宏生：《江湖詩派研究》（北京：中華書局，1995 年 1 月，初版）。
15.〔日〕寺地遵著；劉靜貞、李今芸譯：《南宋初期政治史研究》（臺北：稻禾出版社，1995 年 7 月）。
16. 王錫九：《宋代的七言古詩》（天津：天津人民出版社，1996 年 5 月，第一版）。
17. 夏承燾：《唐宋詞人年譜》，收入於《夏承燾集》（一）（杭州：浙江古籍，1998 年，初版）。
18. 黃奕珍：《宋代詩學中的晚唐觀》（臺北市：文津出版社，1998 年，初版）。

19. 胡俊林：《永嘉四靈暨江湖派詩傳》（長春：吉林人民出版社，2000 年 1 月，第一版）。
20. 方勇：《南宋遺民詩人群體研究》（北京：人民出版社，2000 年 6 月）。
21.〔美〕包弼德著，劉寧譯：《斯文：唐宋思想的轉型》（南京：江蘇人民出版社，2001 年 1 月，初版）。
22. 趙曉嵐：《姜夔與南宋文化》（北京：學苑出版社，2001 年 5 月）。
23.〔美〕劉子健著，趙冬梅譯：《中國轉向內在：兩宋之際的文化內向》（南京：江蘇人民出版社，2002 年 1 月，初版）。
24. 呂肖奐：《宋詩體派論》（成都：四川民族出版社，2002 年 7 月）。
25. 余英時：《朱熹的歷史世界》（北京：生活・讀書・新知三聯書店，2004 年，初版。）
26. 曾棗莊主編：《中國文學家大辭典：宋代卷》（北京：中華書局，2004 年 9 月）。
27. 沈松勤：《南宋文人與黨爭》（北京：人民出版社，2005 年 4 月，第一版）。
28. 祝尚書：《宋代巴蜀文學通論》（成都：巴蜀書社，2005 年 6 月）。
29. 石明慶：《理學文化與南宋詩學》（北京：中國社會科學出版社，2006 年 7 月，第一版）。
30. 錢建狀：《南宋初期的文化重整與文學新變》（廈門：廈門大學出版社，2006 年 10 月，第一次印刷）。
31. 姜錫東，李華瑞主編：《宋史研究論叢》第 8 輯（保定：河北大學出版社，2007 年 12 月）。
32. 張金嶺：《宋理宗研究》（北京：人民出版社，2008 年 10 月，初版）。
33. 何忠禮：《南宋政治史》（北京：人民出版社，2008 年 10 月，第一版）。
34. 粟品孝：《南宋軍事史》（上海：上海古籍出版社，2008 年 11 月，初版）。
35. 卞東坡：《南宋詩選與宋代詩選考論》（北京：中華書局，2009 年 4 月，第一版）。
36. 沈文雪：《文化版圖重構與宋金文學生成研究》（北京：光明日報出版社，2009 年 9 月）。
37. 王國平主編；王水照、熊海英著：《南宋文學史》（北京：人民出版社，2009 年 12 月）。
38. 丁楹：《南宋遺民詞人研究》（南京：鳳凰出版社，2010 年 12 月，第一次印刷）。
39. 李欣：《宋南渡詩壇的格局與變遷》（北京：中國社會科學出版社，2011 年 9 月）。

40. 王建生：《通往中興之路：思想文化視域中的宋南渡詩壇》（上海：上海古籍出版社，2011 年 12 月）。

其他研究專書

1. 余英時：《中國知識階層史論・古代篇》（臺北市：聯經出版公司，1980 年 8 月，初版）。
2. 楊海明《唐宋詞史》（天津：天津古籍出版，1998 年，初版）。
3. 錢鍾書：《談藝錄》（臺北市：書林出版社，1999 年 2 月，二刷）。
4. 楊乾坤：《中國古代文字獄》（西安：陝西人民出版社，1999 年 4 月，第一次印刷）。
5. 胡奇光：《中國文禍史》（上海：上海人民出版社，2006 年 10 月，第一次印刷）。
6. 李鍾琴：《中國文字獄的眞相》（臺北市：國家出版社，2011 年 1 月，初版）。
7. 錢鍾書：《宋詩選注》（北京：生活・讀書・新知三聯書店，2003 年）。
8. 陳伯海、蔣哲倫主編：《中國詩學史》（廈門：鷺江出版社，2002 年 9 月，第一版）。
9. 夏承燾：《天風閣學詞日記》，收入於《夏承燾集》（五）（杭州：浙江古籍，1998 年，初版）。
10. 黃奕珍：《杜甫自秦入蜀詩歌析評》（臺北市：里仁書局出版，2005 年，第一版）。

三、會議論文（按照出版時間先後）

1. 黃奕珍：〈陸游詩歌「北伐」之「再現」析論〉，載於《第六屆宋代文學國際研討會論文集》（成都：巴蜀書社，2011 年 3 月），頁 410～429。

四、專書論文（按照出版時間先後）

1. 張其凡：《試論宋代政治史的分期》，載於《宋史研究論文集》（河南大學出版社 1993 年）。
2. 李越深：〈江湖倦遊客天地苦吟身——江湖詩人與江湖詩味〉，《宋代文學研究叢刊》（高雄：麗文文化事業公司，1996 年 9 月），第二期，頁 211～224。
3. 梁庚堯：〈南宋貧士與貧宦〉，收錄於《宋代社會經濟史論集》（臺北：允晨文化出版社，1997 年）。
4. 王水照：〈陳寅恪先生的宋代觀〉，《宋代文學研究叢刊》（高雄：麗文文化事業公司，1998 年 12 月），第四期，頁 1～16。

5. 鞏本棟：〈辛棄疾南歸後心態平議〉，《宋代文學研究叢刊》（高雄：麗文文化事業公司，1998 年 12 月），第四期，頁 407～436。

五、期刊論文（按照出版時間先後）

劉克莊

1. 張荃：〈劉後村滿江紅詞七首箋〉，載於《大陸雜誌》，第 1 卷，第 8 期，1940 年，頁 12～14。
2. 孫克寬：〈劉後村的家世與交遊——上〉，載於《大陸雜誌》，第 22 卷，第 11 期，1961 年，頁 1～5。
3. 孫克寬：〈劉後村的家世與交遊——下〉，載於《大陸雜誌》，第 22 卷，第 12 期，1961 年，頁 17～23。
4. 孫克寬：〈晚宋政爭之劉後村——上〉，載於《大陸雜誌》，第 23 卷，第 7 期，1961 年，頁 4～10。
5. 孫克寬：〈晚宋政爭之劉後村——下〉，載於《大陸雜誌》，第 23 卷，第 8 期，1961 年，頁 17～22。
6. 孫克寬：〈劉後村與四靈、江湖〉，載於《中國詩季刊》，第 10 卷，第 3 期 1979 年，頁 102～107。
7. 曾憲燊：〈劉克莊的生平及其詩詞〉，載於《藝文誌》，1977 年，第 147 期，頁 23～24。
8. 吳東權：〈愛國詩人劉克莊〉，載於《國魂》，1987 年，第 496 期，頁 69～71。
9. 張瑞君：〈劉克莊與唐詩〉，《河北大學學報》，1994 年，第 4 期，頁 38～44。
10. 張宏生：〈融通與超越——論劉克莊詩〉，《漳州師院學報》，1994 年，第一期，頁 16～21。
11. 張健：〈劉克莊的五絕〉，《明道文藝》，1995 年，第 232 期，頁 34～41。
12. 張瑞君：〈劉克莊與陸游楊萬里詩歌的繼承關系〉，《河北大學學報》，1995 年，第 4 期，頁 51～56。
13. 林志達：〈劉後村家世考〉，《中華技術學院學報》，1999 年，第 21 期，頁 125～144。
14. 黃寶華：〈宋詩學的反思與整合——劉克莊詩學思想述評〉，《上海師範大學學報》，2003 年，第 4 期，頁 61～66。
15. 盧雅惠：〈劉克莊仕宦時期詞作探析〉，《有鳳初鳴年刊》，2005 年，第 9 期，59～94 頁。
16.〔日〕高津孝：〈陸游評價的系譜——愛國詩人與國家主義〉，政大中文學報，第 4 期，2005 年 12 月，頁 59～78。

17. 王宇：〈標榜風氣、詩歌選本、理學語境與劉克莊詩學觀的重新解讀——以眞德秀《文章正宗》爲對照〉，《淡江中文學報》，2007年，第17期，頁89～119。
18. 向以鮮：〈劉克莊焚毀早期詩稿的詩學沖動〉，《求索》，2008年，第4期，頁188～190。
19. 侯體健：〈國色老顏不相稱，今後村非昔後村——百年來劉克莊研究的得失〉，《長江學術》，2008年，第4期，頁43～50。
20. 王政、張正林：〈簡説劉克莊《後村詩話》的詩學觀點〉，《絲綢之路》，2009年，第16期，頁77～79。

南宋研究

1. 陳尚君：〈姜夔卒年考〉，載於《復旦學報》1983年第2期，頁106。
2. 胡昭曦：《略論晚宋史的分期》，載於《四川大學學報》第一期（1995年），頁103～108。
3. 張宏生：〈姚賈詩派的界内流變和界外餘響〉，《文學評論》，1995年，第2期，頁22～32。
4. 黃寬重：〈賈涉事功述評——以南宋中期淮東防務爲中心〉，《漢學研究》，第20卷，第2期，2002年，頁165～188。
5. 季品鋒：〈江湖派、江湖体及其他〉，《文學遺產》，2006年，頁21～28。
6. 張高評：〈宋人詩集之刊行與詩分唐宋——兼論印刷傳播對宋詩體派之推助〉，《東華漢學》，2008年，第7期，頁67～128。
7. 劉培：〈論南宋初期的愛國辭賦〉，《中國文化研究》，2008年，第4期，頁26～37。
8. 錢志熙：〈永嘉四靈詩學的再探討——兼論其與江西詩派的關係〉，《文藝理論研究》，2008年，第2期，頁26～37。
9. 顧友澤：〈論宋代南渡士風與詩歌創作〉，《浙江學刊》，2008年，第5期，頁64～70。
10. 吳業國、張其凡：〈南宋中興的歷史分析〉，載於《浙江學刊》第2期，2010年，頁74～81。
11. 羅鷺：〈《江湖前、後、續集》與《江湖集》的求原〉，《新國學》第八卷（四川：巴蜀書社，2010年12月）。
12. 羅宗濤：〈宋代宗室詩探討〉，《東華漢學》，2010年12月，第12期，頁87～157。
13. 黃奕珍：〈陸游晚年以「疾病」隱喻之和戰思想〉，《成大中文學報》（台南：成功大學，2013年3月），第四十期，頁75～98。

六、學位論文

劉克莊研究

1. 咸賢子:《劉後村年譜及其詞研究》(臺北:政治大學中國文學系碩士學位論文,1982年)。
2. 楊淳雅:《劉克莊詩學研究》(臺北:政治大學中國文學系碩士學位論文,1997年)。
3. 王述堯:《劉克莊研究》,(上海:復旦大學中國古代文學博士學位,2004年)。
4. 彭娟:《劉克莊唐宋詩學史觀研究》,(廣州:暨南大學中國古代文學碩士學位,2006年)。
5. 盧雅惠:《劉克莊詞研究》(臺北:東吳大學中國文學系碩士學位論文,2006年)。
6. 游坤峰:《劉克莊序跋文研究》(臺北:臺北市立教育大學中國語文學系碩士學位論文,2010年6月)。

南宋研究

1. 石明慶:《理學詩論與南宋詩學》,(天津:南開大學中國古代文學博士學位,2004年)。
2. 孔妮妮:《南宋的學術發展與詩歌流變》,(上海:復旦大學中國古代文學博士學位,2004年)。
3. 張春媚:《南宋的江湖文人研究》,(湖北:武漢大學中國古代文學博士學位教授指導,2004年)。
4. 崔正芬:《四靈詩初探》(高雄:國立中山大學中文所碩士論文,2004年)。
5. 陳蔚瑄:《論南宋江湖詩人所呈現的文化現象——以姜夔爲考察中心》(花蓮:東華大學碩士學位,2005年)。
6. 蔡嵐婷:《兩宋邊塞詞研究》,(臺南:成功大學中國文學系碩士學位,2006年)。
7. 解旬靈:《南宋四靈詩派研究》,(上海:復旦大學中國古代文學博士學位,2007年)。
8. 劉婷婷:《宋季士風與文學》,(杭州:浙江大學博士學位論文,2007年)。
9. 李錦昌:《國變的陰影——唐末詩人面對世亂國亡之作品試探》(花蓮:東華大學碩士學位,2008年)。